夜は短し歩けよ乙女

森見登美彦
Morimi Tomihiko

角川書店

夜は短し歩けよ乙女

装画／中村佑介
装丁／高柳雅人
（角川書店装丁室）

目次

第一章　夜は短し歩けよ乙女

これは私のお話ではなく、彼女のお話である。

役者に満ちたこの世界において、誰もが主役を張ろうと小狡《こずる》く立ち廻《まわ》るが、まったく意図せざるうちに彼女はその夜の主役であった。そのことに当の本人は気づかなかった。今もまだ気づいていまい。

これは彼女が酒精に浸った夜の旅路を威風堂々歩き抜いた記録であり、また、ついに主役の座を手にできずに路傍の石ころに甘んじた私の苦渋の記録でもある。読者諸賢におかれては、彼女の可愛さと私の間抜けぶりを二つながら熟読玩味《がんみ》し、杏仁豆腐《あんにんどうふ》の味にも似た人生の妙味を、心ゆくまで味わわれるがよろしかろう。

願わくは彼女に声援を。

○

「おともだちパンチ」を御存知であろうか。

たとえば手近な人間のほっぺたへ、やむを得ず鉄拳《てっけん》をお見舞する必要が生じた時、人は拳《こぶし》を堅く握りしめる。その拳をよく見て頂きたい。親指は拳を外からくるみ込み、いわばほかの四本の指を締める金具のごとき役割を果たしている。その親指こそが我らの鉄拳を鉄拳たらしめ、相手のほっぺたと誇りを完膚《かんぷ》なきまでに粉砕する。行使された暴力がさらなる暴力を招くのは歴史の教える必然であり、親指を土台として生まれた憎しみは燎原《りょうげん》の火のように世界へ広がり、やがて来たる混乱と悲惨の中で、我々は守るべき美しきものたちを残らず便器に流すであろう。

しかしここで、いったんその拳を解いて、親指をほかの四本の指でくるみ込むように握り直してみよう。こうすると、男っぽいごつごつとした拳が、一転して自信なげな、まるで招き猫の手のような愛らしさを湛《たた》える。こんな拳ではちゃんちゃら可笑《おか》しくて、満腔《まんこう》の憎しみを拳にこめることができようはずもない。かくして暴力の連鎖は未然に防がれ、世界に調和がもたらされ、我々は今少しだけ美しきものを保ち得る。

「親指をひっそりと内に隠して、堅く握ろうにも握られない。そのそっとひそませる親指こそが愛なのです」

彼女はそう語った。

幼い頃、彼女は姉からおともだちパンチを伝授された。姉は次のように語った。

「よろしいですか。女たるもの、のべつまくなし鉄拳をふるってはいけません。けれどもこの広い世の中、聖人君子などはほんの一握り、残るは腐れ外道《げどう》かド阿呆《あほう》か、そうでなければ腐れ外道でありかつド阿呆です。ですから、ふるいたくない鉄拳を敢《あ》えてふるわねばならぬ時もある。そんなときは私の教えたおともだちパンチをお使いなさい。堅く握った拳には愛がないけれども、おともだちパンチには愛がある。愛に満ちたおともだちパンチを駆使して優雅に世を渡ってこそ、美しく調和のある人生が開けるのです」

美しく調和のある人生。その言葉がいたく彼女の心を打った。

それゆえに、彼女は「おともだちパンチ」という奥の手を持つ。

○

新緑も盛りを過ぎた五月の終わりのことである。

大学のクラブのOBである赤川《あかがわ》先輩が結婚することになって、内輪のお祝いが開かれるという。私は彼女とほとんど話したことがなかったけれども、師匠筋に当たる人であるために、顔を出すことになった。ほかにもクラブから幾人か参加し、その中には彼女の姿もあった。赤川先輩は別系統で彼女の師匠筋にも当たっていたからである。

四条木屋町《しじようきやまち》の交差点から高瀬川《たかせ》を下った暗い街中に、木造三階建の古風な西洋料理店があって、高瀬川沿いの並木に温かい光を投げている。

ただでさえ温かみのある光景だが、中はもっと温かかった。むしろアツかった。

偕老同穴《かいろうどうけつ》の契りを交わした新郎新婦はまさに天衣無縫と言うべく、お姫様抱っこで接吻《せっぷん》を交わすところを写真に撮られてもなお恬然《てんぜん》としている神をも畏《おそ》れぬアツアツぶりは、たちまち参会者たちを黒焦げにした。

新郎は烏丸御池《からすまおいけ》の支店に勤める銀行員、新婦は伏見《ふしみ》にある酒造会社の研究員である。二人とも親の意向などてんで意に介さぬ豪傑で、双方の親はまだ顔も合わせたことがないという。二人の馴れ初めは大学一回生の頃云々、幾多の波乱を乗り越えて野を越え山越え谷越えて云々、今じゃこんな見るに見かねる体たらくになりました云々。

ただでさえ面白くなきところ、そもそも新郎新婦ともに面識がないのだから、面白がるほうが変態だ。私は皿にのった料理を喰《く》うことと、テーブルの隅についている彼女を眺めることで、閑《ひま》を潰《つぶ》していた。

彼女は大きな皿の隅にちんまりと転がっている蝸牛《かたつむり》の殻を、興味津々たる面持ちでじいっと見つめている。蝸牛の残骸《ざんがい》に彼女がどんな面白味を見いだしているのか判然としないけれども、少なくとも眺めているこちらは愉快である。

彼女はクラブの後輩であり、私はいわば一目惚《ひとめぼ》れしたのだが未《いま》だに親しく言葉を交わすことができずにいた。今宵《こよい》はいわゆる一つの好機と思っていたが、彼女のそばに座れないという戦略的失敗によって、私の目論《もくろ》みは水泡に帰しかけていた。

ふいに司会者が立ち上がった。

「それでは新郎新婦、赤川康夫《あかがわやすお》君と東堂奈緒子《とうどうなおこ》さんのご挨拶《あいさつ》です。さあ、お二人さん、よろしくお願いします」

新婦は東堂奈緒子さんというのか。初めて私は知った。

西洋料理店でのお祝いがお開きになって、参会者が散り散りに路上へ溢《あふ》れ出た。和気藹々《わきあいあい》と二次会へ流れ去ろうとする人々の中にあって、私は彼女と私を結ぶ赤い糸が路上に落ちていないかどうか、鵜《う》の目鷹《たか》の目で探していた。

ところが、彼女がほかの人々に頭を下げて一人歩み去るのを見てがっかりした。彼女は帰路につくらしい。ならばむざむざと二次会に流れる意味がない。私は二次会へ向かう流れから滑り出し、先を行く彼女を追った。「そんなにすぐ帰らないでいかがですお嬢さん今宵は私めと一献」などという台詞《せりふ》は出てこない。何の名台詞も浮かばないけれども、とりあえず歩いていった。

四条木屋町、阪急河原町《はんきゅうかわらまち》駅の地上出口のわきでは、ギターを弾く若者とそれに聞き惚れる人々がおり、道行く女性に食い下がってゆく黒スーツの男衆が立ち廻り、顔を紅《あか》くした老若男女が次なる止まり木を求めて賑《にぎ》やかに数かぎりなく往来する。

四条大橋へ折れるのかと思いきや、彼女は少し思案しながら、そのまま北へ歩いていく。木々の植わった高瀬川沿いは鬱蒼《うっそう》と暗く、その奥で老舗《しにせ》喫茶「みゅーず」が橙色《だいだいいろ》の光を散らしている。彼女は「みゅーず」の前で、こっそり所存のほぞを固めるように二足歩行ロボットめいた足踏みを見せてから、むんと胸をはって路地を折れた。

そこで私は彼女を見失う。

目の前には雑居ビルに挟まれた怪しい路地と桃色に輝くお店ばかり。彼女の姿はどこにもない。私は桃色のお店の男に勧誘されるばかりで、やむなく路地から退いた。摑《つか》んだかに見えた好機は、瞬《また》く間に霧消した。

かくして私は早々と表舞台から退場し、彼女は夜の旅路を辿《たど》り始める。

ここからは彼女に語って頂くとしよう。

○

これは私が初めて夜の木屋町から先斗町界隈《ぽんとちょうかいわい》を歩いた、一晩かぎりのお話です。

そもそものきっかけは、木屋町の西洋料理店で開かれた結婚祝いにて、お皿の隅に転がっていた蝸牛の殻でした。私はじいっとその渦巻きを眺めながら、「お酒飲みたい」と熱烈に思ったのです。残念ながら、その抑えがたい欲求と蝸牛の因果関係については明らかになっていません。

しかし、その夜はまわりが先輩方ばかりでしたから、お酒を好きなように飲むというわけにはいきません。万が一、めでたかるべき結婚祝いの席上で粗相《そそう》をして、師匠の顔に泥を塗ってはお詫《わ》びのしようもないのです。そこで私はお酒を慎んでいたのですが、ついには我慢できなくなって、二次会は失礼することにしました。

その夜、私は単身で魅惑の大人世界へ乗りこんでみたいと思いました。ようするに、先輩方へ遠慮することなく無手勝流《むてかつりゅう》にお酒が飲みたかったのです。

通りかかった四条木屋町の界隈は、夜遊びに耽《ふけ》る善男善女がひっきりなしに往来していました。その魅惑の大人ぶり！　この界隈にこそ「お酒」が、めくるめく大人世界との出逢いが私を待ち受けているに違いないのです。そうなのです。私はわくわくして、老舗喫茶「みゅーず」の前で二足歩行ロボットのステップを踏みました。

私は知人に教えられた、木屋町にある「月面歩行」というバーを選びました。その店はありとあらゆるカクテルが三百円で飲めるという、御財布への信頼に一抹の翳《かげ》りある私のような人間のために神が与えたもうたお店だったからです。

○

私は太平洋の海水がラムであればよいのにと思うぐらいラムを愛しております。

もちろんラム酒をそのまま一壜《びん》、朝の牛乳を飲むように腰に手をあてて飲み干してもよいのですが、そういうささやかな夢は心の宝石箱へしまっておくのが慎みというもの。美しく調和のある人生とは、そうした何気ない慎ましさを抜かしては成り立たぬものであろうと思われます。

その代わり私はカクテルを嗜《たしな》みます。カクテルを飲んでゆくのは、綺麗《きれい》な宝石を一つずつ選んでゆくようで、たいへん豪奢な気持ちになるのです。アカプルコやらキューバ・リバーやらピナコラーダやら。もちろん、ラム以外のカクテルも興味深いので、私はそれらとも積極的に飲みつ飲まれつの契りを交わします。ついでに言えば、カクテルだけにとどまらず、お酒というものとは積極的に触れあっていきたいとつねに念じています。

かくして私は「月面歩行」にて、無手勝流にお酒を嗜んでいたのですが、カウンターの隅にいた見知らぬ中年の殿方にふいに声をかけられました。

「ねえ君、なにか悩みごとでもあるんじゃないの。そうだろう」

私にはとっさに言い返す言葉もありません。なぜなら悩みがないからです。

私が黙っていると、その人物は「悩みがあるならミーに言うてみい」と言いました。たいへん巧みな洒落《しゃれ》を言う方だなあと私は感服しました。

その人は東堂さんといいました。痩《や》せてひょろひょろしており、長い顔に無精髭《ぶしょうひげ》がのびて、胡瓜《きゅうり》の尻尾へ砂鉄をまぶしたようです。彼が身を寄せてくる際に鋭く鼻をつくのは殿方用香水の香りでしょうが、ありのままの東堂さんが発散する野性的香りもまたその後から猛々《たけだけ》しう溢れ出してきて、香水の鮮烈な香りと混じり合って悪夢的な奥深さを醸し出します。私は考えました。ひょっとすると、この多重底の奥深い匂いが「大人の男の香り」なのかしら。この人こそ巷でしきりに噂される、あの「ナイスミドル」なのかしら。

東堂さんはくしゃくしゃと藁半紙《わらばんし》を丸めたように笑います。

「なにか奢《おご》ってあげよう」

「いえいえそんな」

「遠慮せんでよろしい」

私は重ねて辞退しましたが、東堂氏のせっかくの親切を無下《むげ》に断るのもかえって非礼になりますし、この資本主義社会においてタダより安いものはありません。

東堂さんは興味津々といった面持ちで、お酒を頂く私を見つめているのでした。私を見つめるぐらいならば、炊飯器を眺めているほうが心楽しい充実した時を過ごせましょう。私は炊飯器よりも面白味に欠ける無粋者《ぶすいもの》なのです。ひょっとして私の顔に何かオモシロオカシイものが？　私はこっそり顔をこすりました。

「君、一人かい。連れは？」

「一人です」と私は言いました。

○

東堂さんは錦鯉《にしきごい》を育てて売るという商いをしているということでした。

「バブルの頃は札束が泳いでいるようなものだったが」

そう言って東堂さんは遠い眼をするのです。「しかし今思えば馬鹿馬鹿しい」

カウンターの向こう側、賑やかな色合いのボトルの隙間《すきま》を東堂さんは見つめています。煌《きら》びやかな錦鯉たちが次々に養殖池から身を躍らせて札束へ変じた、栄光の日々を思い描いているのかもしれません。彼はウヰスキーをちびちび舐《な》めました。

京阪《けいはん》電車で中書島《ちゅうしょじま》から宇治線に乗ってゆくと六地蔵《ろくじぞう》という場所があって、そこに千金を投じて彼がこしらえた東堂錦鯉センターがあります。バブルの乱痴気《らんちき》騒ぎの幕が厳《おごそ》かに引かれて後、寄せては返す経済的好調不調の浪を、東堂さんは錦鯉たちと共に、手に鰭《ひれ》を取って果敢に乗り切っていたのですが、今年になって続けざまに厄介事に見舞われました。大がかりな錦鯉窃盗団に悩まされ、設備の修繕用に準備していた資金が盗まれ、最愛の鯉たちが謎の伝染病にやられて妙なぶくぶくをこしらえ、終始ふくれっつらをした宇宙生物のようになりました。

「なにごとでしょう。そのような災厄が続けざまに起こるなんて」

「それで終わりじゃないんだ。もうこれ以上何もないだろうと思ってたらアレだ。アレのおかげで商売行き詰まっちゃったわけだが、いやしかしアレには思わず俺も笑った」

先日の夕刻、宇治《うじ》市にて竜巻が発生したというのです。

それは伏見桃山城《ふしみももやまじょう》のあたりから六地蔵へ、勢いを衰えることなく進み、恐ろしいことに東堂さんの錦鯉センターへぐんぐん近づいて来ました。

連絡を受けた東堂さんが京都信用金庫から慌てて引き返してみると、天を衝く黒々とした棒が立ち、錦鯉センターのフェンスを踏み越えて中に入ってくるではありませんか。引きとめるバイト青年の腕を振りほどき、東堂さんは竜巻に立ち向かって行きました。

小屋が吹き飛ばされ、貯水池の水がごうごうと音を立ててうねります。

折しも西から射してくる強烈な夕日があたりを照らす中、東堂さん最愛の錦鯉たちが鱗《うろこ》を煌めかせながら、立派な龍《りゅう》になって帰ってくるよーとでも言うかのように、夕空へ飛び立って行きました。

彼は暴風に吹かれながら仁王立ちして、「優子《ゆうこ》を返せ」「次郎吉《じろきち》を返せ」と一匹一匹の名前を叫んだのですが、竜巻はそんな哀切な叫びも意に介さず、可愛い鯉たちを残らず吸い上げてしまったのです。

その災厄のために東堂さんは借金を返す見込みをついに失い、こうして夜の街をさまよいながら人生の次なる一手を暗中模索する羽目になったというのです。

「優子を返せ、次郎吉を返せ」

東堂さんは木枯らしが吹く音のような切ない声で、その叫びを繰り返しました。あんまり哀れですので、私まで哀しい気持ちになりました。

「いい子だね、君は」

彼は私の顔を見て言いました。

「俺も長い間生きて、色々な人間を見てきた。君からすればパッとしない面白みもないオヤジに見えるかもしれないが、これでも人を見る眼だけは鍛えてきた。君のような娘さんを持てた親御さんはやっぱり幸せだと思うね。お世辞じゃなく」

「もったいないお言葉です」

そうして我々は乾杯したのです。

「それにしても君はよう飲むねえ。そんなペースで大丈夫なのか？」

「のんびり飲んでいたら醒《さ》めてしまいます」

「そうか。では、もっと美味《おい》しいお酒が飲める店を教えてあげよう」

東堂さんは立ち上がりました。

「ちょっと店を変えないか」

○

高瀬川沿いを二人で北へ辿りました。東堂さんは萌葱《もえぎ》色の風呂敷《ふろしき》包みを大事そうに抱えています。大学生やお勤め帰りの方々や正体不明の方々の酩酊《めいてい》が、街を賑やかにしてゆきます。あたりを眺めながら、東堂さんは秘密のお酒の話をしてくれました。

そのお酒は「偽《にせ》電気ブラン」というのです。何というヘンテコな名前でしょう。

「そもそも電気ブランというのは、大正時代に東京浅草の老舗酒場で出していた歴史あるカクテルでね、新京極《しんきょうごく》のあたりにも飲ませる店はある」

「偽電気ブランというのは、電気ブランとは違うのですか」

「電気ブランの製法は門外不出だったが、京都中央電話局の職員がその味を再現しようと企てた。試行錯誤の末、袋小路のどん詰まりで奇蹟のように発明されたのが、偽電気ブランだ。偶然できたものだから、味も香りも電気ブランとはぜんぜん違うんだよ」

「電気を使って作るのでしょうか」

「そうかもしれんね。電気ブランというぐらいだからねえ」

そう言って東堂さんはくすくす笑うのでした。

「今でもどこかでこっそり作られて、夜の街へ運び込まれる」

明治を思わせる煉瓦《れんが》造りの小さな工場を私は思い浮かべました。中には電線が張り巡らされて黄金色の火花が飛び交っています。醸造所というよりは、化学実験室と変電所をまぜこぜにしたようなところなのです。難しい顔をした職人の方々が、門外不出のレシピに従って慎重に電圧を調節します。わずかな電圧の違いが偽電気ブランの味を変えてしまいますから、彼らの顔が難しくなるのも当然です。やがて神秘的な香りを漂わせる液体が、透明なフラスコへ次々と注がれてゆくのです。電気でお酒を作るなんて、いったい誰がそんなオモチロイことを思いついたのでしょう。

私は好奇心でいっぱいになるあまり、木屋町の路上でぱちんと弾《はじ》けそうになりました。

「ああ、飲んでみたいものです」

東堂さんは李白《りはく》という老人から偽電気ブランを教わりました。錦鯉センター維持のための資金を借りたのがきっかけで知り合ったそうです。

李白さんは木屋町先斗町界隈では有名な人物で、底抜けにお酒を飲み、送迎専用車で乗りつけてくるオカネモチであるということでした。彼は人々に偽電気ブランを振るまいながら、果てしなく遊んでいるのです。

まことに夜の街というところは不思議な世界だと思われました。

○

東堂さんが連れて行ってくれたのは、木屋町通の東側にそびえ立つ雑居ビルの最上階です。ガラクタだらけの古いビルで、廃墟《はいきょ》に足を踏み入れていくように思われました。

東堂さんが分厚い扉を開けると、控え目な明かりが洩《も》れてきて、人々の呟《つぶや》き声も聞こえました。汚れたカウンター、拾ってきたような薄汚れたソファや椅子、壁には手書きのメニューがべたべたと貼ってあります。壁際の本棚にはくすんだ色の古雑誌がびっしり詰まっています。お客は皆、めいめい勝手に椅子やソファに陣取ってお喋りをしています。

私は東堂さんに勧められて焼酎《しょうちゅう》を飲みました。

「君の幸せに乾杯しよう。乾杯」

東堂さんは焼酎を舐めながら娘さんのお話をしてくれました。私より少し年上なのですが、五年前に奥様と離婚して以来、あまり会ってもいないということでした。娘さんは東堂さんにあまり会いたがらないそうなのです。何と哀しいお話でしょうか。東堂さんはぽつぽつと語りながら、一度だけ、ぐいと手の甲で目尻《めじり》を拭《ぬぐ》いました。

「親が子どもに願うことは、ただ幸せになってくれることだけだ。君の親御さんもきっとそう思っている。俺も親だから分かるよ」

「でも幸せになるというのは、それはそれでムツカシイものです」

「もちろんそうだ。親もそれを子どもに与えることはできん。子どもは自分で自分自身のための幸せを見つけなければならん。しかし娘が幸せを探すためなら、俺はどんな手助けだって惜しまないね」

じつに素晴らしい方だなあと私はしみじみ思いました。なんと心の清い人でしょう。

「若人《わこうど》よ、自分にとっての幸せとは何か、それを問うことこそが前向きな悩み方だ。そしてそれをつねに問い続けるのさえ忘れなければ、人生は有意義なものになる」

東堂さんはそう断言しました。

「東堂さんにとって幸せとは何ですか」

彼は私の手を取りました。

「こうやって通りすがりの人間と知り合って、その人と楽しい時間を一緒に過ごす。これが俺の幸せかもしれんね」

彼は紅《あか》く塗られた小さな木彫の彫刻を風呂敷包みから取り出して、私の掌《てのひら》に置きました。

「君にお守りをあげよう」

それは根付《ねつけ》というものでしょうか。斜め上を向いた大砲のような不思議な品です。掌で転がして仔細《しさい》に眺めてみると、ぬらぬらした深海生物のようでもあります。鯉をオモシロオカシク誇張したものなのかしらと思いました。

「大事にしてやってくれ」

○

「鯉というのは瀧を登って龍になるというのだから、ようするに立身出世の象徴なのだよ。鯉のぼりという例もある。昔からめでたいオサカナなのだ。祇園祭《ぎおんまつり》の山鉾《やまぼこ》には鯉山というものがあって、龍門の瀧を登る大きな鯉が飾られてある。登龍門という言葉は知っているだろう。あれはね……」

そういった蘊蓄《うんちく》の合間に、東堂さんは私の手をしげしげと眺めては、「良い手だ」「可愛い手だ」と溜息《ためいき》をつくように言います。私の手なんぞ何の面白みもありません。紅葉饅頭《もみじまんじゆう》の方が断然可愛いに違いないのです。

「ああ、酔っちまった。君も飲んだねえ」

「大丈夫ですか。二日酔いにはなりませんか」

「なんの。楽しく飲めば大丈夫でね。今俺は幸せなんだ」

そう言って東堂さんは腕を私の身体に廻して抱くようにしました。そうしてゆさゆさと揺さぶって「元気だせよ！」と言います。「はい。元気です！」と私は応《こた》えます。

そうしているうちに東堂さんの手が私の胸の界隈へ滑り込んだことに気がつきました。彼は私を揺さぶりながら私のお乳をも揺さぶっているらしいのです。東堂さんは心の清い人ですから、公衆の面前で破廉恥《はれんち》な振るまいに及ぶわけがありません。おそらく私を励まそうと腕を廻した際に、酔いも手伝って見当が狂ってしまったのでしょう。しかし私はどうにもくすぐったくて仕方がありません。

「すいません、東堂さん。手が」

「ん？　手がなに？」

「手が胸に当たっております」

「あ、御免。失敬」

そう言って東堂さんはいったん手を放すのですが、しばらくするとまた手を廻して私のお乳を触るのです。私はくすぐったくて、しまいには東堂さんを押しのけざるを得ませんでした。そうやって揉《も》み合っている、いや正確には揉まれていたわけですが、ともかくも揉み合っているところへ、ふいに「コラ東堂」と後ろから女性の声がしました。

振り返ってみると、それは背が高く、凜々《りり》しい眉《まゆ》が勇ましい女性でした。

「このスケベオヤジが、またそんなことを」

「うわ、あんた。いたのか」

東堂さんがにわかに威厳をなくし、情けない顔になりました。

彼女はぐんと胸を張って東堂さんに詰め寄りました。「そんなに乳が揉みたければ、私の乳を揉ませてやる。そら揉んでみろ」

「いや、そんな慎みのないものは揉みたくない」

「コノヤロウ、とっとと出て行け」

慌てて立ち上がった東堂さんは風呂敷包みを手に取ろうとしましたが、そのとたんそれがほどけて中身が床にぶちまけられました。それらはたくさんの古い絵でした。男女が知恵の輪のようにからまり合っており、その局部には何やら怪獣のようなものがわだかまっているのです。拾い集めるのを手伝って「何であろうかこれは」としげしげと眺めていると、東堂さんは慌てて私の手からその絵をもぎとりました。

「春画だよ」

東堂さんはぶっきらぼうに言いました。「今日はこれを売り飛ばす」

それがあまりにも淋《さび》しそうでしたので、私は思わず呼び止めようとしたのですが、東堂さんは有無を言わせぬ勢いで春画を風呂敷に包み込むと、風のように出て行きました。

私は彼が手渡してくれたお守りを見てみました。それは大砲でもなく錦鯉でもなく、まごうかたなき先ほどの絵にも描かれていた怪獣、つまり、憚《はばか》りながら、いわゆる男性自身であったのです。

私は溜息をつきました。

東堂さんを追い払った女性が私の傍《かたわ》らに腰かけました。「大丈夫？」と優しく声をかけてくれるその顔をまじまじと見つめてみると、まことに眉もきりりとした凜々しい顔かたち。見惚《みと》れている私を尻目に、彼女は威勢のいい声を響かせて麦酒《ビール》を注文しました。そうして背後を振り返り、「樋口《ひぐち》君もこっちおいでよ」と一声かけました。色褪《あ》せた浴衣《ゆかた》を着た男性が悠然と立ち上がりました。

「やあごきげんよう」

カウンターへ来た男性は可愛らしくにっこり笑いました。

「夜の街で出逢《であ》った胡散《うさん》臭い人間には、決して油断してはいけないよ。言うまでもなく、我々のような人間にもスキを見せてはいけない」

こうして私は、羽貫《はぬき》さんと樋口さんというお二方と知り合ったのです。

○

羽貫さんは麦酒を水の如く飲みました。

鯨飲《げいいん》という言葉がありますが、一美人の腹中に鯨一頭ありといった趣です。私は彼女が麦酒をごくごく飲み干すのを、洗練された武芸を眺めるように見物しました。彼女の相棒たる樋口さんは、お酒はそんなに嗜まないようで、一杯を大事に揺らしながら、羽貫さんが麦酒をやっつけるのを面白そうに眺めています。

羽貫さんの職業は歯科衛生士ということですが、樋口さんの職業は分かりません。

「天狗《てんぐ》をやっております」と彼は不思議なことを言いました。

「まあ、それに近いわよねー」

羽貫さんも敢えて否定はされません。

「それにしても私たちがいて良かったわ。東堂はもう、ロクなやつじゃないんだからね」

彼女は私よりもいっそうぷりぷりしています。

けれども、私はむしろ東堂さんが可哀想でなりませんでした。あれほど面白い蘊蓄や立派な人生論を聞かせてくれ、なによりお酒を奢ってくれた人なのです。しかも、彼は人生を賭《か》けてきた錦鯉センター崩壊という危機に直面して、暗中模索の一夜だったのです。彼の立場を慮《おもんぱか》って、たかがお乳の一つや二つ、まあ、お乳は二つしかございませんが、ともかくもそれぐらい平気で受け流しておくだけの器の大きさをなぜ私は持てないのでしょう。

「東堂さんはきっと苦しんでらしたのです。私は冷たい仕打ちを致しました」

「それでいいのよ。もっともっと冷たくしてやれ！」

「でも東堂さんにはお世話になったのです」

「さっき会ったばかりじゃなかった？」

「でも良い人生論を語って下さいました。きっと、悪い人ではないと思うのです」

「まあまあ、落ち着きなさいよ。とりあえずお飲み。奢ってあげる」

羽貫さんは私のために麦酒を注文してくれました。

「人生論なんか、ちょっと年食ったオヤジなら誰だって言えるよねえ」

彼女は言いました。「樋口君だってそれぐらい言えるんじゃない？」

「そうかなあ。分からんなあ。言おうともせんしなあ」

樋口さんはのらりくらりと躱《かわ》します。

私が錦鯉センターの崩壊について語ると、羽貫さんは少し顔を顰《しか》めました。

「それはそれは嘆かわしい」

「鴨川に身を投げてるかもしらんぞ」と樋口さんが言います。

「うるさいわね。そこまで繊細なやつかよ」

「しかし商売を潰すということは並大抵のことではないだろう。表向きは常日頃の快活を装っていても、今宵は最後のひと花というつもりだったのかもしれん」

「樋口君、なんでそんなに嫌なこと言うの」

羽貫さんは麦酒を飲み干しました。

「ああ気分悪いな。どこかほかへ行きたいけど、樋口君持ち合わせある？」

「持ち合わせなんぞないなあ、ここ数年」

「どこかにもぐりこむかあ」

「御意《ぎょい》。河岸《かし》を変えよう」

「これから私たちお店を変えるけれど、あなたも一緒にどう？」

羽貫さんは私の顔を覗《のぞ》きこんで言いました。「一緒の方が安心でしょう」

「おともさせて頂きたいと思います」

「我々を信用しちゃいけないよ。我々は得体《えたい》が知れないよ」

樋口さんが真面目な顔で忠告してくれました。

「あなたと一緒にしないでよ」

そうして羽貫さんは颯爽《さっそう》と髪を払い、立ち上がったのです。

○

　小さな鉄扉をくぐってビルの裏手に貼りついた非常階段へ出ると、見慣れない入り組んだ景色を見下ろすことができました。

　背の低い雑居ビルが凸凹の影となって南北に長く連なる中に、ところどころネオンや街灯の明かりが見えます。焼き肉屋の大きな電飾がビルの屋上に瞬いています。電線がまるで網をかけたようにその家並を覆っています。歓楽街かと思いきや、離れ小島のような民家の物干し台などがぽつんと見え、それはまるで秘密基地のように見えるのです。目と鼻の先が横長にぼんやりと明るいのは、南北に延びた先斗町でありましょう。眼下にある小さな町並は、木屋町と先斗町の間に押し込められた迷宮のようにも思われました。

　我々は非常階段を下りましたが、そこは狭い駐輪場で、夥《おびただ》しい自転車の残骸が堆《うずたか》く積まれていました。

「おや、なんだろうこれは」

　樋口さんが自転車のわきにしゃがみ込んで、ふにゃふにゃした化け物昆布のようなものを持ち上げました。ひらひらと闇の中で揺らして見せます。

「ズボンじゃないの」

「なにゆえ、こんなものがここに」

「誰か脱いだんでしょ。何かこう、諸事情があって。放っときなさいよ」

羽貫さんは自転車をがしゃんがしゃんと無造作に積み上げて、その上をよじ登り始めました。私の傍らを抜けて樋口さんが悠々とそれに続きます。山をよじ登る樋口さんの浴衣の裾《すそ》が大きく捲《めく》れてあわや猥褻《わいせつ》と思われましたが、いつの間にか樋口さんは誰の物とも知れないズボンをきっちり身につけているので安心でした。

「いったいどこへ行くのですか」

「しい」羽貫さんは指を口に当てます。「この塀を越えるの」

塀を乗り越えたところは、料亭の庭のような落ち着いた雰囲気で、こぢんまりとした燈籠《とうろう》が植え込みを照らしています。硬いコンクリートのビルで囲まれた界隈に、このようなひっそりとした場所があるのがたいへん可愛らしく思われました。

「お酒泥棒でもなさるつもりですか」

「人聞きの悪い！　樋口君と一緒にしないで」

「私は遺失物を拾っただけだよ」

樋口さんは平然として反論しました。「交番へ持って行くまで面倒だから、穿《は》いている」

「やだ、樋口君、さっきのズボン穿いてるの？　よしてよ、もう」

読者諸賢、ごきげんよう。ここに久闊《きゅうかつ》を叙す。

今さら唐突に私が割り込むのは、皆さんが木屋町に淋しくたたずむ私のことをすっかり忘れた頃であろうと考えるからだ。もっと私に溢れんばかりの愛を。

彼女があの憎たらしい東堂との揉みつ揉まれつの災厄に見舞われた時、私は敢然と立ち上がって彼女を救うべきだったのは言うまでもない。けれども私はそれどころではなく、木屋町から先斗町へ通じる路地の暗がりで寒さと怒りに震えていた。なぜなら下半身が真っ裸であったからだ。「このヘンタイッ」と口をきわめて罵《ののし》る読者に私は大いに共感するけれども、しかし私を非難するのは早計である。

彼女と東堂が連れだって高瀬川沿いを歩き、木屋町に面したビルに入るところを見届けた私は、少し間を置いてから店に入って様子をうかがおうと考えた。二人がどういう関係か分からなかったが、彼女がもし見知らぬ男に声をかけられて困っているならば救わねばならぬと思ったからだ。じつに立派な考えだ。

ところが唐突に、得体の知れぬ暴漢に襲われて路地へ引きずりこまれ、あろう事かズボンと下着を盗まれたのである。夜の街は危険がいっぱいである。暗がりでのアッという間の犯行で、憎むべき犯人の顔も知れない。ただ、たいへん甘い不思議な花のごとき匂いがしたことだけを覚えている。花の香りに包まれた暴漢に、野郎が裸にされちまうというのは、まさに奇々怪々だ。誰も信じてくれないのは明らかである。

抵抗も虚しく、私は己自身を満天下に公開することを余儀なくされた。いや、できるだけ公開しないように路地の隅に身をひそめ、そばにあった麦酒ケースを抱えた。この夜の覇権《はけん》を握り、彼女とのロマンティックな逢瀬《おうせ》を楽しもうと手ぐすねひいておきながら、暗い路地裏で麦酒ケースに運命を託す羽目になろうとは。今夜の主役を張るどころか、こんなところを警官に見つかれば、有無を言わせず破廉恥漢の烙印《らくいん》を押されて、大事に抱えてきた青雲の志も木屋町の路上の露と消える。

もはや万事ことごとく休す。彼女が愉快に夜を渡っていくのを遠目に眺めながら、ついに路傍の石ころと終わる運命は決したかに思われた。

○

その広い座敷では若い男女が入り乱れてまさに宴もたけなわです。

彼らは大学の文化系サークル「詭弁論部《きべんろんぶ》」の方々でした。英国へ留学するOBの送別の宴《うたげ》ということで、栄光ある門出を祝うにふさわしく三鞭酒《シャンパン》が廻されています。

「三鞭酒は口当たりが良いから飲み過ぎるというけれども、君は心配ないね」

樋口さんが言いました。

「では、どこの誰か分からないけれど英国へ行くらしい人の輝かしい未来に乾杯」

我々はそうやってタダ酒を満喫していたのですが、羽貫さんはまるで百年の知己《ちき》のように人々の中へ溶け込み、大騒ぎをしています。彼女は逃げ惑う人々を片端から捕まえて、男女を問わず顔を舐めようとしているのですが、それは彼女が酔った時の癖なのです。

「これ苦しゅうない、もっと近う寄れ」

「ぐわ、やめろよう。ひいい」

「こっちのおなごは高みの見物かあ」

「きゃああ、耳はダメ耳はダメ」

そうやって不思議な乱暴狼藉《ろうぜき》を働いている羽貫さんを眺めながら、私は感服しきりでした。木屋町を徘徊《はいかい》する鯨美人、ひとたび懐中が淋しくなるや敢然と立ち上がって見も知らぬ他人の宴席にもぐり込み、易々とタダ酒を胃中に収め、おもむろに人々の顔を舐めて廻るとは、なんとも痛快無比と言うほかありません。

彼女は酔態を装って、便所帰りの酔っぱらい大学生を廊下で待ち伏せ、抱きついて半ば強制的に意気投合、そのまま大音声をあげながら宴席に乗り込みました。こういう場合、恥ずかしがってはいけません。無関係な宴席に踏み込むのは斬るか斬られるかの真剣勝負、一瞬のためらいが命取りとなります。ひと息に宴席の懐へ踏み込んで、有無を言わせず場を盛り上げ、「なぜこの人がここに？」というしかるべき疑念をこっぱみじんこに打ち砕くのです。

我々は羽貫さんという英傑が切り開いた道をしずしずと進んだにすぎません。

「こうやって夜の街をさまよっていると思い出すんだが」

樋口さんが三鞭酒で頬を火照《ほて》らせながら、ふいにくつくつと笑いました。

「李白さんというヘンテコなジジイがおってね。近頃はあまり巡り合わないけれども、昔、その人にくっついて飯喰ったり酒を飲んだりしていたことがあった。李白というのは渾名《あだな》だが、とにかく風変わりなお人だ。昼日中は物凄《ものすご》い吝嗇家《りんしょくか》だが、夜になるとお大尽になる。おかげで私もしばらく喰えた」

そう言いながら樋口さんはひどく楽しそうな顔をしました。

「李白翁には趣味が二つあった。一つは、私のような幇間《ほうかん》を従えて、夜道を行く男を襲って下着を奪う。もう一つが、偽電気ブランをつかって飲み比べをやる」

「あ、偽電気ブラン。お噂はかねがね。飲んでみたいのです」

「それはなかなか難しい。偽電気ブランはただのカクテルではないからその辺の店では置かない。私も詳しくは知らないが、どうもあれは密造酒なのだろうと思う。李白翁は金も偽電気ブランもたくさん持っている」

樋口さんは浴衣の懐から葉巻を取り出してくわえました。

「李白さんはなぜそのようにお金持ちなのですか」

「彼は金貸しだ」

そう言って樋口さんは濃い煙をぶわっと吹き出しました。

「私も少し借金がある。だから近頃李白翁とは会わない」

羽貫さんの支配下にある無法地帯から逃れ出て、男性が這ってきました。

「ところであなたはどなたですか？」とその人は訊《たず》ねました。

「私もあなたを知らない」と樋口さん。

二人はしばらくぽかんとして見つめ合っていました。

やがて、その男性は「まあ誰でもいいや」と器の大きいところを見せましたが、もはやべろべろに酔っているのでした。そのためでありましょう、「ねえねえ」と呂律《ろれつ》の廻らない舌で口火を切って、「自分が惚れた男と結婚するのと、惚れてない男と結婚するのとじゃあ、惚れてない男と結婚する方がいいよね」と、風変わりなことを唐突に言うのです。

「斬新な説ですね」

「なぜならばだ、惚れると理性を失って正確な判断ができなくなる。したがって惚れた男を選ぶよりも、惚れてない男を選ぶ方が理性的な選択ができるわけだ。長い人生をともにするのだから判断は慎重にも慎重を重ねて合理的に下さねばならぬ。恋愛感情というのは合理的に説明できないものだから、したがって結婚という問題にはそもそもそぐわない。また、惚れた男と結婚した場合にはだんだん情熱が冷めてゆく哀しみを味わわなければならないが、惚れてない男と結婚すれば冷めようがない。もともと情熱がないからだ。さらなる利点は、惚れてない夫であれば、彼の浮気に苦しむ必要がない。なぜなら嫉妬《しっと》するということがないからだ。そういう無益な煩悶《はんもん》から自由になれる。論理的に考えれば分かるはずだ。女性は自分が惚れていない男と結婚するべきなのだ。それなのになぜ、惚れた男と結婚するのだ。みんな真実が見えないのか！」

そう言ってその男性はべろべろと涎《よだれ》を垂らしました。私はおしぼりで涎を拭いてさしあげました。その人はナオコさんという女性の名を連呼しています。

「俺はこんな送別会に出ている場合ではないんだよ。ナオコさんの結婚祝いをやってるから、本当はそっちの方が大事なんだ」

「ではさっさとそちらへ行くがよろしかろう」

「それは駄目なんだな。だって俺の送別会だもの」

「なんだ、英国に留学するというのはあんたか」

「それにナオコさんと今さら顔を合わせて何を言うっていうんだ。あんな、惚れた男と結婚するような理屈の通らない女に、何を言ったって無駄でわないかそうでわないか」

摑みかかってくるその人を樋口さんがぽうんと突き飛ばすと、彼は座敷の隅へころころと転がっていき、「ふぎう」と呻《うめ》いたきり動きませんでした。まるでトドが不貞寝《ふてね》しているようなその背中は哀れです。愛の告白に詭弁は通用しなかったものと思われます。

「それでわあ、そろそろお、高坂先輩を励ますう、詭弁踊りをう」

幹事らしい女性が立ち上がって言いました。

「高坂先輩はどこだ」

「あんなところで不貞寝してる。俺たちだけに踊らせる気か」

「それにしてもどこの阿呆だ、こんな踊りを考えたのは。末代までの恥だ」

「とりあえず先輩を起こせ」

「うわ、先輩、涎がまるで牛のように」

動かなかった高坂さんがふいに涎をまき散らし、ライオンのごとく吠《ほ》えました。

「おごう、ナオコさんッ」

取り囲んでいた部員たちが、ワッと離れます。

「ナオコさんはいませんよ。今となっては人妻ですよ」

「さあ詭弁踊りを踊って、すっぱり思い切って外国へ行って下さいよ」

そうやってなだめられ抱き起こされた高坂さんは、畳に直立してゆらゆらします。後輩たちに囲まれているのですが、それは励まされているというよりも好き放題に小突き廻されているように見えるのです。

「先輩、立派になって下さい」

「ありがとう諸君。諸君みたいな連中に送られて俺は嬉《うれ》しいよ」

「立派になって下さい。そしてもういっそのこと帰ってこないで」

「先輩がいなくても僕らは充分やっていけます。安心して下さい」

「また会える日はもう来ない、嬉しいよう。さようなら」

喜びの声が響く中、高坂先輩は後輩たちの間をもみくちゃにされながら進み、やがて人々が両手を挙げて頭上で掌を合わせ、腰をくねらせながら座敷内を練り歩き始めました。それが詭弁踊りです。

じつに楽しげでしたので、私と樋口さんも喜んでその列に紛れこみました。そうして高坂さんの栄光ある門出を全身全霊で祝していたのですが、羽貫さんが現れて、くねくねと踊り狂っている我々を廊下へ引っ張り出しました。

宴が果てる前の混乱に乗じて抜け出すことによって、彼女のタダ酒を飲む技術は完成するのです。

○

料亭から先斗町へ出た我々は、北へ向かって石畳を歩きました。

見上げると左右に迫った軒に切り取られた夜空は狭く、そこへ電線がたくさん走っていました。料亭の二階には簾《すだれ》が下げられて、その隙間から酒席の明かりが洩れています。紅い提灯《ちょうちん》、電光看板、軒燈、自動販売機や飾り窓の明かりが、狭い街路の両側にまるで夜店の明かりのようにどこまでも連なります。その中を三々五々連れだった人々が楽しげに抜けてゆくのです。

堂々たる恰幅《かっぷく》の旦那《だんな》衆が、万里の長城ぐらい敷居の高そうなお店へ悠々と入っていくのもお見かけしました。これぞ先斗町の格調と言うべきでありましょう。門をくぐった石畳の路地奥では、私などには想像もできない粋のかぎりを尽くした大人による大人のための大人の遊びが繰り広げられているに違いないのです。そうなのです。興味深いことです。

「さあ、どうしようかなあ」と羽貫さんは呟きました。

「もうあてはないのかい」

「そうでもないけど。やっぱりどこかで木屋町へ抜けようかしら」

足もとを猫が駆け抜けました。

猫のすばやい走りにつられて振り返ると、石畳の先に舞妓《まいこ》さんが見えました。彼女はぶら下がった大提灯の明かりを横切り、西へ延びる路地へそっと滑りこみました。

もう一度前へ向き直ると、羽貫さんたちの姿が見えません。

路地を曲がったのかしらと思って覗いてみましたが、分かりません。あのお二方がいなければ、私はこの先斗町に頼るべき人もなく、どうやって夜の旅路を続ければよいかも分からないのです。困ったことです。

「ねえ君、一人かい」

酔った男性に声をかけられましたが、「夜の街で出会った胡散臭い人間には、決して油断してはいけないよ」という樋口さんの忠告を思い出し、私は頭を下げて行き過ぎました。

ふいに大きな林檎《りんご》が落ちてきて、私の前の石畳へ転がりました。

思わず林檎の木を探しましたが、先斗町に林檎の木が生えているのは妙です。第一それは林檎ではありません。私はそのむっつり膨《ふく》れた達磨《だるま》と、じいっと睨《にら》めっこしました。

さて、読者諸賢。お久しぶりである。薄暗い路地にて、下半身のただならぬ開放感にどぎまぎしていた私だ。割りこんで申し訳ない。

猥褻物《わいせつぶつ》陳列罪の瀬戸際にいた私を救ったのは、店を蹴《け》り出されてきた東堂であった。よろよろと路地を歩いてきた彼は、救いを求める私に「ちょっと待ってな」と言い残し、しばらくすると古ぼけたズボンを持ってきた。先斗町と木屋町通の間に住まう知り合いの古本屋から、古着を借りて来たのである。

東堂は暗澹《あんたん》たる顔をしており、今に首でも吊《つ》りそうな気配がした。もう何もかもどうでもいい、ここで会ったのも縁だ、パアッと奢ってやるから来いよと言われた。捨て鉢な凄みも漂っている。いささか怖い。ついに押し切られて、私は彼女の乳を揉んだ憎むべき男と筵《えん》を分かつことになったのだが、もちろんその時はそうとは知らない。

路地を抜け、鴨川に面した先斗町のバーに連れて行かれた。小さなビルの二階、カウンターだけの洞穴のような店で、なぜか猫と達磨がうじゃうじゃいた。

酒と私を前にして東堂はにわかに泣き崩れ、「ちくしょう、つまらねーつまらねー」と嘆いた。「ああ、どうしよう」とも呟いた。そこへすぐに「どうしようもねえよな」と自分でかぶせる。

そうして東堂は、彼女に綿々と語った身の上話を、涙を交えて繰り返した。怒りが抑えがたくなったのか、彼はしきりに李白という老人を罵った。李白翁から借金の返済を迫られているというのである。「あの馬骨野郎《ウマホネヤロウ》」と罵倒してから、誰かに聞かれてはいないかと背後の様子をうかがっている。

彼女に巡り合うことなど夢のまた夢、見知らぬオヤジと二人きり。私までもが泣きたくなり、それぞれ手前勝手な理由で涙に濡《ぬ》れて、「酒と泪《なみだ》と男と男」という惨状を呈した。酔うにつれて東堂は荒《すさ》み、「遠慮するんじゃねえよ」「飲めよ」としきりにからむ。私は飲めない酒を飲んで大いに酩酊した。

酒場全体が、鴨川へ漂い出たかのごとく揺れ動いた。

やがて東堂の知り合いの古本屋が登場し、見知らぬオヤジが倍に増えた。

「やあ遅れてすまん。風呂釜《がま》が壊れてのう。桜湯でひと風呂浴びてきた」

彼は地麦酒をうまそうに飲み干してから身を乗り出した。「それで、本当に売る気か」

東堂は頷くと風呂敷包みを解いて、春画を並べた。彼はその愛蔵の品々を今宵「閨房《けいぼう》調査団」の競売を開いて売り飛ばすことに決めたと言った。行き詰まった上での苦渋の選択である。これで小金をこしらえて李白翁から逃げるほかないと。

「閨房調査団って何です」と私が口を出した。

「閨房調査団というのは色事にまつわる品を集める連中の倶楽部《クラブ》だ。色っぽい玩具とか骨董品《こっとうひん》、それからいかがわしいフィルム、こいつが溜《た》め込んでるみたいな春画、そういうものを持って集まるんだな」と古本屋が講釈した。

「何が調査団だよ……ようするに助平の集まりじゃないか」私は呟いた。

「なんだと、こいつ。こういうのは文化遺産っちゅうのだ」

「俺の生き甲斐《がい》だ」東堂が言った。

じつにどうでもよい。

私は通りに面した窓を開いて風を入れ、過ぎた酔いをさまそうとした。ふらふらと立ち上がって窓を開けて、先斗町の石畳を見下ろした。

冷たい窓枠に顎《あご》をのせてふうふう言っていると、見覚えのある小柄な乙女がてくてくと眼下の石畳を歩いていく。彼女だと気づいて呼び止めようとしたが声が出ない。慌ててカウンターの隅に置いてある達磨を掴んだ。店主が「何やってる」と言うのも聞かずに、私は窓から身を乗り出し、達磨を放り投げた。

彼女は立ち止まった。目の前の石畳に落ちた達磨を手にとってしげしげと眺めている。

私は身をひるがえして彼女のそばへ行こうとしたが、酩酊して足もとがおぼつかない。ぼよんぼよんと床が波を打つ。それに合わせて、崖《がけ》から転落するように胸が悪くなる。「で、こいつ誰だ?」と古本屋が私を指さして言っている。

何のこれしきの酩酊、彼女が今そこにいる、ここで行かねば何にもならぬと私は呻きながら、猫がわらわらと逃げ惑う汚い床へ倒れた。

そこで私はふたたび退場する羽目になる。

達磨をお腹に抱え、ぽてぽて歩いていると、木屋町へ通じる路地から樋口さんが顔を出しているのが見えました。「貴君、こっちだよ、こっち」と樋口さんは手招きします。私は嬉しくて駆け寄りました。

「ああ、良かった。見失ったかと思いました」

「何だい、その達磨」

「拾ったのです」

「Goodな達磨だ」

樋口さんに連れられて、私はその細い路地を歩いて行きました。

足もとには行燈《あんどん》のような電燈が点々と置かれて輝いています。

板塀の前に置かれている大きな鉢植えに紅葉が植わっていて、その青々とした葉蔭に隠れるように猫が二匹うずくまっていました。

煉瓦で装飾された壁に潜水艦のような丸い硝子《ガラス》窓があって、そこから明かりが洩《も》れています。

樋口さんが扉を開きました。カウンターの向こうに並ぶ酒瓶が豪華なシャンデリアのように輝いて、店内はウヰスキーのような琥珀《こはく》色の光に満ちています。

長いカウンターには紳士淑女がずらり並んでいて、入ってきた私を睨みました。

あな恐ろしやと思いながら肩身の狭い思いをしてカウンターをすり抜けると、その奥に隠れ家のような薄暗い空間があって、羽貫さんが四人のナイスミドルの方々に混じってお喋《しゃべ》りしていました。

紅い布張のソファに座ったおじさん方は、皆さん紅いネクタイを締めています。巡り合う好機はことごとく酒瓶に変えて憂うことのない羽貫さんは早々とその紅ネクタイのおじさん方と意気投合しているようなのです。

「息子さんが結婚したの。それはおめでとうございます」乾杯。「めでたいものか、ちくしょう」「まあまあ」乾杯。「俺が育てたのに自分で勝手に育ったようなツラをする」「親はなくても子は育つ」「俺は居ても居なくても一緒かい」「そんなわけないでしょう社長さん」乾杯。

私は樋口さんに小声で訊ねました。

「なぜみなさん紅いネクタイをされているのですか?」

「今宵は還暦のお祝いであるらしい」

皆さん大学時代の御学友で、わざわざ予定を繰り合わせて京都へ集ったそうです。

上京区《かみぎょう》のお医者さんだという内田さんが、「いっぱいあるから遠慮なく飲んでね」と言って、赤玉ポートワインを注いでくれました。

「畏れ入ります。赤玉ポートワインは大好きです」

「還暦にちなんで赤玉を用意してもらったんだけどもね、さすがにたくさんは飲めなくて持て余していたところだ」

○

「しかしまあ、人生というものはあっけないのう」「やめろやめろ。気持ちが暗くなる」「こいつは昔から政治的というより哲学的なんだ」「今さらそんな若造みたいなことを言っても始まらん。幼児退行か」「なにせ還暦だから」「そうか、還暦というのはそういうことだったか」「すなわち我々はふたたび青春時代を繰り返すというわけだ」「永劫回帰だ」「若さがなく悩みだけとは。地獄じゃないか」「夜だからだよ」「何がだ」「夜だからそんなことを考えるのさ」「俺は夜でなくてもこういうことを考えるね」「それはいかにもまずい。危険な兆候だ」「子どもたちは立派に育ったではないか、それで万事ヨシとせにゃ」「あいつらの人生はあいつらのもので、俺とは関係ない」「無茶苦茶な親だ」「呆《あき》れるな」「還暦にして未だ納得がいかん。人生とは何ぞ」「人生の目的とは何か」「産めよ殖やせよだ」「阿呆らしい」「今さら論じて何の役に立つ。論じているうちに死んじまうぞ」「死ぬのは怖いな」「年をとれば怖くなくなるのかと思っていたが、ますます怖くなるな俺は」「そうかい。俺はそうでもない」「おまえは昔からそんなやつだ」「考えると不思議ではないか。この世に生をうける前、我々は塵《ちり》であった。死してまた塵に返る。人であるよりも塵である方が遥かに長い。では死んでいるのが普通であって、生きているのはわずかな例外にすぎない。ならばなにゆえ、死が怖いのか」

○

我々の溜まっている酒場の一角が静かになって、沈没する豪華客船のように水底へ沈んでいくような感じがしました。「まあ飲んだらええがな」と内田さんが言いました。おじさん方はめいめい考えに耽《ふけ》って赤玉ポートワインを舐めました。

うつらうつらしていた羽貫さんが目を開けて沈黙を破りました。

「何だか辛気くさいお話ばかりじゃのう。そうら、樋口君、一発藝やってよう」

樋口さんがソファから立ち上がり、仁王立ちしました。

彼は浴衣の懐から葉巻を取り出すと、しかめっ面をして濛々《もうもう》と煙を吐き始めます。にわかにテムズの川霧のように濃い紫煙が漂ってゆき、それは我々のいる一角から流れ出して、琥珀色の明かりに照らされたカウンターまで舐めてゆきます。カウンターで静かにお酒を飲んでいた数名が怪訝《けげん》な面持ちでこちらを振り返っています。

「さあさお立ち会い、ご用とおいそぎのないかたは、ゆっくりと御覧あれ。てまえお座敷の隅っこにて未熟な渡世を致すものとはいえども投げ銭や放り銭は頂かぬ。とは言え、この藝に感心した方々がタダ酒タダ飯を振る舞おうというからには無下に断る理由もない。まあ御覧くだされ」

やがて、濛々と渦巻く煙の中で、樋口さんは見えない空気ポンプを両手でせっせと押すような仕草をしました。自分の足もとにある風船を膨らますような感じです。

　ふいにおじさん方がソファから身を起こしました。

　樋口さんの身体がふわふわと持ち上がって、三十センチばかりのところで揺れていたのです。どう見ても、本当に浮かんでいるとしか思われません。

　やがて我々が阿呆面をして見上げる中、樋口さんは壁を蹴って天井まで浮かび上がりました。私が達磨を放り投げると、樋口さんはそれを抱きかかえて丸くなり、天井の大きな電燈のわきでくるくると廻ってみせます。煙草の煙を電燈へ吹きかけます。

　樋口さんはゆったりと寝大仏の恰好をして、すいすいとカウンターの方へ流れて行きました。静かにお酒を飲んでいたほかのお客の方々もあっけにとられて、自分たちの頭の上を漂っていく浴衣の男を見上げています。

　羽貫さんがぱちぱちと手を叩《たた》き始めると、我々も手を叩き始め、やがてそれは割れるような拍手喝采《かっさい》となりました。

　樋口さんは向こうの壁際でくるりと水泳選手のように上手に廻って、ふたたびこちらへ帰ってきて、降り立って丁寧にお辞儀しました。

「いや、凄いのう、君」

　息子さんが結婚したばかりの赤川さんという染色会社の社長さんが唸《うな》りました。

「こんなのは初めて見た。君、いったい何やってる人か。手品師かね」

「天狗であります」

「なに天狗。それは凄い」

社長さんはげらげらと笑いました。「ぜひ今度、うちの宴会でやってくれ」

「まあ一杯飲んで」

内田さんが赤玉ポートワインを取りあげましたが、空でした。彼は隣の瓶に手を伸ばしましたが、それもまた空でした。私は頬が火照るのを感じましたが、それは酔いのためではなく恥じらいのためでした。豆ッ恥、豆ッ恥。

「君これ全部飲んだのかね」内田さんが呆れました。「大丈夫か、君」

「やあ、こっちにも天狗が一匹いたな」

そこからふたたび宴の席は朗らかになって、やがて風船のように上機嫌になった社長さんと内田さんがそれぞれの両手を挙げて掌を合わせ、くねくねと踊りました。それは紛うかたなき「詭弁踊り」です。

その方々こそ、かつての詭弁論部員であり、詭弁踊りを考案した人々でした。

のらりくらりと詭弁を弄《もてあそ》んで他人を煙に巻いていた懐かしき青春の日々、彼らに投げつけられた数々の罵詈《ばり》雑言《ぞうごん》の中に「このウナギ野郎」という一言があり、気に入った彼らは「我ら鰻《うなぎ》の如くぬらぬらと詭弁を弄《ろう》せざるべからず」と満天下に宣言しました。宴会のたびに鰻をまねた詭弁踊りを踊ることを部訓へ織り込んで嫌がる後輩に無理強いし、それが三十年以上の時をこえて脈々と受けつがれ、現役部員に「それにしてもどこの阿呆だ、こんな踊りを考えたのは」と言わしめることになったのです。

当時、外国へ留学することになった同志を飛行場へ見送りに出かけ、詭弁踊りで送り出したこともあったそうです。

「そいつは留学先で死んじゃったがね」

社長さんは言いました。「懐かしいのう！」

○

すっかり意気投合した我々は詭弁踊りを踊りながらその酒場を後にして、夜討ちをかけるように先斗町を渡り歩きました。

社長さんは顔の広い人でどちらへ出向いても知らぬ人がおりません。どこへ入り込んでも知り合いがおり、すぐさまドワハハハハと一緒に大笑いして麦酒の泡を吹き飛ばすのです。今や深夜を廻った先斗町はひっそりと静かになってきているのですが、我々だけは賑やかにその静けさの隙間を縫ってゆきました。

私が偽電気ブランが飲みたいとお願いしたので、社長さんは「李白さんはいねがー」とナマハゲめいた台詞を繰り返しながら、延々と連なる酒席をどこまでも李白さんを求めて歩いて行きました。

猫と達磨がうじゃうじゃといるバーがあり、双子の兄弟が切り盛りする喫茶店があり、艶《なま》めかしいジャズバーがあり、地下牢《ろう》のような酒場があり……次から次へと現れるお酒またお酒、扉また扉、お酒またお酒。

目眩《めくるめ》く道程ではありましたが、美味しいお酒が飲めるならたとえ火の中水の中、私は愉快千万でした。


「しかし君は飲むのう。本当に底が知れんね」

社長さんに言われました。「君、いったいどれぐらい飲むの」

私はむんと胸を張ります。「そこにお酒のあるかぎり」

「その心意気やよし。君、李白さんと飲み比べしたまえ。そしたら偽電気ブランを好きなだけ飲めるぞ」社長さんは言います。「俺なら君に賭ける」

社長さんは行く先々で李白さんの居所について訊ねるのですが、今宵は誰も李白さんを見ていません。自家用車に籠もって古書を舐めるように読んでいる、あるいは道行く酔っぱらいのズボンを奪って遊んでいる、それが大方の見解です。

「飲み比べするのかい。赤川さんも懲りないのう。あの人には勝てやせんって」

「いや、挑むのはこの子だ。百年に一度の逸材と見た」

「おいおい、無茶言うな」

「人を見かけで判断してはいけない」

なかなか李白さんには会うことができませんでしたが、現役詭弁論部員たちに巡り合うことができたのは嬉しいことでした。地下牢めいた酒場の隅でアヤシゲな詭弁踊りを踊っていたので、間違えようはずもありません。三十年の時をへだてて出会った先輩と後輩は互いに感無量、詭弁踊りを踊り狂ってから意気投合し、肩を組んでデタラメな「詭弁の歌」を歌い出しました。

英国行きを控えた高坂さんは紅ネクタイのおじさん連に「日本男児の誇りを持て」「勉強しろ」「四当五落」「死ぬな」などと激励の集中砲火を浴びせられ、目を白黒させながら「頑張ります」と言いました。高坂さんはまだ諦《あきら》めがつかないようで、すきを見ては「ナオコさんナオコさん」と呟いています。彼らも道連れとなりました。

酔いにまかせて沈黙の淵に沈み、樋口さんに背負われていた羽貫さんへは、周囲から「眠れる獅子《しし》」の称号が奉られていましたが、にわかに目覚めるや他人の麦酒を「おまえのものも俺のものー」と言って見境なく飲みまくり、「先斗町最高」と叫んで私のほっぺたを舐めました。目覚めた獅子はもはや手がつけられませぬ。

一方の樋口さんは行く先々で、口から鯉のぼりを吐き出して窓から夜空へ飛ばす、耳の穴から悪趣味な黄金色の招き猫を取り出すなど、天狗的超絶技巧を披露して人々の喝采を浴びました。

鯉のぼりはそのまま先斗町の街路を漂って行ったので、夜遊びに耽る人たちを驚かせたことでしょう。黄金色の招き猫からはマトリョーシカのように次々と小さな招き猫が生まれ、大小さまざまの招き猫で酒場を埋め尽くされた店主が激昂《げっこう》すると、樋口さんは浮かび上がって天井の隅へ逃げ去り、誰の手も届かないところで笑うのです。

彼は天狗的というよりも、もはや天狗でした。

私はひたすら楽しき宴の隅でお酒を飲み、李白さんや偽電気ブランと巡り合えるように祈っておりました。

店から店へ賑わいを運ぶ我々は、夜の街を行く奇妙奇天烈《きてれつ》なサーカス団のようでもあり、また、小さな祇園祭を勝手に開催しているようでもあったのです。

○

そろそろ先斗町歌舞練場が見える北の果て近くになって、店じまいする喫茶店からぞろぞろと出てくる一群に巡り合いました。

あれは今宵開かれた結婚祝いの、流れ流れた○次会ではないかしらん。ぴったりと身を寄せ合っているのは、あの神をも畏れぬ熱愛ぶりで我々を威圧した新郎新婦に違いありません。賑やかな一団がこちらから向かって行くので、あちらは何事かと身構えるようにしています。

「ナオコさん」と高坂さんが立ち尽くし、詭弁論部員たちが囃《はや》し立てました。

「ありゃ康夫か」と社長さんが鼻を鳴らし、元詭弁論部員たちがどよめきました。

夜の街で巡り合う、洋行を控えた学生と今や人妻となった憧《あこが》れの人、および還暦を迎えた父親と結婚したばかりの息子。一種不思議な荘厳さがあたりを包み、さてこの妙な沈黙をいかにして破るべきかと誰もが酔いしれた頭を絞っていたに違いないその時、空から古びた紙片が幾枚か舞い降りました。

羽貫さんが拾い上げて「オオこれは」と唸りました。還暦のおじさん方も詭弁論部員たちも拾い上げて興味津々で見つめています。私も一枚拾い上げてみましたら、それは男女が奇怪至極な姿でからみあう、見覚えのある春画の一部分でした。そして春画と一緒に、痛切極まる叫びが降ってきました。

「もう終わりぢゃあッ」

我々は上を見ました。

西側は喫茶店、東側には立派な料亭が建っています。

その料亭の三階の欄干《らんかん》へ足をかけて、東堂さんがまるで歌舞伎役者のように街路へ身を乗り出していました。彼は大見得《おおみえ》を切る石川五右衛門のごとく深夜の先斗町を睥睨《へいげい》し、憤怒の形相で秘蔵の春画を破いては、腕をあらんかぎり宙へ伸ばし、鬼やらいのように紙片をまきます。宙で掌を開くたびに、彼は「ちくしょう」と痛々しく叫びます。軒に切り取られた狭い夜空へ、数々の男女の姿態が舞い、次から次へと石畳へ降り、狭い路地の中で踊り、やがていずこへともなく吹き散らされてゆきます。

私には、それがまるで魂を千切って風にのせる所作のように思われました。

「絶景かな」と樋口さんが呆れたように呟きました。

料亭の三階にも人々がいるようです。東堂さんの御乱心をなだめる声が聞こえてきますが、彼は「近寄ったら頭から飛び降りる」「死んでやる」と息巻きます。

東堂さんは泣いていました。

「東堂さん」と私は叫び、続いて「お父さん」と呟いたのは新婦でした。

○

読者諸賢、ごきげんよう。

丑三つ時を廻った頃、私は京料理「千歳屋《ちとせや》」の大座敷の隅において、焼きすぎた餅《もち》のように膨れていた。彼女に巡り合うことはなかった。東堂が呼び出した古本屋がタチの悪い酒飲みであり、惨憺《さんたん》たる目にあうばかりで、今さら抜け出すことも許されず、ずるずると彼らと運命をともにする羽目になった。

幾つかの殺伐たる宴席を抜けて、我々は閨房調査団の臨時競売へ辿りついた。もはや真夜中を過ぎているのに、その料亭の若旦那《わかだんな》が閨房調査団の一員であり、東堂の無理を聞き入れた。好事家《こうずか》というものは無茶である。

東堂は目前に並べた春画の数々を見つめながら、口をへの字に結んでいる。

襖《ふすま》が開け放たれて広々とした座敷はがらんとして、ところどころにポットと急須と湯呑《ゆの》みがのったお盆と、紫色の饅頭のような座布団が並べられていた。鴨川に面した硝子窓から覗けば、暗い鴨川と、京阪三条駅界隈の明かりが見えている。

やがて商店主や銀行員など、男女を問わぬさまざまな団員たちが眠そうな顔をして座敷へ入ってきた。中には京大界隈から自転車を走らせてきた散髪屋もいるという。彼らは三々五々、座布団に座って煙草を一服したり、お茶を啜《すす》ったりして、あまり無駄口も叩かない。

古本屋主人から闔房調査団の開会が宣言され、東堂の夜のコレクションが涎を流す好事家たちの懐中へ雲散霧消せんとしたその時、座敷に居ならんだ人々の携帯電話が音を立てた。そして一つの噂が興奮をもって伝えられたのである。

「おい、李白翁が飲み比べするらしい」散髪屋の男が大きな声で言っている。

噂によると、李白翁へ一世一代の大勝負を挑もうとする怪人物がこの界隈を歩き廻っているとのこと。その人物は全長二メートルに及ぶ巨体で、ぼろぼろの浴衣を着た「眠れる獅子」と呼ばれる破戒坊主であり、口から数知れぬ鯉のぼりを吐き出すという傑物、はるばる奥州から李白翁を打ち負かすために上洛《じょうらく》したというのである。傑物というよりもむしろ妖怪《ようかい》ではないか。

会員たちは口々に喋り始めた。

「李白さんの飲み比べというのは、ずいぶん久々ですなあ」

「しかし今夜は李白さんを見てないが」

「どこでやるのかしら」

「ちょいと見物に行きたいな」

大座敷は東堂コレクションそっちのけで騒然とした。

ああいやだこんな連中にむざむざと愛蔵の品をくれてやるのは忍びないという悶々《もんもん》を我慢してジッと座っていた東堂は、場内の緊張の緩みによって、ぷつんと自制の緒を切った。妻子との別離、李白さんへの借金、消えてしまった錦鯉、散り散りにならんとするコレクション。それらに対する想いがひと息に東堂に押し寄せて、彼はもはや策を弄することに嫌気がさしたに違いない。もはや何もかもどうでもいい。愛蔵品を買い叩かれる屈辱を味わうよりもいっそすべてをこの手で始末して、ついでに己も始末してしまえ。彼はそう断じたのであろう。春画を抱えた東堂は通りへ面した窓へ駆け寄り、欄干へ足をかけて身を乗り出した。

「誰にも売りやしないぞ」

彼はそう叫んで、春画を破り始めた。

満座が驚愕《きょうがく》した。

こんな夜更けに人を呼び集めておきながら、この阿呆は何のつもりか。

調査団の団員たちは東堂を取り押さえようと立ち上がったが、「近寄れば頭から飛び降りて死ぬ」と言われては手が出せない。むざむざと貴重な文化遺産が紙くずになるのを誰も止めることができないのである。

私は寝っ転がって、悠々と茶を啜りながらこの騒動を見物していたが、春画が降りしきる先斗町の路上から彼女の声が聞こえたので飛び起きた。

「東堂さん」と彼女は叫んでいた。

○

「東堂さん、人生の次なる一手を模索していたのではないですか」

私は欄干を見上げて叫びました。「諦めてはなりません」

「あんたは本心でそんなことを言っているか」

東堂さんはギロリとこちらを見下ろします。

「春画をばらまいて、あんたの乳を揉んだ男だ」

「でも立派な人生論を聞かせて下さいました」

「人生を論じるなど、ただの暇つぶしだ」

東堂さんは歯を食いしばり、春画をまとめて破ります。「人生を論じて、この袋小路が抜けられるか」

「娘さんがいますよ」私は気圧《けお》されている新婦をぐいと押しました。

「娘さんの幸せのためなら何でもするのではないのですか」

「お父さん、落ち着いて」

「あれ、おまえこんなところで何してる」

東堂さんはようやく娘さんがいることに気づいたのですが、「ちくしょうちくしょう」とふたたび息巻いて春画を破りました。「なんちゅう恥を、娘の前で」

「お父さん、私は気にしてないよ。エロオヤジでも何でもいいよべつに」

「駄目だあ。もううんざりだあッ」

その繊細微妙な駆け引きが繰り広げられているところを、相変わらず高みの見物していた樋口さんが、ふいに後ろを振り返って「やあ李白翁が来た」と言いました。

南へ目をやって、私は息をのみました。

暗くて狭い先斗町の南から、背の高い電車のようなものが、燦然《さんぜん》と光を放ちながらこちらへ向かって来るのです。それは叡山《えいざん》電車を積み重ねたような三階建の風変わりな乗り物で、屋上には竹藪《たけやぶ》が繁っているのが見えました。

車体の角にはあちこちに洋燈《ランプ》が吊り下げられて、深紅に塗られた車体をきらきらと輝《てら》しています。色とりどりの吹き流しや、小さな鯉のぼり、銭湯の大きな暖簾《のれん》などが、車体の脇で万国旗のようになびいているのも見えます。

幾つもある車窓の中には、居心地の良い居間のような明かりが満ちて、小さくも豪華なシャンデリアが列車の進行に合わせて揺れています。一階の窓からは、ぎっしりと本が詰め込まれた書棚や、天井から吊られた浮世絵が見えました。

私は一瞬東堂さんのことも何もかも忘れて、暗い夜を押しのけるようにしてやってくるその魔法の箱に見惚れていました。

人気も絶えて暗くなった先斗町で、その電車が進んでくるその一角がお祭りのように明るいのです。それでいて、怖いほどに静かなのです。

音もなく近づいて来るにつれて、電車の先頭に瀬戸引きの看板が打ちつけられているのが分かりました。

そこには大きな寄席文字で、「李白」と書かれておりました。

路上の人々が「李白さんだ」「李白さんが来た」と呟くと、千歳屋の欄干から身を乗り出していた東堂さんは「何、李白ッ」と叫んで首を伸ばしました。そのすきを見て、三階に集まっていた人々がドッと襲いかかり、彼を抑えつけました。

人の手から逃れようと暴れながら、東堂さんは残った春画をばらまきました。

「あいつに返す金はないよう。もうダメだ、李白にばらばらにされるッ」

東堂さんは叫びました。「ひと思いに、ここで死なせてくれえッ」

欄干からひらひらと舞い落ちる東堂さんの幸せ、それを私は宙で摑み取りました。髪飾りをいっぱいつけた妖艶《ようえん》なる美女のあられもない姿へ、三階建電車の洋燈が橙色の明かりを投げかけます。今宵逢ったのも何かの御縁。

音もなく近づいてくる満艦飾《まんかんしょく》の三階建電車を見据えながら、私はそれを押し返すようにむんと胸を張りました。

私はぐいと東堂さんを見上げました。

「東堂さん、これから李白さんと飲み比べします。あなたの借金を賭けて」

私は叫びました。

「私は必ず勝つでしょう」

○

我々は京料理「千歳屋」の三階へ上がりました。

三階の大座敷では、抵抗する東堂さんが寄ってたかって抑えつけられているところでした。

そんな中、李白さんの三階建電車がしめやかに京料理「千歳屋」の前に停まりました。大座敷の欄干の向こうから明るい光がさします。電車の屋上には一本の街灯があって、それがぴかぴかと輝いているからです。

大座敷の中は静まりかえりました。誰も李白さんの電車へ乗りこもうとはしません。しかし私は李白さんに会わねばならないのです。思い切って先に立ち、私は欄干を越えて李白さんの電車へ乗りこみました。ほかの人々も黙って私に続きます。

三階建電車の屋上には草がなびいていました。

藻の浮いた古池が満々と水を湛えていて、池の岸には鬱蒼とした竹林があります。

「あ、蛍」と誰かが指さした方へ目をやれば、水面に垂れ下がった大きな笹の葉陰で、確かに蛍が小さく可愛らしく光っているのでした。

我々を誘うように、竹林の中に提灯がぶら下がっていました。その奥に煉瓦造りの煤《すす》けた煙突が一本立っていて、そのわきに下へ降りる螺旋《らせん》階段がありました。

そこを降りると、狭い三和土《たたき》に出ました。

曇り硝子の嵌《はま》った引き戸を開けると、むわっと湯気が漂います。引き戸の向こうには櫓《やぐら》のような番台があり、真鍮《しんちゅう》の鍵がついた木製のロッカーが壁をふさぎ、簀《す》の子を敷いた床には脱衣籠《かご》が並んでいます。

「この奥は銭湯だ」と樋口さんが教えてくれました。「下の階が宴会場になる」

さらにぞろぞろと連なって螺旋階段をおりると、奥行きの長い部屋へ出ました。

柔らかい赤絨毯《じゅうたん》が敷き詰められて、あちこちに黒光りする円卓やソファが置かれています。すべての円卓にはすでに酒肴《しゅこう》と酒器の用意が万端整っていました。

正面の一番奥には大きな柱時計が銀色の振り子を揺らしていて、その傍らにある蓄音機から掠《かす》れた音楽が流れています。

窓際には私がすっぽり入るような青磁の壺《つぼ》があるかと思えば、瓢簞《ひょうたん》を抱えた狸の置物や、運動会の大玉転がしで使えそうなほど大きな地球儀があります。板張りの壁には、般若《はんにゃ》や狐や烏天狗の仮面、瀧を登る鯉が描かれた錦絵、不気味な海老《えび》を描いた油絵などが脈絡なくひしめいています。

それら風変わりなコレクションを照らすシャンデリアの真下、福々しい顔をしたお爺《じい》さんが、マシュマロのように柔らかそうな一人掛けソファに沈み込んでいます。彼はにこにこしながら水煙管《ギセル》を吸い、ぽこぽこ音を立てました。

「皆さん御機嫌よう」と李白さんは煙管から口を離し、朗らかな声で言いました。

「私と勝負したいというのは、そこのお嬢さんか」

○

結婚祝いとタダ酒飲み会と歓送会と還暦祝いとが合流した宴会が静かに始まる中、私は李白さんと酒杯を挟んで相対することになりました。

大きな銀色の酒瓶と銀のコップが二つ、丸テーブルの上に置かれております。

勝負は極めて簡単です。私と李白さんが互いに一杯ずつ飲んで、空にした証《あかし》として相手の目の前で逆さにする。そうすると次の一杯が注がれます。もうこれ以上飲めないと片方が宣言した場合、あるいは酔ってコップが持てなくなった場合、医師である内田さんが危険と判断した場合には勝負の幕が引かれます。

コップに注がれた偽電気ブランは清水のように透き通っていますが、かすかに橙色がかっているようにも見えます。私は手にとってそっと香りをかいでみました。そのとたん、まるで目の前に大輪の花が現れたような錯覚を覚えました。

社長さんと東堂さんと樋口さんが私のそばへ寄り添いました。

「では、諸君らの借金を合わせて勝負ということでいいかね。もしこの女性が負けたら借財は二倍になる。私は容赦せんよ」

李白さんの言葉に三人は重々しく頷《うなず》きました。

その時、宴会場の奥にある大時計が午前三時を告げました。

「では、始めて下さい」

立会人の役を仰《おお》せつかった内田さんが言いました。

偽電気ブランを初めて口にした時の感動をいかに表すべきでしょう。偽電気ブランは甘くもなく辛くもありません。想像していたような、舌の上に稲妻が走るようなものでもありません。それはただ芳醇《ほうじゅん》な香りをもった無味の飲み物と言うべきものです。本来、味と香りは根を同じくするものかと思っておりましたが、このお酒に限ってはそうではないのです。口に含むたびに花が咲き、それは何ら余計な味を残さずにお腹の中へ滑ってゆき、小さな温かみに変わります。それがじつに可愛らしく、まるでお腹の中が花畑になっていくようなのです。飲んでいるうちにお腹の底から幸せになってくるのです。飲み比べをしているというのに、私と李白さんがにこにこ笑いながら飲んでいたのは、そういうわけであるのです。

ああ、いいなあ、いいなあ。こんな風にずうっと飲んでいたいなあ。

私はそうやって偽電気ブランを楽しく頂きました。やがて周りの人々のざわめきは遠のいて、まるで静かな部屋の中で私と李白さんだけがお酒を酌み交わしているような不思議な心持ちになりました。大袈裟《おおげさ》に言うのを許して頂ければ、偽電気ブランはまるで私の人生を底の方から温めてくれるような味であったのです。

一杯。一杯。一杯。

時が経つのも忘れて飲み耽るうち、言葉を交わしてもいないのに、李白さんが自分の祖父であるかのような安心が湧《わ》いてきました。そうして言葉を出さずとも、李白さんが喋りかけてくれているような気がしたのです。

「ただ生きているだけでよろしい」

李白さんはそんなことを言ったように思われました。「美味しく酒を飲めばよろしい。一杯一杯又一杯」

「李白さんはお幸せですか」

「無論」

「それはたいへん嬉しいことです」

李白さんは莞爾《かんじ》と笑い、小さく一言囁《ささや》きました。

「夜は短し、歩けよ乙女」

偽電気ブランをお腹に入れながら、私は無性に楽しくてなりませんでした。美味しうございました。幾らでも飲めるのです。

そして、私はこの勝負が永遠に終わらなければ良いのにと願ったのですが、気づくと目の前の李白さんが動きを止めておられました。テーブルの上に置かれたコップには、皺《しわ》だらけの掌がかぶさっていました。

「儂《わし》はもう飲むことができない」

李白さんはそう仰《おつしや》いました。「ねえ君、これぐらいにしておきなさい」

ふいに現実のざわめきが私の周りに戻ってきました。

宴会の輪がぐっと小さく縮まって、私と李白翁を取り囲んでいました。社長さんが私の肩を叩き、樋口さんが懐手して笑います。そうして肝心の東堂さんは、絨毯に座り込んで藁半紙を丸めたような顔をしておりました。

李白さんとの飲み比べが終わった後、その不思議な宴会は続きました。偽電気ブランが振る舞われ、人々は皆、良い匂いを漂わせました。和やかなような、それでいて気恥ずかしいような雰囲気があたりを柔らかくしています。

ソファに座った東堂さんと社長さんが水煙管をぷかぷか吹かし、紅いネクタイのおじさんたちと高坂さんは新郎新婦に結婚祝いを述べています。

壁にかかった絵やヘンテコな品物の前には人だかりができて、その値打ちを議論しています。上階の銭湯へひと風呂浴びにゆく人もいます。

羽貫さんはソファへ身を投げて、李白さんと珈琲《コーヒー》を飲んでいます。樋口さんは巨大な地球儀をくるくる廻し、手近な人をつかまえては、何か声高に演説をしていました。

「そういえば、我々はなぜ今夜集まったんだっけ」と誰かが言うのが聞こえました。

私は生まれて初めて足がよろけるのが面白く、得意の二足歩行ロボットの真似をしながら宴会場をうろうろ踏破して遊んでいたのですが、ほろ酔いの自分が面白くて屋上へ出てみたいと思いました。螺旋階段をよちよち上ろうとしていた私があまりに危なっかしかったのでありましょう、東堂さんが駆け寄ってきて、一緒に行くと言いました。「屋上で蛍狩りでもするかい」と東堂さんは言いました。

螺旋階段を上って、我々は屋上の古池の岸へ出ました。

笹藪《ささやぶ》の蔭にいる蛍を探して遊んでいると、ひんやりした風が吹き渡って水面を揺らします。私の頭を包んでいた偽電気ブランの酔いが、涼しい風に乗って散ってゆくように思われました。

「こんな妙ちくりんな夜は初めてだ」東堂さんは言いました。

「本当に何が起こるか分かりませんねえ」

「後はあの鯉たちが帰ってきてくれたらなあ、いやそれはさすがに贅沢か」

そうして東堂さんは、愛しい鯉たち一匹一匹の名前を呼ぶのでした。

「優子やーい。次郎吉やーい。貞治郎やーい」

その時です。

東堂さんの呼びかけに応えるようにして、古池の水がどぼおんと激しく跳ねました。

何かが池に落ちたようです。我々は後ずさりしました。

「隕石《いんせき》か？」東堂さんが言いました。

驚く我々を尻目に、その不思議な隕石めいたものは次から次へと続いて、池の水をはね散らします。暗い空の彼方から落ちてきた隕石は、池の端に立つ街灯の光の中で、一瞬だけ紅白や黒や金の美しい肌を煌めかせて、それから水を跳ね散らすのです。

私と東堂さんは空をぽかんと見上げました。

紺青の空には綿を千切ったような淡い雲が浮かんでいます。そこへ散らばる、ひと握りの金の粒。初めは天空へ飛び去る鳥の群かと思われたものが、息つく間もなくこちらへ近づいてきます。

それは鯉の群でした。

ぴちぴちと宙で身をくねらせる錦鯉の一団が、街の灯に照らされて金色に輝いて見えるのです。私には一匹一匹の鰭や鱗さえ見えるように思われました。

東堂さんが私を庇《かば》って覆いかぶさった瞬間、錦鯉たちが一斉に古池へ降り注ぎました。スコールに見舞われたように、古池を囲む笹藪がざわざわと音を立てました。激しい水しぶきであたり一面が煙ったようになります。錦鯉が降っている間、李白さんの三階建電車が、まるで線路を走っているかのように、がたんごとんと揺れたほどです。

水しぶきがおさまってから、東堂さんは池を覗きました。

「うひゃあ、こんなことがあるか。あるわけがない」

彼は怒ったように、空へ向かって拳を振り上げます。「馬鹿にするなッ」

「なんですか」

「こりゃ俺の鯉だ。俺の鯉が降ってきたッ」

そうして彼は私に抱きつき、よりにもよって接吻《せっぷん》しようとしてきたのです。

破廉恥な。

私はここで尊敬する姉の言葉を忠実に守るべきだと考えました。

したがって私は愛に満ちたおともだちパンチをふるい、東堂さんを古池へ叩き込んだのであります。

○

さて、未練たらしく私である。

彼女を追って李白翁の電車へ乗りこんだが、鬼気迫る一騎打ちの間はとうてい彼女に近寄れず、そのうちに酒癖の悪い古本屋からまたからまれて酒を飲まされた。その不快なる酩酊の中で、自分のズボンを奪ったのが李白翁であること、さらにそのズボンをずうずうしく穿《は》いているのが樋口という男であることを知ったが、問いつめる元気も湧かない。

彼女の勝利を見届けてから声をかけにゆこうとしたが、酔ってこの上なく気持ちが悪くなり、屋上へ逃げ出した。笹藪の蔭にかくれ、水辺の蛍を眺めながら胸につかえた何もかもを吐き出そうとしていた。

その時、彼女と東堂が上ってきて、対岸で蛍狩りを始めた。

東堂は飛び去った錦鯉への愛を彼女に綿々と語っているが、錦鯉が竜巻にのって飛んでゆくなんぞ、誰が信じるものか。彼女だからこそ涙を浮かべて聞いてくれるが、イイ気にならぬがよい。

彼女は目の前にいる。今こそ声をかけなければ、もはや機会はないであろう。私は池の水で口をすすぎ、憧れの彼女のもとへ行こうとした。

千鳥足で笹藪を出て、息を吸い込んだ拍子に暗い夜空を見上げた。

何か妙なものが降ってくるなと思った時には、すでに万事は手遅れであった。街灯の明かりを受けたそれがキラキラと金粉を散らしたような美しい色をしていると思ったが最後、私は頭に重い一打を受けてひっくり返った。

ぐるぐると天地が廻った。それでもなお、「天地無用」と呻きながら、笹藪を這い進んだ私を誰か誉めてやって然るべきだ。

やがて煌めく錦鯉の一団が降ってきて古池の水を跳ね散らし、哀れな私をずぶ濡れにしたが、私はそれでも諦めなかった。

東堂が「俺の鯉が降ってきたッ」と叫んで、彼女に抱きつくのを見た時、怒り心頭に発すると同時に、使命感に打ち震えた。

長く虚しい旅路の果て、ようやく好機は巡ってきた。彼女を東堂の魔手から救い出して己の有用性を主張すれば、彼女と親しく言葉を交わせる。これぞ千載一遇の好機なり。身に覚えのない度重なる日頃の善行がついに功を奏した。

私は拳を握ったが、その鉄拳はただちに無用の長物となった。

彼女は冷静に、自分の拳で東堂を古池へ叩き込んだからである。

己のあまりの無用ぶりに神の企《たくら》みを看取し、古池の水際に仰向けになって天に唾《つば》しようとしていると、ふいに彼女が私の顔を覗きこんだ。短く切りそろえた黒髪がわずかに濡れていて、街灯の光に輝いた。偽電気ブランのせいであろう、彼女は少し潤んだ美しい眼をして、じいっと私を見つめていた。

「大丈夫ですか」彼女は言った。

私はうむと呻いた。

「下にお医者さまがいらっしゃるので呼んできます。無理をしてはいけません」

彼女が妙な拳の握り方をしていることに気づいた。

私がその拳を真似してみせると、彼女はふんわりと笑った。夜を司《つかさど》る神と偽電気ブランこそが与えたもう、真善美うち揃った笑みだった。

「これは、おともだちパンチです」

その豆大福のような拳を見たのを最後に、私は酔いつぶれた。

ついに主役の座を手にできずに路傍の石ころに甘んじた私の、苦渋の記録はここにて終わる。涙をのんで言う。さらば読者諸賢。

○

空から降ってきた鯉を堂々頭で受けとめて倒れた先輩は、李白さんの書斎へ運び込まれ、内田さんの診察を受けました。

同じクラブでありながら、その先輩のお名前を覚えていなかったのは、私の不徳と致すところです。今夜はお話しする機会もありませんでしたが、次にお会いする時には名前も覚えて、この賑やかな夜の想い出などをお話ししたく思います。

先輩の無事を見届けた後、私はこっそり電車を降りて、ひんやりとした先斗町の石畳へ立ちました。空はまだ暗いですけれども、かすかに夜明けの気配が感じられます。乙女の慎みとして、夜明け前には寝床に戻らねばなりません。

李白さんの三階建電車は、暗い先斗町をふさいで、魔法の箱のように輝いています。ほかの人たちは宴会の締めくくりを賑やかに楽しんでおられるでしょう。東堂さんは屋上の古池で愛すべき鯉たちに囲まれて笑っているでしょう。

ふと私は、電車二階の硝子窓から李白さんがこちらを眺めていることに気づきました。私がお辞儀をすると、彼は銀色のコップを「乾杯」というように宙にさし挙げました。

それを合図にしたように、三階建電車は音もなく走り出します。

賑やかな明かりが先斗町の南へ消えていくのを、私は見送りました。

やがてあたりは暗くなり、私だけになりました。

○

私は暗い先斗町の石畳を歩き始めました。

そもそも自分がなぜこのような夜の旅路に出たのであったか、その時の私にはもはや分かりませんでした。それというのもなかなかにオモシロく、学ぶところの多い夜だったからでありましょう。それとも私は何か学んだ気になっているだけなのかしらん。けれどもそんなことは、もうどうでもよいのです。ひよこ豆のように小さき私は、とにかく前を向いて、美しく調和のある人生を目指して、歩いてゆくのであります。

冷たく澄んだ空を威張って見上げて、李白さんがお酒を酌み交わしながら言った言葉を思い出しました。愉快な気分になり、我が身を守るおまじないのようにその言葉を唱えてみたくなりました。

かくして私は呟いたのです。

夜は短し、歩けよ乙女。

第二章　深海魚たち

私は古本市に弱い。

あまり長く古本市をうろついていると、きまって偏頭痛におそわれ、悲観的になり、自虐的になり、動悸《どうき》息切れがし、ついには自家中毒を起こす。たとえ下宿へ帰りついたにせよ、玲瓏《れいろう》たる美女に手術台に縛りつけられて、裁断した平凡社世界大百科事典を喰《く》わされる夢を見る。だから古本市の季節には、私は決まって憂鬱《ゆううつ》になる。それで、今年こそは行くまいと心に決めた。

しかし土壇場になって、どうしても行かねばならない窮地に追い込まれた。

彼女が行きたいと言ったのだ。

○

彼女は大学のクラブの後輩にあたり、私はひそかに想いを寄せていた。

古本市の前日、その黒髪の乙女が「明日は古本市に行くのです」と言ったとのこと。これは、ある信頼すべき筋からの情報である。それを聞いたとたん、天啓と言うべき計画が浮かんだ。

古本市をさまよっている彼女は一冊の本を見つけ、意気込んで手を伸ばす。そこへ伸びてくるもう一つの手。彼女が顔を上げると、そこに立っているのは私だ。私は紳士的にその本を彼女に譲ってあげるにやぶさかでない。彼女は礼儀正しくお礼を述べるだろう。すかさず私は優雅な微笑で応《こた》え、「いかがですか。そこの売店で冷やしたラムネでも飲みませんか」と誘うのである。

蟬時雨《せみしぐれ》を聞きながらラムネ休憩としゃれこみ、古本の収穫について語り合ううちに、二人の間にはいつしか互いへの信頼が生まれているであろう。その後は、天が私に与えた才覚をもってすれば、事はきわめて容易だ。万事はおのずから私の思い描いた通りの経過を辿《たど》らざるを得ない。その先にあるのは黒髪の乙女とともに歩む薔薇《ばら》色のキャンパスライフである。

我ながら一点の曇りもない計画で、じつに行雲流水のごとく、その展開は見事なまでに自然だ。ことが成就したあかつきには、必ずや我々は語り合うにちがいない――「思えばあの一冊に手を伸ばしたのがきっかけだった」と。

どこまでも暴走する己のロマンチック・エンジンをとどめようがなく、やがて私はあまりの恥ずかしさに鼻から血を噴いた。

恥を知れ。しかるのち死ね。

しかし私は、もはや内なる礼節の声に耳を傾けはしない。

なぜなら、堕落のきわみにある現今の大学において、ことあるごとに恥を知り、常住坐臥《ざが》礼節を守ってきても、報われることは皆無だったからだ。

○

京都、下鴨《しもがも》神社の参道である。

齢を重ねた楠《くすのき》や榎《えのき》が立ちならぶ糺《ただす》ノ森を、広々とした参道が抜けてゆく。ちょうど盆休みにあたる頃だから、蟬の声が降りしきっている。

その参道の西にある流鏑馬《やぶさめ》用の馬場には、異様な気配が立ちこめている。たくさんの人の気配があるわりに賑《にぎ》やかではない。あたりを憚《はばか》るような囁《ささや》き声がして、あたかも妖怪《ようかい》の集会のようだ。みたらしの池から流れ来る小川を渡ると、南北に長く延びた馬場には、幾つもの白テントが立ちならんでいる。その隙間を人々が抜けてゆく。森の中とはいえ蒸し暑さはしのぎがたいので、タオルで汗を拭《ぬぐ》いながら歩く人もいる。彼らはテントからテントへと渡り歩き、不気味に目を輝かして、木箱に詰め込まれた薄汚いものをいつまでも物色して飽きない。

翩翻《へんぽん》と翻《ひるがえ》る紺の幟《のぼり》には、「下鴨納涼古本まつり」と書かれてある。

○

私は昼過ぎから糺ノ森へ出かけた。

しかし古本市をうろつくうちに、私は早々にゲンナリした。行けども行けども古本ばかりで、意中の乙女は姿が見えない。しかも真夏の昼下がりであるから、ひどく蒸し暑い。手持ちぶさたなので、彼女と同じ一冊の本に手を伸ばす練習を繰り返してみたが、そんな研鑽《けんさん》を独自に重ねて、いかなる分野にも応用のきかない技術に習熟してゆくほかない己に怒りが湧《わ》き上がってきた。

達磨《だるま》のように膨れる私を取り囲むのは、どこまでも続く本の海だ。彼らは言う——「俺らを読んで、ちっとは賢くなったらどうだい、大将」。しかしながら、彼らに希望を託すことにはすでに飽き飽きした。読めども万巻に至らず、書を捨てて街へ出ることも能《あた》わず……読書に生半可な色目をつかったあげく、ウワサの恋の火遊びは山の彼方《あなた》の空遠く、清らかだった魂は埃《ほこり》と汚辱にまみれ、空費されるべき青春は定石通りに空費された。

古本市の神よ、我に知識ではなくまず潤いを与えよ。

しかるのち、知識も与えよ。

馬場の真ん中には休憩用の縁台があって、毛氈《もうせん》が敷いてある。私はそこに腰かけて汗を拭った。古本の匂いがしない空気を求めて上を向くと、木々の梢《こずえ》の向こうに青い夏空が見えた。

広場を往来する人々をぼんやり眺めていると、薄汚いオッサンもおれば、生真面目な大学生風もおり、美大生的雰囲気を漂わすしゃれた女性もおれば、仙人のような髭《ひげ》を生やした爺《じい》さんもいる。中には汗にまみれた手を握り合って古本を見て廻《まわ》る若い男女の姿もあって、暑苦しいかぎりだ。

ふいに私はハッとした。

一軒の古本屋の前で、文庫本を手にとってしげしげと眺めている小柄な女性がいて、その後ろ姿が彼女によく似ている。夏に合わせて短く切った黒髪がつやつやと光っている。彼女が後輩として入部してきて以来、すすんで彼女の後塵《こうじん》を拝し、その後ろ姿を見つめに見つめて数ヶ月、もはや私は彼女の後ろ姿に関する世界的権威といわれる男だ。その私が言うのだから、間違いない。

私は勢い込んで立ち上がった。

駆けだしたとたん、歩いてきた子どもに衝突した。

子どもはくるくると回転してよろめき、地面に尻餅《しりもち》をつく。私はよろめきながら舌打ちして、人の恋路を邪魔した子どもを睨《にら》んだ。小学校高学年ぐらいの男の子である。少年は声を上げこそしないものの、恐ろしく綺麗《きれい》で大きな眼にみるみる涙をため、こちらの胸元に視線を注いでいる。見下ろすと、少年が舐《な》めていたらしいソフトクリームの残骸《ざんがい》が、私のシャツにべったりとへばりついていた。

「ちくしょう。どうしてくれる」と私は呻《うめ》いた。「べとべとだ」

「文句を言う前に、俺に謝るのが筋じゃないか」と少年は砂を払いながら、掠《かす》れて大人びた声でいきなり言った。「人様の楽しみを無茶苦茶にしておいて、貴方は謝罪もできないのか」

そうして彼は私の服にくっついたソフトクリームを傲然《ごうぜん》と指さした。「弁償してもらうぞ」

有無を言わせぬ迫力に私は啞然《あぜん》とした。

そして少年は私の腕を摑《つか》み、売店へ引きずっていこうとする。

「待て待て。君、おいくつ？」

「当年とって、ちょうど十歳だ。それがどうした」

「分かったよ。悪かった」

私は謝った。「ちゃんと弁償するから、引っ張らないで」

彼女の形をとって古本市に降り立った薔薇色の未来が遠ざかる。

彼女は文庫本を手にして無闇に熱心に読んでいる。本を読んでいる姿が魅力的なのは、その本に惚《ほ》れ込んでいるからに違いない。恋する乙女は美しいという。しかし薄汚い古本風情が彼女をたぶらかして、いったいどうするつもりであろう。古紙のくせに、と私は憤った。

彼女の後頭部が焼け焦げそうな熱視線を放ち、私は心の中で呼びかけた。

そんなやつを読む閑《ひま》があったら、むしろ私を読みたまえ。なかなかオモシロイことが色々書いてあるよ。

○

憚りながら解説させて頂きますと、その時私が夢中で読んでいたのは、ジェラルド・ダレル『鳥とけものと親類たち』でした。

その日は私の記念すべき古本市デビューの日。

下鴨神社の森に足を踏み入れて蟬時雨を浴びながら、どこまでも続く古本の洪水を見た時の感動を、私は忘れることがないでしょう。この古本の大海で、いくらでも素晴らしい本と出会うことができるのだと考えると、武者震いがして、むんと胸を張りたくなりました。古本市の入り口で、私は二足歩行ロボットのステップを踏み、己が喜びと意気込みを表現したものです。

南北に延びる馬場には両側にたくさんの古本屋さんがならび、目移りしてしまいます。右の古本屋さんが「こっちにはオモシロイものがあるよ」と呼べば、左の古本屋さんが「こっちの方がオモロイで」と呼ぶのです。美味《おい》しい水に誘われる琵琶湖疏水《びわこそすい》の蛍のごとく、私はまごまごしました。これはもうナンデモカンデモ見てやろうと腰をすえるほかありません。

そして出会ったのが『鳥とけものと親類たち』でした。

百円均一の文庫棚にあるその一冊が、まるで我から身を乗り出すようにして、私に呼びかけてきたのです。「ああん」と、我ながら会心の色っぽい溜息《ためいき》を漏らしてそれを手に取ったのも無理からぬ話、私は『鳥とけものと親類たち』のことを片時も忘れたことはありませんでした。中学生の頃に『虫とけものと家族たち』という無類に愉快なお話を読んでジェラルド・ダレルを知り、その続編があるという噂を小耳に挟んで早幾年、人生で初めて足を踏み入れた古本市で、のっけから探し求めていた本に出会うことができたのは、まことに僥倖《ぎょうこう》と言うほかありません。

しかも私が中学生の頃から欲しかった本が、百円玉一枚だとは！　お財布への信頼に一抹の翳《かげ》りある我々にとってはありがたすぎるお話です。ビバ、「ビギナーズラック」。それとも私は古本市巡りの才能があるのかしらん。私の興奮はいやが上にも高まります。

自然とほころんでくる顔をどうしようもできず、我ながら怪しいウスラ笑いを浮かべて歩いていると、馬場の中央に置かれている涼み台に座った浴衣《ゆかた》姿の男性が、「おおい」と声をかけてきました。彼はその日の収穫を毛氈に積み重ねて、手拭いで首筋を悠々と拭いながら、今まさに勝利の美酒に酔っている御様子。彼のかたわらでは、日傘をさした三十代半ばぐらいの和服姿の女性が、独り黙々と織田作之助《おださくのすけ》全集の端本《はほん》を読んでおります。

「樋口《ひぐち》さん、ご無沙汰《ぶさた》しております」と私は頭を下げました。

樋口さんはにこにこしました。

「あの夜以来だね。お元気か？　相変わらず、飲んでる？」

「おかげさまで元気にしております。けれども、お酒はあまり飲む機会がありません」

「ではこんど飲みに行くべし。羽貫《はぬき》も会いたがっていた」

「羽貫さんは今日はお越しではないのですか？」

「あいつは古本が嫌いだ。こんなバッチイもんを平気で集める人間は阿呆《あほう》だそうだ」

樋口さんとは夜の木屋町《きやまち》で知り合いました。

あの夜、私は彼と羽貫さんという女性に先導されて、じつにオモシロオカシイ一夜を過ごしました。いかにして夜の街の不思議さを満喫するか、彼らお二人から教わったことは数え切れないと言えましょう。ただ、一緒にお酒をたくさん飲んで、ずいぶんお話もしたのですが、私には彼がどういう素性の人なのか皆目分かりません。なぜいつも浴衣を着ているのかも分かりません。

「貴君に焼そばを奢《おご》ってあげよう」

樋口さんが立ち上がりました。

「そんな、樋口さんに奢って頂くなんて……」

「そうだろう。私が人に奢るなんて、四半世紀に一度ぐらいしかないのだけれども、今日はいいのだ。なにしろ収穫があったから」

樋口さんは得意気に数冊の本を見せてくれました。

その本は祖母の家の居間を思わせるような懐かしい色合いに変化していましたが、同じ装丁の四冊の本で、『ジュスティーヌ』や『バルタザール』といった謎めいた標題が見えました。ロレンス・ダレルという人の『アレクサンドリア四重奏』という小説でした。ああ、なんだか私には縁遠い「文学」の香りがする本だと思い、私はいっそう樋口さんを尊敬する気になりました。きっと樋口さんの無用を極めた生き方と筋金入りの韜晦《とうかい》ぶりは、深い教養に裏打ちされてこそ為し得るものなのです。そうなのです。

しかし樋口さんは、こんな本には何の興味もなく中身も知らん、と言い放ちました。

「知り合いがこの本を欲しがっていたから、彼に高値をつけて売り飛ばすのだ。それに今日はほかにも儲《もう》け話がある。大船に乗ったつもりで私についてきたまえ」

樋口さんは本を風呂敷《ふろしき》に包むと、先に立って歩き始めました。

「ねえ君、ただ紙の束にインクの染みがついているだけのものを、わざわざ高い金を出して買ってくれる人がいるんだよ」と彼は感心したように言いました。「まことに本というのはありがたいものだなあ」

そうして我々は馬場の南にある売店まで歩いていったのですが、途中で私はクラブの先輩の姿を見かけました。彼は意気消沈した御様子で馬場の反対側を北へ向かっています。彼のわきには、女の子のように可愛らしい少年がソフトクリームを舐めながら歩いていて、先輩のシャツの裾《すそ》をしっかり摑んでいました。

「弟さんかしら」と思いながら先輩を見送り、私は焼そば目指して歩いて行きました。

○

私は何も好きこのんで、そのいけ好かない少年を連れ廻していたわけではない。

「ソフトクリーム買ってやったのだから、もう満足だろう。勝手にどこか行ってしまえ」

「やだね」

「おい、シャツを引っ張るなってば」

「つれないことを言いなさんな」

「なんだそれは。なんでそんなジジイみたいな口をきく」

「精神年齢は抜群に高いからさ。あんたよりも高いよ」

「目上の人間に対する礼儀を知れ。これだから、ガキは嫌いだ」

「それは同族嫌悪というやつだね」

私は立ち止まって振り返り、歌舞伎風に少年を睨んでみたが、彼はまったく動じなかった。馬場にぽつんと痩《や》せた少年が立って、片手を半ズボンのポケットにつっこみ、もう片方の手はソフトクリームのコーンを握っていた。ベロンと舌を出し、あかんべえをするように舐めながら、こちらをじっと見上げている。柔らかい栗色の髪が熱い風に揺れている。大きくて綺麗な眼をして、まばたきをするたびに風が起きそうなほど睫毛《まつげ》が長い。ジジクサイ憎まれ口を叩かなければ、まるで女の子のように見えるだろう。

私は歩き出した。

「なんでもいいから、もうついて来るな。俺は忙しいんだからな」

「忙しいって言う人間ほど閑《ひま》なものだ。閑であることに罪悪感を抱くから、やたら忙しいと吹聴したがるんだね。だいたい、本当に忙しい人間が古本市をブラブラしてるのは理屈に合わないぜ」

「若さを露呈したな、ぼうず！」

私は笑い飛ばした。

「忙中閑あり、閑中忙ありだ。おまえみたいな子どもには、ただブラブラしているように見えるかもしれない。だがそんな時にこそ、俺の精神はめまぐるしく活動している。おまえが見ているのは、いわば台風の目にすぎない」

「嘘つけ。今、考えたろう」

「黙れ。つねに周囲に気を配り、一本の針が地面に落ちる気配も見逃さない。それぐらい神経を張りつめなければ、混沌《こんとん》のきわみにある古本市から宝を見つけ出すことはできないのだ。オママゴト気分でいると怪我をするぜ」

「あんたが探しているのは本じゃないだろ」

少年はせせら笑った。「オンナだ」

「馬鹿なことを言うんじゃありません！」私は叱咤《しった》した。「それに、子どものくせにオンナなんて軽々しく言ってはいけない。せめて、お姉さんと言いなさい」

「黒い髪を短く切った小柄な人だろう。色の白い」

私は振り返って少年の肩を摑んだ。華奢《きやしや》な身体がカクンと操り人形のように揺れたが、彼の目の色はまったく変わらなかった。恐ろしい子！

私は声をひそめた。「オイ、どうして分かった？」

「僕とぶつかった時に、店先にいた女の子を恥ずかしげもなく熱烈に見てたろう。あの場にいて、分からなきゃ阿呆だ」

私は少年の肩から手を放して、服の皺《しわ》を直してやった。

「大したやつだ」と私は言った。「褒《ほ》めてやるから、ありがたく思え」

「べつにありがたくはない」

少年はそう言って、コーンを音高く嚙《か》み砕いた。

大きな翼をもった鳥の影が、馬場を北から南へと滑っていった。

ふっと大きな影が頭上を過《よぎ》りました。鳥かもしれません。

樋口さんと焼そばを食べながら、私は本と偶然について考えていました。

たとえば、自分が長年探していた本と出会うこと。あるいは、ちょうど歩きながら考えていた本が、ふいに目の前に現れること。買って帰ったまったく内容は関わりのない何冊かの本の中に、同じ事件や人物について書かれた一節があるのを発見すること。甚《はなは》だしい例では、昔に自分で売った本が古本屋を巡って、自分のところへ帰ってくることもあるそうです。

これだけたくさんの本が売られ買われて世を巡っているのですから、そんな偶然があって当然かもしれません。我々は無意識のうちに本との出会いを選んでいるのでしょうし、あるいは我々が偶然だと思っていても、それはたんに錯綜《さくそう》する因果の糸が見えないにすぎないのかもしれません。そう頭で分かっていても、本を巡る偶然に出くわした時、私は何か運命のようなものを感じてしまうのです。そして、私はそれを信じたい人間なのです。

焼そばを食べて満腹ぷくぷくになった私は、『鳥とけものと親類たち』を撫《な》でながら、樋口さんにそういう話をしました。

「そういう不思議はすべて神が仕切っているのだ」

樋口さんはこともなげに言いました。「古本市の神を貴君は御存知か？」

「いえいえ、初耳です」

「古本市の神は、古本の世界で起こるありとあらゆる不思議を統《す》べる。意中の本との幸福な出会いを助け、古本を介して男女の仲を取り持ち、古本屋のためにドラマチックな大商いを演出する。筋金入りの蒐集家《しゅうしゅうか》たちは、みな自宅の神棚にこの神を祀《まつ》り、日夜お祈りを欠かさない。さらに月はじめには祝詞《のりと》をあげて、古本を供える。そして、その夜は神前にて読書会を兼ねた大宴会を開き、夜っぴて大いに古本を読み、かつ美味《うま》いものを喰らう。蒐集家たるもの、どれだけ忙しかろうともこの行事をおろそかにしてはならない。古本市の神は意中の本と蒐集家の出会いをとりもつが、その一方で恐るべき天罰も下すからだ」

「いったいどんな天罰を……」私は震えます。

「神をないがしろにした蒐集家の書庫からは、ある日忽然《こつぜん》と書物が消え失せてしまう。古本市の神は、書庫から本をさらうのだ」

「なんて恐ろしい！」

　樋口さんはニンマリと怪しく笑いました。

「古本市の神は色々な姿をして現れると言われるから、本当の姿を知っている人間はいない。ある時は角張った顔の眼鏡男、ある時は老学者、ある時は﨟《ろう》たけた和服の美人、ある時は紅顔の美少年、ある時はなぜか色褪《あ》せた浴衣を着ている年齢不詳の男、またある時は黒髪の乙女……。彼らの姿に変じて神は古本市へ降臨する。そうして古本好きの人々に混じって各店を巡っては、思いがけない貴重な古本をこっそり棚にしのばせて去っていく。なにしろ神業だから、当の古本屋も新しい本が増えたことに気づかない。神が置いていく本は、不逞《ふてい》の蒐集家から簒《さん》奪《だつ》したものなのだ」

私は自分の家にこっそり溜《た》め込んでいる本たちに想いを馳《は》せました。私は古本市の神様にお祈りしたこともありません。私は慌てて手を合わせ、「なむなむ！」とお祈りしました。これは、私が独自に開発した万能のお祈りで、絵本を読んでいた幼い頃から愛用しているのです。

「そうだ。ずんずん祈らねばならんぞ。なむなむ！」

「なむなむ！」

「出版された本は人に買われる。やがて手放され、次なる人の手に渡る時に、本はふたたび生きることになる。本はそうやって幾度でも蘇《よみがえ》り、人と人をつないでいく。だからこそ時に残酷に、神は古本を世に解き放つ。不心得の蒐集家たちは畏《おそ》れるがよい！」

樋口さんは、まるで毛氈の上に降臨した神のごとく、夏空に呵々《かか》大笑しました。

それから空を見上げ、「少し翳ってきたね」と言いました。

○

つい先ほどまで野放図に明るかった夏空が曇ったり晴れたりする。

濃い灰色の綿のような雲が梢の向こうに頭を覗《のぞ》かせていて、蒸し暑さが一段と増している。

夕立が来るのかもしれないと思い、私は焦りを感じた。このままでは彼女を見つけ出すこともかなわず、雨と涙に濡《ぬ》れることになるだろう。

彼女の後ろ姿の世界的権威をもって自ら任ずる私が、その本領を発揮できずにいるのは、ひとえに後ろからくっついてくる少年のためだ。これは世人に公平に与えられているはずの、好ましく思っている黒髪の乙女をやむを得ず追う権利への明白な侵害である。

私が彼女検索能力を発揮しようとすると、少年は例の気障《きざ》な口調で「お、意中の人を探してやがる」と、いらぬ口をつっこんだ。腹を立てる一方で「意中の人」という表現はじつに奥ゆかしくていいなと私は思った。

「意中の人でないとしたら」

少年は私のシャツを引っ張りながら言う。「どんな本を探しているの」

「うるさいな。超硬派なムツカシイ本だ。コドモには分からん」

「日本政治思想史研究とか、ツァラトゥストラかく語りきとか、論理哲学論考とか、そういうコワモテのする本かい」

「よく、ツァラ、ト、ストラなんて舌を嚙まずに言えるな」

私は呆《あき》れて言った。「なんでコドモがそんな本を知っている」

「だって俺はなんでも知っているもの」

可愛いだけが取り柄の子どものくせに、彼は書籍に関する博覧強記ぶりを発揮して私を威圧した。私が手に取る本のいずれとして彼の知らぬ本はなく、私の自尊心は夏空の下で砕け散った。

南北に延びる馬場には、古書店ごとに本拠地があり、そこをとりまくように本棚がならんでいる。さながら古本の城塞である。赤尾照文堂《あかおしょうぶんどう》、井上書店、臨川《りんせん》書店、三密堂《さんみつどう》書店、キクオ書店、緑雨堂《りょくうどう》書店、萩《はぎ》書房、紫陽《しよう》書院、悠南《ゆうなん》書房など、連なっている古書店の数々。馬場に散らばっている本棚のどこからどこまでがどの古書店の領分なのか、それすらも判然とせず、そのためにかえって混沌としたオソロシゲな印象を与える。本棚の奥にある木陰やテントの下には、小さな机と椅子が置かれており、そこに主人や学生バイトらしき人が舌なめずりをして客を待ちうけていた。

何万冊ともいうべき背表紙の群れを眺めていると、我が生涯に栄光の新地平を切り開く天与の一冊がどこかに埋もれている、というお馴染みの妄想に苦しめられた。本たちが叫び出す――「おまえは俺すら読んでないじゃないか。恥を知れ、このへっぽこ野郎」「骨のある本を読んで、ちっとは魂を鍛えろ。たとえば俺だ」「俺を読みさえすれば貴君はあらゆるものを手に入れるであろう。知識、才能、根性、気魄《きはく》、品格、カリスマ性、体力、健康、艶のある肌。あとは酒池肉林もお望み次第だ。なに、酒池はいらん？　そんなことはどうでもいいから、まず俺を読め」等々。

「無理はしないほうがいいぜ、兄さん」

少年が文庫本の棚にもたれながら言った。「べつにコワモテのする本を読めなくてもいいじゃない。気張らないで、一期一会を楽しめ」

「おまえなんかの慰めは無用だ」

「もっとほかに面白そうな本がいくらでもあるじゃない。少年老いやすく学成りがたし、だ」

「おまえが言うな」

「俺だから言うんだ」

そう言って少年は薄ら笑いを浮かべた。

○

「今までの人生で読んできた本をすべて順に本棚にならべてみたい。誰かがそう書いていたのを読んだことがある。そういう気持ちが君にはあるか」

樋口さんが歩きながら言いました。「私は大して読まないから、ならべてもたかが知れてるが――」

私はこれまで読んできた色々な本を思い浮かべました。最近のものではオスカー・ワイルドの『ドリアン・グレイの肖像』、それからマーガレット・ミッチェルの『風と共に去りぬ』、あるいは谷崎潤一郎《じゅんいちろう》の『細雪《ささめゆき》』、円地文子《えんちふみこ》の『なまみこ物語』、山本周五郎《しゅうごろう》『小説日本婦道記』。萩尾望都《はぎおもと》、大島弓子《ゆみこ》、川原泉《かわはらいずみ》も忘れてはなりません。小学校時代まで遡《さかのぼ》ると、さまざまな児童文学が思い出されます。ロアルド・ダール『マチルダは小さな大天才』や、ケストナーの『エーミールと探偵たち』に『飛ぶ教室』、C・S・ルイスの『ナルニア国ものがたり』、ルイス・キャロルの『不思議の国のアリス』。でも、もっと遡るとなると――。

そして私は、ラ・タ・タ・タムという言葉を思い出したのです。

そう、ラ・タ・タ・タム！

その宝石のように美しい絵本と出会ったのは、私がまだひよこ豆のように小さき時分、いまだ文明人としての分別をわきまえず、実家の箪笥《たんす》に一円切手をこっそり貼りつけたりして、悪事三昧《ざんまい》に明け暮れていた頃のことです。ちっちゃな頃だけ悪ガキでした。

『ラ・タ・タ・タム——ちいさな機関車のふしぎな物語——』は、マチアスという男に造られた小さくて真っ白な機関車が、旅に出たマチアスを追って、不思議な冒険をするというお話です。絵がとても幻想的で美しく、私もこんな風景の場所へ行ってみたいと思って、熱心に眺めていたものです。見開きで描かれた不思議な風景の片隅から、とめどなく想像は膨らんでいき、いくら眺めても飽きませんでした。

樋口さんに話しながら、私は今は手元になき絵本の懐かしさに身もだえしました。

「なぜなくしてしまったのでしょう！」と私は呻きました。

あれほど夢中になっておきながら、私はその後の人生で出会った数々の新しい本に目を奪われて、恩ある絵本をないがしろにしたのです。名前まで書き込んでいたというのに！　この浮気者！　恥知らず！

樋口さんの提案で、我々は馬場の北にある絵本コーナーへ向かうことにしました。

「○○書店さん」「○○書店さん、本部までお願いします」という拡声器の声が、気怠《けだる》い古本市の空気を震わせました。

○

その拡声器の声が聞こえた時、私は馬場の西側にならんでいる古書店をうろうろしていた。ぼんやりしていると、歩いてきた背広姿の老人に突き飛ばされた。ムッとしてその姿を追うと、彼は駆けるようにして、怪しい古書店に入っていった。店の名がどこにも出ていない。テントの周囲を巨大な本棚で取り囲むようにしているから、薄暗くて入りにくい。客も皆無である。


私が狭い入り口から覗こうとすると、少年が「そこは僕はいやだ」と言った。

「兄さん、そこはやめておいた方がいいぜ。ほら、嫌な匂いがするじゃないか」

「それじゃおまえはどこかへ行け。俺は入ろううっと」

「ちぇっ。このイジワル野郎」

そう言いながら少年はやはり入ってこられないらしい。彼はしばらく表の日向《ひなた》に立っていたが、やがてぷいっと身を翻《ひるがえ》した。

その古書店は本棚に挟まれた二つの通路が奥へ延びていく構造をしている。

奥に精算所があり、そこでは黒眼鏡をかけた古書店主と、白髪をふりみだした老人とが声高に言い合いをしていた。「もう少し待ちなさいよ」と黒眼鏡の店主は頬杖《ほおづえ》をついて冷たく言っている。

「とりあえず現物を見せてくれんか」老人は言い募る。

古書店主は首を振る。老人は持っている黒い小さな手帳で店主を殴りそうな気配を見せた。

「そんなことをしたって無駄だね」店主は平然としていた。

何の言い合いか分からないが恐ろしいことだと思いながら私が盗み見ていると、老人はこちらの視線に気づいたのか、「なんだテメエ」というように睨んできた。

「まあ、ええ。もう少し待ちましょう」

彼はそう言って、風のように通路を抜けて、表へ出て行った。

単純に二つの通路から成っているのかと思っていたら、精算所のわきに右へ延びる通路がある。

たいていの古書店は、ただテントの周囲に本棚をならべているだけなのに、この店は本棚をならべて建築物のようなものを作り上げている。精算所から奥へ延びる通路は二つの背の高い本棚の上に、ベニヤ板を渡して天井にしてある。ぶら下がっている裸電球の明かりが、その本に満ちた通路をいっそう神秘的な迷宮の入り口のように見せていた。通路はさらに先で左に折れ、その奥は分からない。ひょっとしてその先には、人前ではとうてい説明できないめくるめく猥褻《わいせつ》世界が広がっているのであろうか。

私は額の粘つく汗を拭った。

「あんた。そこから先は暑いから、入らない方がいいな」

黒眼鏡の主人が表を見つめながら言った。顔をこちらに向けないで喋《しゃべ》るのが異様であった。

「熱中症で死にたくはないだろう」

彼はおかしくてたまらんとでもいうように、くつくつ笑った。

○

すでに時刻は午後三時を廻っております。少し日が翳ってきて、蒸し暑くなってきます。

絵本コーナーでは懐かしい絵本がたくさん見つかりましたが、「ラ・タ・タ・タム」の姿はありませんでした。あんな美しい絵本を古本屋に売ってしまう人はいないのだろうかと思うと、あっけなく紛失してしまった自分がますます罪深く思われます。私のへっぽこ野郎！　と私は胸中で言いました。

私と樋口さんが一生懸命絵本の背表紙を見つめているのが面白かったのでしょう、可愛い少年が声をかけてきました。「お姉ちゃん、なに探してるの」

よく見ると、その子はさきほど先輩のあとをくっついていた子なのです。そばで見るとますますその可愛さにぼうっとなってしまいます。周りに先輩の姿が見えないところからすると、さきほど先輩の弟さんだと思ったのは私の勘違いだったのかもしれません。

「ラ・タ・タ・タムという汽車の絵本です」

少年は「その本見たことがある」と言いました。「ちっぽけマチアスが出てくるやつだろう」

私は興奮して「それそれ！」と叫びました。「どこで見たんです？」

「昔うちにあったけれど、もう今はない。悪いやつに取られちゃったんでね。でもここにはあるかもしれないから、一緒に探してあげようか」

「それはそれは、ありがとうございます」

そうして私は少年と一緒に「ラ・タ・タ・タム」を探したのですが、やはりどうしても見つかりません。私がしょんぼりしていますと、樋口さんが「まだ手はある」と言いました。

「古本屋に捜索を依頼すればよいのだ。峨眉《がび》書房の主人に頼んでみよう」

「見つかるでしょうか」

「きっと必死で探してくれるから期待したまえ」

樋口さんは胸を張って言いました。「あのジジイは黒髪の乙女だけには甘い。最低のジジイだが、こういう時は便利である」

私は一緒に探してくれた少年にお礼を言おうとしてあたりを見ましたが、彼の姿はありませんでした。なんとなく幻のような少年だなあと私は思いました。

○

少年の提案を容《い》れたわけではないが、私は古本市に隠された栄光の一冊を見つけようという魂胆を放棄することにした。そして私に馴染《なじ》みの深いものだけを眺めて歩くことにした。

先ほどよりは気楽な気分で本棚の間を歩いていると、またあの少年が現れた。

「子どもらしく絵本コーナーも廻ってきた。あんたも来れば良かったのに。意中の人がいたぜ」

「ナニッ」

「ラ・タ・タ・タムっていう本を探してた」

「いや、その手はくわん」私は言った。「なんだ、そのヘンテコな名前の本は。そんな本があるもんか」

「だって本当だもの」

「頼むから、どこかへ行ってくれ。なぜ俺のあとをついてくるんだ」

「俺が行くところにあんたが行くだけさ。そう気にしなさんな」

私は少年を無視して、本を物色し始めた。

まずベアリング・グールドによる膨大な註釈のついたシャーロック・ホームズ全集を見つけた。それからジュール・ヴェルヌの『アドリア海の復讐』があった。続いてデュマの『モンテ・クリスト伯』のひと揃いを眺め、大正時代に出た黒岩涙香《るいこう》の『巌窟王』が麗々しくビニールに包んで置かれているのを見てヘエと思い、山田風太郎《ふうたろう》『戦中派闇市日記』をぱらぱらめくり、横溝正史《よこみぞせいし》『蔵の中・鬼火』を見て「やはり表紙の絵が怖い」と思い、薔薇《ばら》十字社の渡辺温《おん》『アンドロギュノスの裔』がうやうやしく祀られてあるのに驚き、新書版の『谷崎潤一郎全集』の端本を「よりどり三冊で五百円のコーナー」で見つけて立ち読みし、同じコーナーに新書版の『芥川龍之介全集』の端本を見つけてこれも立ち読みし、やがて福武書店の『新輯内田百閒《ひやっけん》全集』を見て、これはさすがに足を止めたのであるが、それでも財布を開くことはなく、三島由紀夫『作家論』を眺め、太宰治《だざいおさむ》『お伽草紙《とぎぞうし》』を読んだ。

太宰を読みながら、我が下宿には東北地方を旅した折りに斜陽館で買ってきた色紙があるのを思い出し、そこに「惚れたが悪いか」と書いてあるのも思い出し、二度と思い出したくもない高校時代の恥にまみれた初恋までも思い出し、今ここで自分が疲労困憊《こんぱい》しながら古本市をさまよっている根本的な理由も思い出し、思い出についてはそうとう打たれ強い私もさすがに打ちのめされた。

私はふたたび馬場の中央にある涼み台へ行って、足と心を休めた。

かたわらには少年が座っている。彼は手にたくさん持っている紙片の束を弄《もてあそ》んでいた。一つ一つに値段と書店名が書いてあるのを見ると、どうやら古本に貼られていた値札らしい。

「おい、なにしてるんだ。古本屋のオヤジにどつかれるぞ」

「気にしなさんな。後々これが役に立つ」

少年は紙片の束を手の中で丁寧に分類して、トランプで遊ぶように入れ替えている。

私は溜息をつき、少年が悪癖に耽《ふけ》っているすきをついて彼女の姿を探した。

彼女は見つからなかったが、異彩を放つ人々を見た。

まず気になったのは、となりの涼み台に座っている和服姿の美しい婦人である。和服姿も目立つが、日傘をさしながら端然として織田作之助全集を読み耽っているのが異様であった。場をわきまえているのか、いないのか、評価の分かれるところであろう。

その女性のとなりに座っているのは、長い白髪をふりみだした鶴のように痩せた老人。鼻先まで近づけた黒い手帳を一心不乱に見つめている。今にも手帳をむしゃむしゃ喰いだしかねない気魄《きはく》が漂っていて、これこそウワサに名高い古本の鬼かと思われた。

涼み台のそばには、背の低い学生が一人立っている。四角の黒縁眼鏡をかけ、顔も四角であり、足下に置いてある重そうなジュラルミンケースも四角であった。どこまでも角張ることが彼の信条であるらしい。そして奇妙なことに、彼は電車の時刻表を一心不乱に読んでいた。

私はぼんやりしながら想像を巡らせた。

平和に気怠く過ぎてゆく夏の古本市。しかしその水面下では、大規模な古書窃盗団が今まさに計画を実行せんとしている。あの端然と織田作之助全集を読む婦人がその首領、暗号で書かれた黒手帳を繰って計画の最終確認に余念がない老人は参謀格、そしてジュラルミンケースに七つ道具を揃えている角張った男は錠前破りや古書偽造などの特殊技巧を一手に引き受けるテクニシャン（兼鉄道マニア）である。みんなは一人のため、一人はみんなのため。

そして彼らの目的はただ一つ——

○

——古書を悪辣《あくらつ》な蒐集家の手から解放する。

樋口さんがそう宣言すると、峨眉書房主人は「なるほどねえ」と言ってけらけら笑いました。

ご主人は御年六十を越えているでしょう。ほとんど髪の毛がない頭がつやつやしています。彼は白いタオルを肩にかけていて、しきりに頭を拭いますが、拭っても拭っても、薬缶《やかん》のような頭に次々と汗が湧いてくるのが、とても不思議な眺めでした。

ふいにご主人がこちらを向きました。彼の頭部を鑑賞していた私は慌てて目をそらしました。

「お嬢さん、こんなぬらりひょんの言うことを真に受けちゃいけません」

ご主人は言いました。「古本市の神様なんか聞いたこともない」

「蒐集家の方々は月はじめに古本をお供えして、大宴会を開くのではないのですか」と私。

「そりゃ、本当だったらオモロイですよ」

ご主人は苦笑しました。「おい樋口さん。あんたもええかげんにしなさいよ。人をからかって」

「からかったわけではない。神かけて真実である」

「あんたの口からは冗談しか出ないね」

その時、我々は馬場の北の果てあたりにある峨眉書房の根拠地におりました。

先ほどまで、ご主人は奥さんと一緒に本棚に囲まれた内側にいて、レジを打っていました。

私と樋口さんが姿を見せると、あとを大学生のアルバイトに任せて出てきてくれました。そして案内されたのは店舗の背後にある木立の奥です。そこには缶に入れた蚊取り線香の煙がふんわり漂い、小さなテーブルと椅子が置いてあって、午後のお茶会に好適な「森の隠れ家」になっていたのです。

私は絵本「ラ・タ・タ・タム」の捜索を依頼し、ご主人は快諾しました。

それから三人でお茶を飲みながら喋っているうちに、樋口さんが古本市の神様のお話を出し、先ほどの会話に戻るというわけです。

ご主人は面白そうに笑いながら、魔法瓶から注いだお茶をぐびりとやりました。

「蒐集家の手から解放するとは、まあ蒐集家にすれば大きなお世話もいいところだ。もう一度掘り出せるわけだから、我々にとってはありがたい話だけれども……しかし、今日の売り立て会へその神さんが乗り込んできたらえらいこっちゃな」

「私が神なら、そろそろ李白《りはく》さんに天罰を下してもよいと思うな」

「冗談言いなさんな」

ご主人は樋口さんを睨みました。

ご主人が説明してくれたところによると、本日、この古本市の片隅で個人的売り立て会が開かれるのだそうです。主催者は李白さんといい、私も一度お酒を酌み交わしたことのある方です。外見は優しいお爺さんですが、物凄《ものすご》いお金持ちで、かつ血も涙もない極悪非道の高利貸という噂を聞きました。

売り立てられるのは李白さんが借金のカタに取り上げて、我がものとしたコレクションです。なんでもその売り立て会は、金銭のやりとりではなく、まさに命のやりとりとでも言うべき、血で血を洗う死闘となるため、よほど筋金入りの人間でなければ、求める本を手に入れることはできないとか。そのかわり李白さんが品質を保証するのですから、品物は大したものであるそうです。

ご主人は声をひそめました。

「俺は古典籍は正直なところ苦手なのだが、何かそちらの方面でも凄い出物があるということだ。近代のものでは、岸田劉生《きしだりゅうせい》が岡崎に住んでいた頃に紛失した日記帳がある。李白さんの言うことでなければ、まさかそんなことは俺だって信じない」

「その日記を取ってくればよいわけだな」

「宜《よろ》しく頼むよ。あんたなら勝てるだろ」

その秘密の会には、古書店は参加できません。そこで、樋口さんが峨眉書房のご主人から密命を受けて、参加する手はずになっているようです。樋口さんが言っていた「儲け話」とはこれでした。

「その秘密の会では、どういうことをするんですか？」

ご主人は片頬を歪《ゆが》めて笑いました。あたりはいっそう翳っていて、まるで日暮れのように暗くなっています。木陰の椅子に座っているご主人の笑顔にも凄みが漂います。

「何が行われるのか、前もっては誰も知らん。李白さんが与える試練を勝ち抜いた者だけが、本を一冊もらう権利を得る。しかし生やさしい試練ではないぞ。挑戦者たちは、想像を絶する試練を前にして誇りも何もかも失い、這《は》い蹲《つくば》ることになるだろう。李白さんはその景色を肴《さかな》にして酒を飲むのだ——」

その時、頭上を覆う木々の葉がさわさわと鳴り始めたと思うと、ざああっと馬場が白煙に包まれました。

「わあっ、来た！」

ご主人は椅子から飛び上がると、商品を守るべく駆けてゆきました。

幸い、我々がいたところは大きな楠の下なので、雨は降りかかりませんでした。私と樋口さんはのんびりと腰かけてお茶会を続けました。

樋口さんは煙草に火をつけました。

つい先ほどまであたりに満ちていた蒸し暑さがすうっと薄らいでゆき、なんだか懐かしいような甘ったるい雨の匂いがたちこめてきました。私はこういう雨の日に、実家の縁側で絵本を眺めていたことを思い出しておりました。

○

甘い雨の匂いを嗅《か》ぎながら、私は古書店のテントの下へ立ち尽くしていた。かたわらには例の少年が立っている。にわかに降り出した雨でしばらくあたりは大わらわだったが、今は騒ぎもひと段落した。西空に晴れ間が見えているので、じきに止むであろうと私は踏んだ。

テントの下からあたりを見廻していると雨をものともせずに本を選んでいる人々が多かった。わけても驚くのは、さきほど見かけて私が勝手に古書窃盗団と決めた三人組である。客の誰もが雨から逃れてしまい、馬場の中央は無人だというのに、彼らは同じ場所で傘をさして頑張っている。

「ねえ、兄さん」

少年がふいに小さな声で言い、ほっそりとした腕を挙げて、見えないヨーヨーを弄《もてあそ》ぶような仕草をした。

「父上が昔、僕に言ったよ。こうして一冊の本を引き上げると、古本市がまるで大きな城のように宙に浮かぶだろうと。本はみんなつながっている」

「何のこっちゃ」

「あんたがさっき見てた本たちだって、そうだな。つなげてみようか」

「やってみろ」

「最初にあんたはシャーロック・ホームズ全集を見つけた。著者のコナン・ドイルはSFと言うべき『失われた世界』を書いたが、それはフランスの作家ジュール・ヴェルヌの影響を受けたからだ。そのヴェルヌが『アドリア海の復讐』を書いたのは、アレクサンドル・デュマを尊敬していたからだ。そしてデュマの『モンテ・クリスト伯』を日本で翻案したのが「萬朝報《よろずちようほう》」を主宰した黒岩涙香。彼は「明治バベルの塔」という小説に作中人物として登場する。その小説の作者山田風太郎が『戦中派闇市日記』の中で、ただ一言「愚作」と述べて、斬って捨てた小説が「鬼火」という小説で、それを書いたのが横溝正史。彼は若き日「新青年」という雑誌の編集長だったが、彼と腕を組んで「新青年」の編集にたずさわった編集者が、『アンドロギュノスの裔』の渡辺温。彼は仕事で訪れた神戸で、乗っていた自動車が電車と衝突して死を遂げる。その死を「春寒」という文章を書いて追悼したのが、渡辺から原稿を依頼されていた谷崎潤一郎。その谷崎を雑誌上で批判して、文学上の論争を展開したのが芥川龍之介だが、芥川は論争の数ヶ月後に自殺を遂げる。その自殺前後の様子を踏まえて書かれたのが、内田百閒の『山高帽子』で、そういった百閒の文章を賞賛したのが三島由紀夫。三島が二十二歳の時に会って、『僕はあなたが嫌いだ』と面と向かって言ってのけた相手が太宰治。太宰は自殺する一年前、一人の男のために追悼文を書き、『君は、よくやった』と述べた。太宰にそう言われた男は結核で死んだ織田作之助だ。そら、彼の全集の端本をあそこで読んでいる人がある」

少年が指さす先には例の涼み台があり、傘をさしながら和服姿の女性が読んでいるものはたしかに織田作之助全集の端本であった。

「おまえ、ひょっとして妖怪か」

私が唖然として言うと、少年は「僕はなんでも知っている」と言った。

「父上はいつも僕をここに連れてきてくれた。そして本たちがつながっていることを教えた。僕はここにいると、本たちがみな平等で、自在につながりあっているのを感じることができる。その本たちがつながりあって作り出す海こそが、一冊の大きな本だ。だから父上は死んだ後、自分の本をこの海へ返すつもりでいた」

「オヤジさん、亡くなったのか」

「そうだよ。だから今日、僕はここへ来た。僕には父上の本をこの海へ返す使命がある」

少年は雨が上がりつつある空を指した。

「悪しき蒐集家の手から古書たちを解放する。僕は古本市の神だ」

○

私は雨が小降りになってきたのを見計らって、ふたたび古本市の中を歩き始めた。どこかで雨宿りしているであろう彼女のことを考えると、ますます彼女の魅力が引き立つように思われた。

「そうやって一人で妄想に耽っているのは頭にも身体にも良くないぜ」

少年がまた古書の値札をはがしながら呟《つぶや》いた。

「あ、おまえまたそんな悪さを！」

「ほっとけ」

「ほっとけるか、馬鹿」

そんなことを言い合っていると、口髭を生やした古書店主が、我々に声をかけてきた。彼は少年の手に握られている値札を見て、怖い顔をした。

「困るなあ。何をしているの」

私は知らぬふりをし、少年は黙り込んだ。

「手に持ってるものを出しなさい」

主人がそう言って少年に詰め寄ると、彼はふいにワッと泣き出した。

「このお兄ちゃんが、コレをしないとアレをするって言うからだよ。僕はアレが怖いんだよう」

さきほどまで大人びた口調で私を馬鹿にし続けていた少年が、考えられないような幼い声を張り上げて泣き始めた。タチの悪いやつだと思っていると、古書店主は攻撃の矛先を私へ向けた。

「どういうこと？　あんた、この子に何したの？」

「え？　何もしてませんって」

「でもこの子、あんたに言われてやったって言ってる」

古書店主は私の腕を取った。「話によっては警察呼ぶよ」

「知りませんがな、冗談じゃない」

「そりゃ冗談じゃすまんよ」

押し問答となった。

私は誠実極まりない人間であって、内面から煮汁のように滲《にじ》み出す誠実さを隠しようもないというのに、その古書店主は私を哀れな少年の背後で糸を引く悪の権化のごとく扱うのである。子どもは清らかであるという妄想と、美しい子どもはもっと清らかであるという妄想のゆえであろう。薄汚い青春の最中に立ちすくむ大学生が、じつは世界で一番清らかであるという真実はつねに無視される。

やがて、遠巻きに騒ぎを眺めていた人たちの中から、三十歳ぐらいの小太りの男が進み出た。

「その人は知り合いなんですが……」と言った。

「ああ、千歳屋《ちとせや》さん。どうも」古書店主が頭を下げた。

「その人はそんなことをする人じゃない。子どもが、タチが悪いんだ。さっきも同じようなことをして、騒ぎを起こしているのを見ました」

我々は少年の姿を探したが、彼は騒ぎに乗じて姿を消していた。

私の窮地を救ってくれた人物は「千歳屋」という先斗町《ぽんとちょう》にある京料理屋の若旦那《わかだんな》である。以前木屋町から先斗町にかけて徘徊《はいかい》した時に、ゆえあって「千歳屋」に上がり込んだことがあり、向こうはそれで私の顔を覚えていたのだという。

千歳屋は私の腕に手をかけ、「見返りにと言ってはなんだが、頼み事があるんですがね」と言った。

「良い仕事があるんです。ここで会ったのも何かの御縁だ」

○

歩きながら千歳屋の若旦那は説明した。

今日、この古本市のどこかで李白氏の売り立て会が開かれる。そこには葛飾北斎が絵と文を描いた幻の春本が出る。自分はそういった性にまつわる文化的遺産を保護すべく尽力している「閨房《けいぼう》調査団」の代表をつとめているので、何としても手に入れたい。しかし噂では、そうとう過酷な試練があるらしい。どんな試練が課されるか分かったものではないから、自分一人では心許《こころもと》ない――。

「ですから、あなたにも参加して頂いてね、リスクを分散しようと」

「いや、でも。僕だって用事もあるんですから」

「私は言うなればあなたの窮地を救ったわけだから、それなりの誠意を見せてもらわんとね」

千歳屋は言った。「それに悪いようにはしません。北斎が獲得できたら、しかるべきお礼はする。十万円でいかが？」

「やりましょう」

私は引き受けた。

千歳屋は私を案内して古本市を抜けていったが、歩く間にも私は彼女の姿を探していた。

この雲行きでは、今日はもう諦《あきら》めざるを得ないだろう。ただし濡れ手で粟《あわ》の十万円を手にしたあかつきには、それを軍資金として、いくらでも次なる一手が打てようというものだ。

我々はやがて馬場の中央にある一つの涼み台へやってきた。あの異彩を放つ人々――織田作之助全集を読む和服姿の女性、白髪の老人、ジュラルミンケースを抱えた四角い顔の学生――がいる。女性は本から顔を上げなかったが、老人と学生はこちらをジロリと睨んだ。

その異様な雰囲気の中に交じって待つこと数分、あの不気味な黒眼鏡の古書店主がゆらりと現れて、ニカッと笑った。「これで皆さん、おそろいですか？」

そこへ「おおい」と間延びした声を発しながら、垢《あか》じみた浴衣を着た年齢不詳の男が駆けてきた。それはいつぞや夜の木屋町で邂逅《かいこう》した天狗《てんぐ》を自称する浴衣姿の怪人、樋口氏であった。

私は目眩《めまい》を感じた。

これから開かれるのは妖怪の宴《うたげ》かと思った。

○

黒眼鏡の古書店主の後ろに連なって、妖怪たち（私を除く）は古本市を抜けていった。

夕立が上がって、橙色《だいだいいろ》を含んだ夏の陽射しが、にわかにあたりをぎらぎらと照らしだした。その光の中で、私の周囲にひしめきあうものたちが改めて立体感をもって立ち上がってきた。

それにしてもこの混沌たるありさまは！

棚を埋め尽くす無数の文庫本、漫画、こともなげに均一コーナーにならべられた幾多の全集端本、麗々しく飾られた貴重書、文学書、歌集、辞典類、理学書、復刻本、講談本、大判画集に展覧会図録、積み重ねられている古雑誌、大量のB級映画のビデオテープ、標題の読み方も分からない漢籍や古典籍、海を越えて京都へ辿り着いた洋書の数々、偉容がありすぎて誰からも顧みられないエンサイクロペディアブリタニカや世界大百科事典、箱に投げ入れられて一枚千円で売られている彩色銅版画、テントの骨組からぶら下がって揺れる色鮮やかな浮世絵、どこのものとも私には分からない古地図、子どもたちが投げ捨てた絵本、昭和初期の京都の絵葉書もあれば、あやしげなパンフレット類、列車時刻表、自費出版とおぼしき正体不明の本まで……紙に刻印された何らかの記憶はすべて古本となる。

あの人気《ひとけ》のない不気味な古書店へ一行は乗り込んでいった。

薄暗く、シンとしている。通路を奥まで行き、精算所の前で秘密めかした横道へ入っていこうとしたところで、和服姿の女性がふいに足を止めた。

「申し訳ありません。私、急に自信がなくなりましたわ」

「おや、そうですか」

黒眼鏡の古書店主が言った。「まあ、あなたのような方はここで引き返した方がいいだろうね」

「ついでと言ってはなんですが、これを李白さんへお渡ししてください」

そう言って彼女は古い和綴《わとじ》の本をさしだした。標題にはナンタラ珍宝と書いてある。黒眼鏡の男はふんと頷《うなず》いて、それを受け取った。

あっさりと脱落した織田作之助女史を尻目に、我々は無言で進んだ。裸電球の明かりが照らす本棚の間の通路は左に折れ、その先へ鰻《うなぎ》の寝床のように延々と続いていく。古本市のざわめきはとうに聞こえない。ただ噎《む》せ返るような古書の匂いが立ちこめている。両側の本棚にならんでいる本はどんどん古くなっていき、しまいには変色した紙の束ばかりとなった。ごくたまに煎餅《せんべい》ぐらいの小さな天窓があって、埃だらけの硝子《ガラス》の向こうに木漏れ日が見えた。気づけば床が、土から西洋風の石畳に変わっている。

やがてその通路は終わって、正面に二階ぐらいの高さまで続く階段が現れた。それを上った先には重厚な鉄扉がある。洋燈《ランプ》が脇にぽつんと灯って、淋《さび》しい街路の一角を思わせる。ドアの脇には木札がぶら下がっていて、そこには寄席文字で「李白」と書いてあった。

古書店主がドアの脇のベルを鳴らした。

彼が扉を開けたとたん、中からごおっと風が吹いて、小さな七色の吹き流しのようなものが、我々の傍らを抜けて古本の廊下を飛び去って行った。私は嫌な予感に震えた。扉の向こうから来る風は、まるで地獄の釜《かま》から噴き出してきたかのように熱かった。

○

売り立て会場に足を踏み入れた全員が、鈍器で後頭部を殴られたかのような呻き声を上げた。

ちょうど電車の一車両ほどの広さの、細長い部屋である。

真っ赤な絨毯《じゅうたん》が敷き詰められた部屋の正面奥には、大きな柱時計が振り子を揺らしている。その傍らにある蓄音機から渾々《こんこん》と湧き出る意味不明の真言がオソロシゲな雰囲気を醸し出す。

部屋の壁際には色とりどりの火鉢や、鬼の金棒のように太い蠟燭《ろうそく》、ぬるい光を投げかける行灯《あんどん》のたぐいが置かれている。壁には憤怒の形相をした赤鬼の仮面が幾つもならび、火炎に追われる人々を描いた巨大な地獄絵が我々を威圧する。部屋の暑さを物理的かつ文化的に底上げする恐るべき骨董《こっとう》たちを照らしだすのは、シャンデリア代わりに天井から釣り下げられた炬燵《こたつ》である。

宴会場の中央には炬燵が置かれ、真ん中で紅白に色分けされた奇怪なスープを満々と湛《たた》えた鍋《なべ》がぐつぐつ煮えている。周りには分厚くて紅《あか》い座布団がならび、その上には、フカフカのたいそう温かそうな綿入れと、各人専用の湯たんぽが我々を待ちうけていた。

大時計の前に籐《とう》椅子があって、浴衣を着た李白氏がゆったりと座っている。

彼はニコニコと笑いながら、生白い毛臑《けずね》をむきだしにして、足下にある水の入った盥《たらい》でぱちゃぱちゃ水音を立てた。

「ようこそ、諸君。ようこそ」

団扇《うちわ》で顔を扇ぎながら李白氏は言った。

黒眼鏡の古書店主は織田作之助女史からあずかった本を李白氏に渡して、なにごとかを耳打ちして「あぢー」と言いながら出て行った。李白氏は受け取った本を、傍らにある黒塗の小さな書棚に入れた。そこには他にも大小さまざまの本が詰まっている。李白氏はその書棚をぴたぴた叩《たた》いた。

「これは先日、酒造業を営んでいた男から頂戴《ちょうだい》したものでな。わりあい雑多だが、面白い品が揃っている。さあ、炬燵に入って暖をとりたまえ。最後までこの場に踏みとどまった御仁は、どれでも一冊だけお持ち帰りになって結構。特例として、続きものは一冊と数えて進ぜる」

蠟燭の炎に照らされた李白氏の顔が凄みを帯びる。彼はその一瞬、たしかに舌なめずりをしていた。

「さて、諸君。すでに狙いはお決まりであろうな」

過酷かつ命に関わる大勝負に、名乗りをあげたのは五人である。

一人目は岸田劉生直筆の日記帳を狙っている謎の浴衣男、樋口氏。二人目は明治時代の冊子体列車時刻表「汽車汽舩旅行案内」（東京　庚寅新誌社《こういんしんししゃ》）一年分を狙う「京福《けいふく》電鉄研究会」のジュラルミンケース学生。三人目は藤原のナンタラという平安時代ぐらいの歌人が筆写した写本「古今和歌集」を狙う老学者。四人目は葛飾北斎が絵と文を書いたというエロ本を狙う閨房調査団代表の千歳屋。そして五人目は千歳屋の助っ人として参戦している私である。

我々は紅い綿入れを着込んで炬燵を囲んだ。

目の前で煮え立つ古びた鉄鍋には中央にS字形の仕切があり、スープが紅白に分かれている。脳天に突き抜ける刺激臭が立ち上ってくる。得体の知れぬ茸《きのこ》類や野菜が浸って、地獄の釜のごとく煮えたくっていた。

「これは火鍋《ひなべ》というものでな」

李白氏は籐椅子に腰掛け、ニコヤカに笑いながら言った。

「手元の器にある胡麻油《ごまあぶら》をつけて、どっさり喰うがよい。美味いぞ」

樋口氏が西瓜《すいか》ほどもある大きな薬缶を取り、熱々の麦茶を皆の湯呑《ゆの》みに注いでくれた。我々は五人はそれをぐっと飲んだ。

李白氏の命により、全員がまず紅いスープから謎の肉片をつまみだし、口に放り込んだ。もぐもぐやったとたん、世界が一瞬紫色に変じて波打った。

「うっげあおう」と誰もが堪えきれずに叫んだ。「なんじゃこりゃ！」

舌の上に広がるその味は、もはや味というよりも、荒削りの棍棒《こんぼう》を用いたひと殴りというべきで、下鴨神社を中心とした半径二キロメートルに存在する「辛さ」という概念を、一切合切この鉄鍋に拾い集めて煮込んだのではないかと思われるほど辛かった。悶絶《もんぜつ》する我々は熱い麦茶を飲み、さらに火炎にアブラを注いで悶絶した。のたうち廻る我々を眺めつつ、李白氏はにこにこしている。

我々は順番を決めて鍋をつつくことになった。白いスープは舌休めかと油断していたら、こちらも同じぐらい辛かった。辛さを極めた頂点にあって、その繊細な違いを我々一般人が区別できようはずもなく、「なんとなくメデタイ」という文化的意味あいを除けば、紅白に分ける意味がない。

瞬《また》く間に大粒の汗が額に湧き出てくる。

「このままでは命に関わる。早めに降参しよう」と私は思った。

だいたい私は千歳屋を助太刀するつもりは毛頭なかった。綿入れを着て炬燵に入った時点で、私の切れやすい堪忍袋の緒が切れかけていたのは言うまでもない。したがって、樋口氏があの絵本のことに触れなければ、私はいち早く白旗を振っていただろう。

鍋を囲んでふうふう言っている我々に、李白氏が書棚にある本を順番に見せた。自分の意中の本が目前に現れると、ほかの連中は鼻息を荒くする。北斎のなんたらが現れた時は、千歳屋がしきりに私に目配せした。私は火鍋の味に耐えるのが精一杯で、北斎なんか鍋で煮込んでしまえと思った。

古書は種々雑多で、中には絵本もある。

李白氏がやがて一冊の絵本を取り上げると、樋口氏が「おや」と言った。

「それはあの子が欲しがっていた絵本ではないか」

そう言って樋口氏は李白氏から絵本を受け取り、ぱらぱらとめくった。

「おい、樋口さん。汗を落としてもらっては困るよ」と李白氏。

「ほら、ここに名前が書いてある」

覗きこんでみると、そこには私が追う黒髪の乙女の名前がひどく幼い字で書かれていた。

それを見た私の驚きをご推察頂きたい。

私はその絵本を奪い取り、舐めるように見た。そして樋口氏から、彼女がその絵本を追い求めて古本市をさまよっていたことを聞いた刹那《せつな》、「千載一遇の好機がついに訪れた」と直感した。今ここに一発逆転の希望を得て、ついにふたたび起動する私のロマンチック・エンジン。

彼女と同じ一冊に手を伸ばそうなどという幼稚な企《たくら》みは、今となってはちゃんちゃらおかしい。そんなバタフライ効果なみに迂遠《うえん》な恋愛プロジェクトは、そのへんの恋する中学生にくれてやろう。男はあくまで直球勝負であると私は断じた。

彼女が幼き日、まだあどけない顔をして、無心にその名を書き入れた絵本そのものが目前にある。懐かしさのあまり彼女を悶絶させるこの絵本こそ、天下唯一の至宝であり、かつ私の未来を切り開く天与の一冊となるだろう。これを入手するということは、もはや彼女の乙女心を我が手に握ることに等しく、つまりそれは薔薇色のキャンパスライフをこの手に握ることに等しく、さらにそれは万人の羨《うらや》む栄光の未来を約束されることに等しい。

諸君、異論があるか。あればことごとく却下だ。

私は勝利を求めて咆哮《ほうこう》した。

○

夕立は上がって、濡れた馬場を黄金色の陽射しが照りつけています。

もう雨は降りそうにありません。せっかくですから時間いっぱいまで粘ってやろうと思い、私はまたふわふわと本との出会いを求めて歩んでおりました。

樋口さんは意気揚々と売り立て会へ出かけていきました。あの方ならば、どのような困難も平然と受け流すことでしょう。なにしろ彼は天狗を自称するほど、地に足をつけていないのですから。彼を凹ませる試練など、私には想像もつきませんでした。

しばらく歩いていると、先ほど一緒に絵本を探してくれた綺麗な子が、私のそばに寄って来ました。

「あら、また会いましたね」と私は頭を下げました。

「お姉ちゃん、ラ・タ・タ・タムは見つかった？」

「いいえ。まだなのです。古本屋さんに頼んでみたのですけど……」

少年は私の顔をじっと見つめて笑いました。

「お姉ちゃん、今日の古本市はおしまいまでいるつもり？」

「ええ、粘るつもりです」

「そんなら大丈夫だろう。見つかるよ」

そう言って少年は口笛を吹きました。

「どうして分かるのですか？」

「なぜならば僕は古本市の神だからだ」

彼はそう言って、白く美しい腕を挙げ、ひとさし指を立てました。本当にその姿は、夕立に洗われた夏空から、泥だらけの馬場に降り立った神様のように見えたのです。私はしばらく彼の姿を見つめ、そうして「なむなむ！」と言いました。

少年はにっこりと笑って、駆けて行きました。

○

「なむなむ！」と樋口氏が呟いた。「なむなむ！」

苦痛に耐えるための気合いの言葉らしい。私も真似て「なむなむ！」と呻いた。

誰も彼もが顔に水を浴びたように汗を垂らしているので、蠟燭や天井からつり下がる炬燵の光に浮かび上がる五つの顔は、どれもぬらぬらとして、生まれたての怪物のようだ。綿入れの下の服が濡れそぼって、身動きするたびに気色悪い。順番が巡ってきて鍋をつつくたびに、体内に籠《こ》もる熱にさらなる熱が加わり、舌は焼ける。口を開けば火炎が出る。

「ささ、麦茶をどんどん飲みたまえ。飲まんと死んでしまうぞ」

歌うように言いながら、李白氏は硝子のコップにいれた冷酒を美味そうに舐めている。

我々は憤怒の形相で熱い麦茶を飲むほかない。胃に入れた水分は瞬く間に汗となって体外へ出るが、その汗が出なくなれば死は確実に目の前だ。

最初に音を上げたのは千歳屋である。

彼は「もうだめだあッ」と絶叫し、李白氏の足もとへ這っていった。そして冷たい氷水を顔に浴びた。閨房調査団員たちの猥褻な夢はあっけなく潰《つい》えた。「根性なし」と京福電鉄研究会の学生が言った。千歳屋は濡れ手拭いを顔にかけて息をつきながら、手拭いを持ち上げて私へ「あとは任せた」と目配せした。だが、すでに私は次なる目標に向けて邁進《まいしん》しており、北斎のエロ本などに興味はない。

「まず一人」と老学者が絞り出すように言った。死体を数えるような陰気な声である。まるで口紅でも塗ったかのように、口の周りが唐辛子で赤くなっているのが凄絶《せいぜつ》だったが、それは我々も同じだ。

ただでさえ宴会場は薄暗いのだが、暑さで頭がぼうっとしている上に、あまりの火鍋の辛さによって視界がどんどん狭くなった。まともにものが見えなくなった。

京福電鉄研究会の学生が、ふいに目の前で箸《はし》を振り廻して、何かをすくい取ろうとした。

「なんだこれは！　七色の吹き流しが、ここを走り廻るんだよ！　邪魔だ！」

「貴君、それならだいぶ前から走り廻っているよ」と樋口氏が諭すように言った。

「儂《わし》にも見えている」と老学者。

「皆さん、それは幻覚ですよ。危ないですよ」

そう言った端から、私も火鍋の上に舞う七色の吹き流しを見た。それはくねくねと波打ちながら、我々四人を小馬鹿にするように舞っている。鮮やかな七色なのだが、いくら箸を伸ばしても摑めない。この玄妙不可解な物体はとりあえず問題とするに足りないという点で我々の意見は一致した。

「爺さん、あんた麦茶飲んでないんじゃないのか」

京福電鉄が言った。「死んじまうよ！」

我々はここぞとばかりに老学者の身体をいたわり、熱い麦茶を強引に飲ませた。

ごくごくと麦茶を飲み干してから、老学者は唇を歪めて何事か唸《うな》りだした。苦痛を忘れるために詩吟でもやっているのかと思ったら、彼は号泣していた。溢《あふ》れる涙は、とめどなく噴き出す汗と混じり合って、顎《あご》から続けざまにしたたり落ちた。

「ちくしょう、なんで儂がこんな目に」

老学者は歯を嚙み締めて唸った。「おまえたち、早く降参してくれ。老い先短い儂の頼みだ」

「どうせ冥途《めいど》に本は持っていけまい」と樋口氏が言った。

「いや儂は冥途の土産に持って行く所存だ」

「おやおや、今ここで冥途に赴かれては面倒だ」と李白氏が言った。

「おまえたちの狙っているものはどうせつまらぬものだろう。儂が欲しいのは国宝だ」

「爺さん、俺のだって国宝級だぞ」

「あんな薄汚い時刻表が国宝か、阿呆が！　国鉄行って貰《もら》ってこい！」

それをきっかけにして、火鍋で焼け焦げた舌を駆使して、火炎を吐くような罵倒《ばとう》の応酬が繰り広げられた。私も参戦した。暑さと辛さで頭が混乱し、ほとんど自分が何を喋っているのかも分からなかった。

しまいに老学者は嗚咽《おえつ》しながら私に言った。

「あんたは何だ。何が欲しいんだ」

そして私の求めているのが一冊の絵本だと知ると、彼は卒倒しそうになって、「このアホオウンダラ」と叫んだ。「絵本ぐらい、儂がいくらでも買ったるがな！」

「国宝で活路が開けるか！」と私は怒鳴った。

老人が泣き叫んだ。

「写本やぞ！　分からんのか？　古今和歌集の写本！」

「コキンワカシュウ？　知ったことか！」

岩波文庫の古今和歌集を立ち読みしたりしながら、私は古本市を抜けていき、やがて、一軒の不気味な古書店を見つけました。テントの周囲を大きな本棚で囲んでしまっているので、中がとても暗くなっています。驚いたのは、店番をしているのが、先ほどまで毛氈に座って織田作之助全集を読み耽っていた女性であったことです。彼女は精算所になっている机の向こうに座っていました。

その古書店は不思議な構造になっていて、精算所からわきへ、本棚で造られた細い通路がありました。生臭くて熱い風が奥から吹いてくるようにも思われます。この通路はどこへ通じているのかしらん。世界の飽くなき探求へと私を駆り立てる好奇心がむくむくと膨らみます。

ずんずん、入ってしまおう！　そうしよう！

そのとたん、和服姿の女性が「そちらはおやめになった方がよいですよ」と言いました。私は叱られたように思って、怖々その女性を見ました。彼女はにっこりと上品に微笑《ほほえ》みました。

「あなたがお入りになるようなところではないのです」

店には他にお客もおらず、彼女は退屈していたのかもしれません。小さな椅子を一つ、私に勧めてくれ、足下の発泡スチロールの箱に入っていたラムネを取り出しました。真夏の古本市においてラムネは無上の飲み物ですから、私はありがたくご相伴にあずかることにしました。

「先ほども涼み台のところでお見かけしましたが、ずっとそれを読んでらっしゃいますね」

私は彼女の持っている織田作之助全集を指さしました。

「ええ。うちにある本はこれっきり」

彼女は言いました。「主人の本のうち、この一冊だけ手元にあるのですよ」

私はジェラルド・ダレルや「ラ・タ・タ・タム」のお話をしました。広大無辺の古本世界から、掘り出そうにも掘り出せない「ラ・タ・タ・タム」について語るうちに、私はまた切なくなってしまいました。奇遇にも、その女性は「ラ・タ・タ・タム」を知っていました。

「あれは息子が主人と初めて古本市へ出かけた時に、一目惚れした絵本でしてね。息子にせがまれて幾度も読んできかせました。自分で読める年頃になっても、息子は私にせがんだものです」

「まだお持ちですか？」

「残念ながら」

そう呟いて、彼女はレジスターのとなりに置いたラムネの瓶を見つめるのです。何か私ごときには窺《うかが》い知れない哀しい事情があるようでもあり、私はそれ以上お話を聞くのを遠慮しました。

○

京福電鉄研究会の学生が、火鍋を前に、途方に暮れたように俯《うつむ》いた。

彼は汗をぼたぼた音を立てて膝《ひざ》に落としながら呻いている。我々はここぞとばかりに「落ちろ！　落ちろ！」と声を合わせて叫んだ。はやく脱落してくれなければ、こちらの身が持たない。私は大いなる意志の力によって、樋口氏は得体の知れない韜晦によって現今の苦しみを堪えていたが、無益な怒りによってエネルギーを蕩尽《とうじん》した老学者は、息も絶え絶えである。

京福電鉄は四角い顔を真っ赤にして、幾度も箸を上げたり下げたりするのだが、手が震えて、鍋に箸をつっこむことができない。精神と肉体が熾烈《しれつ》な争いを繰り広げている。

「もうダメなんだ……さっきから腹の具合が……」

彼は苦悶の表情を浮かべた。「俺は胃腸が弱くて……」

「貴君、こんな鍋を喰っては胃腸が俺のブリーフのようになってしまうぞ」

心理作戦に秀でた樋口氏が追い打ちをかけるように言った。「死にたいのか」

「死にたくはないよう」

京福電鉄は、ほとんど駄々をこねるような声で言った。「でも欲しいよう！」

「ここで胃腸を賭《か》けることはない。貴君はまだ若い。またいくらでも機会はあるよ」

呻き声を上げ、ついに哀れな彼は陥落した。近鉄電車のような赤茶色の顔のまま、目前を駆け抜ける七色の吹き流しを追って、彼は幻想の荒野を出発進行する。さらば好敵手。

はじめのうちは謎めいた笑みを絶やさなかった樋口氏も今は時折能面のごとき顔を見せ、熱い息を吐き始めている。この物理的苦悩を、地に足つけずにどこまで韜晦できるのか。

戦線離脱した二人は濡れ手拭いを顔にかけたまま、赤鬼の仮面の下に仰向けに倒れている。まるで死体が二つならんでいるような光景である。

「さあ諸君。残り二人が落ちれば、意中の本を我が物にできる。今少し頑張るが宜しかろう」

李白氏は大きな西瓜をしゃくしゃくと喰いながら言った。

「どうかね、よくよく冷やした西瓜がここにある。これが喰いたくば、降参すればよい」

李白氏は真っ赤な西瓜の一切れを熱にあえぐ我々の目の前で振り廻した。西瓜がしっとりと湛えている冷気と、澄んだ甘みが立ち上るのを、ありありと頬に感じた。「たっぷり喰わして進ぜよう。汁気が多くて甘いぞ。意中の本を諦めて、冷やした西瓜を喰いたくはないか?」

火鍋を囲む三人は揃って咆哮し、悪魔的誘惑を退けようとした。

紅い西瓜を嚙み砕く李白氏の口元には鋭い牙《きば》が見える。頭には角も生えだした。揺れる蠟燭の光に浮かび上がる彼の顔は魔王そのものであった。

「たかが紙の束であろう」李白氏はケラケラ笑った。「冷やした西瓜と、どちらが大切かね」

目前の西瓜よりも栄光の未来だという自分の叫び声が、まるで他人の声のように聞こえた。

私の眼前を、輝ける未来が走馬燈のように駆けた。彼女に絵本を手渡す私、二人がおずおずと心を通わせる様子、初めて二人だけで逢う日、やがて神社の境内にて手をつなぐ風景。紅葉が古都を染め上げる中、二人の関係は確固たるものになる、そして深まりゆく寒さとともに互いへの思いも深まってゆくだろう。そして栄光のクリスマスイブがやってくる。私のロマンチック・エンジンはもはや誰にも止めることができない。だがしかし私は、もはや内なる礼節の声に耳を傾けはしない。

「へへへへ」と老人が涎《よだれ》を垂らしながら薄ら笑いした。その声にハッと正気づいてみると、樋口氏もぼんやりと夢見る目つきをしながら「世界一周……」と呟いている。三者三様に走馬燈を眺めていたようであり、我々はいよいよ三途《さんず》の川に片足をつっこんでいたらしい。

我々は互いに励ましの声をかけ合い、麦茶をごくごくと飲んだ。

「爺さん、我々にしても今の状況はすでに命に関わるものだ」

樋口氏が言った。「あなたはもう見えているのではないか、ありありと冥途が」

「言うたろう……儂は冥途の土産が欲しい……」

「あなたの心臓は、この負担に耐えきれんだろう。たかが鍋で人生の終わりを迎えていいのか」

樋口氏の心理作戦に老人は歯を食いしばって耐えた。

「死んだところで……誰も気にしや……せん。知ったことか……」

李白氏が「見上げた心意気」と言った。「では冥途へ行くがいい。あとは良いように始末してやろう」

「爺さん、死んではいかん！」

樋口氏が言った。「こんなところで死んではいかん！」

しかし老人は応えなかった。その上体がゆっくりと前のめりになり、私が慌てて身体を支えた。

老人は失神していた。

「これで残るは二人であるな」

李白氏が満足そうに笑った。「しかし、ここは暑いのう。地獄を思い出すわい」

○

天国の水のように美味しいラムネをご馳走になりながら、私と女性はしばらくお話をしました。

その時、精算所の裏の積み重ねられた本の隙間から呻き声が聞こえました。「以心伝心ほにゃららら」と寝言のような声が漏れてきます。和服の女性が振り返りました。彼女の蔭《かげ》で、黒眼鏡をかけた男性が本の隙間に身を縮めるようにして寝ているようです。なぜそんな狭い、布団もないところでお昼寝を、と私は思いました。古本に囲まれていると安心する方なのでしょうか。

「ご主人、あともう少しお休み下さいませ。そろそろ息子が戻りますから」

彼女は優しく声をかけました。

寝込んでいる男性は満足した豚のような唸《うな》り声を上げると、ごろりんと身体を向こうに向けました。彼女は私の方を向いて、「気持ち良くお休みですわ」と微笑みました。

ラムネを飲み終えて、私はお礼を言って立ち上がりました。

古書店の表まで彼女は見送りに出てくれました。

「きっとラ・タ・タ・タムは見つかりますよ。もうすぐに」

夕闇が垂れ込め始めた様子を見ながら、彼女は言いました。「古本市の神様を信じましょう」

「ありがとうございます」

私は頭を下げて歩き出しながら、「なむなむ！」と呟きました。

○

ついに勝負は最終局面を迎え、私と樋口氏の一騎打ちとなった。

二人交互に火鍋をつつかねばならないから、ひっきりなしに喰わねばならぬ。しかもすでに煮くずれて「辛味の権化」と化した残骸ばかりが箸にひっかかる。口が麻痺《まひ》し、魂も麻痺した。麦茶は飲むそばから水っぽい汗となって吹き出し、滝のようにしたたり落ちる。濡れそぼった綿入れが、重く肩にのしかかっていた。もはや我々はただ目前の鍋をやっつけていくだけの永久我慢機関と化していた。

「その絵本を彼女にあげるのかね。君は彼女に惚れているのか」

「そうだ。文句あるか」

「こんなのは、どうだろう。まず君が降参する。私がその絵本を手に入れる。そして君がそれを私から五十万円で買う」

「なんだか妙だ……待て待て、あんたばかりが得をする！」

「だが五十万円で栄光の未来が買えるのなら安いものではないのか」

「あんたの手は借りん。俺は今、めずらしくアツくなっている……物理的にも心理的にも。俺はこの勝負に勝ち、己が手で未来を摑み取るだろう」

「貴君、私ほどの偉大な男がいまだかつてなくイッパイイッパイだ」

樋口氏は笑いながら言った。「こんな幻覚が見えだした」

彼は箸を鍋につっこんで、ずるずると大きな蝦蟇《がま》を引っ張り出した。

蝦蟇は唐辛子やら各種隠し味で真っ赤に染まって膨れている。ひくひくと細い手足を動かしている。やがて蝦蟇は樋口氏の箸から逃れて、もたもたと炬燵の上を這った。私の前にずんぐりと座り、くわぱっと口を開いた。勢いのある火炎が噴き出た。

「やってやれ」と樋口氏が笑った。「焼き払え！」

私はしばらくその蝦蟇を睨んでいたが、自分も火鍋に箸をつっこんだ。

重い縄のようなものがひっかかったので、ずるずると引っ張りだした。鉄鍋の中から現れたのは、唐辛子まみれの錦蛇《にしきへび》である。果ての知れない尾を鍋に残したまま、蛇は炬燵の上にゴトンと頭を置く。樋口氏の蝦蟇がべしゃべしゃと赤い飛沫《しぶき》を飛ばしながら逃げようとしたところを、蛇がひと飲みにした。

そうして蛇は鉄鍋の縁に気怠そうに顎をのせた。

樋口氏を見上げると、彼は貼り付けたような笑みを浮かべている。汗が顔を流れ落ちる動きがまざまざと見える。汗が目に入ろうが口に入ろうが、彼は微動だにしなかった。私がポンと突いてやると、彼はその表情のまま、仰向けに倒れた。まさに武蔵坊弁慶《むさしぼうべんけい》の立ち往生を思わせる、堂々たる最期であった。

ぐわんぐわんと頭が揺れる。口からも尻からも火炎が噴きそうだ。頭の周りを七色の吹き流しが飛び廻り、何も見えない。「死ぬ死ぬ」と私は考え、麦茶を飲んだ。湯たんぽを投げだし、濡れそぼった綿入れを脱ぎ捨てた。綿入れは絨毯の上に落ちて、「べしゃっ」と水音を立てた。

「あっぱれだ！」

籐椅子から立ち上がった李白氏が大笑した。大きな扇をくねらせる。

私はへたりこんだ。李白氏が私のそばへ近寄ってきた時、火鍋から顔を出していた唐辛子まみれの錦蛇が李白氏の方を向いてぱくぱくと口を動かした。小さな声が聞こえた。

「なんじゃ？」

李白氏が面白そうに耳を寄せたとたん、蛇はしゃがれた声で次のように言った。

「時に残酷に、神は古本を世に解き放つ。不心得の蒐集家たちは畏れるがよい！」

ナニクソと睨んだ李白氏の浴衣へ、錦蛇が食らいついた。李白氏は扇を振るって蛇の頭を叩いた。「こいつめ！　こいつめ！」と李白氏が喚《わめ》いているうちに、天井から大きなものが降ってきた。それはこの部屋の暑さを物理的に底上げしていた、シャンデリア代わりの炬燵であった。

「うっひゃあ」

炬燵の下敷きになった我々が喚いていると、晴れやかな声がした。

「また会ったね、兄さん」

見ると例の美少年が、李白氏の黒塗の書棚のわきに立っていた。書棚からは本が一切合切消えている。少年は京福電鉄研究会の学生がぶら下げていたジュラルミンケースを胸に抱えていた。

「それでは、皆さん。ごきげんよう」

彼は、炬燵に直撃されて呻いている李白氏を華麗に飛び越え、摑みかかろうとした私の手を逃れた。そして倒れ伏す敗残者たちを蹴り飛ばし、悪戯《いたずら》小鬼のように広間を駆け抜ける。

「俺の未来を返せ！」と私は叫び、起き上がろうとして火鍋をひっくり返した。

○

李白氏はようやく炬燵の下から這いだした。私はあまりに苦しくて立ち上がれず、冷水に顔をつけたり出したりして体熱を下げることに余念がなかった。

李白氏は小さな黒塗の書棚を見た。薄い冊子が一冊だけ残されている。あの和服姿の女性が李白氏に贈ったものだ。彼はそれを取り出して、表紙を睨んでいた。

私はやっとの思いで立ち上がって、彼の手元を覗き込んだ。

李白氏がその和綴本を開くと、中は白紙であった。ただの薄汚い無地の紙がどこまでも続いているだけである。目の前の達磨ストーブがちんちんと音を立てる。すると、やがてあぶり出しのように、一連の文字が浮かび上がってきた。

「悪しき蒐集家の手より古書を解放せしこと、まことに欣快《きんかい》に堪えず。汝《なんじ》よ今こそ思い知れ、我こそは古本市の神なり」

李白氏は窓際に寄って暗幕を引き上げた。

続いて次々と窓が開かれると、そこから流れ入る夕風は、高原のそよ風のように清々《すがすが》しく感じられる。涼しい風が宴会場を吹き渡るにつれて、絨毯の上に倒れ伏していた人々はもぞもぞと動きだした。

そうやって蠢《うごめ》き出す人々の中央に立ち、李白氏は「諸君」と呼びかけた。

「諸君らが見栄も外聞もかなぐり捨てて欲しがった本は、さきほど古本市の神の手によって、この古本市へ解放された。運が良ければ、また巡り会う日もあるだろう」

事態を飲み込めない連中は、赤絨毯に座り込んだまま、きょとんとしている。

「幸運を祈ることにしよう。本日はこれでお開きである」

そう李白氏は締めくくった。

しばらくすると、赤絨毯に座っていた老学者が「となると、古本市のどこかにあるわけだな、そうだな」と真っ赤な顔をして叫び、転がるように出て行った。続いて千歳屋や京福電鉄研究会も後に続く。樋口氏だけはゆったりと立ち上がって、「いやいや腹がいっぱいだ」と言いながら満足そうに歩いていった。彼はあんな地獄の火鍋でも、飯が喰えただけで儲けものだと思っているようだ。「しかし尻から火を噴きそうだ」と、立ち去りながら彼は尻を引き締めていた。

「貴君に進呈する本はこれしかない」

李白氏はそう言って、和綴本をさしだす。私は断った。

「盗まれた本はそのままでいいんですか？」と私は訊《たず》ねた。

「古本市の神がやったことならば、仕方があるまい。私は十分に愉《たの》しんだ」

李白氏は鼻で笑った。「本ごときは、いくらでもくれてやろう」

○

李白氏のもとをあとにした私は長い不気味な本棚の廊下を抜けた。

暗い古書店に出ると、精算台の向こうで、椅子から転げ落ちた黒眼鏡の古書店主がごうごうと鼾《いびき》を上げて眠っていた。かたわらにはラムネの瓶が転がっていた。ラムネが飲みたい！　と私の喉《のど》が鳴った。

駆けだしてみると、古本市は藍《あい》色の夕闇に浸されていた。京都の夏はこんなに涼しかったのかと私は驚いた。たかが気温の高下で感極まって泣いたのはその日が初めてである。すでに純粋な水分になっていた汗は、夕風に吹かれて瞬く間に蒸発した。

また今日も夏の一日が暮れていく。人々は三々五々、帰途につき始めているけれども、まだ粘っている人も多かった。私は暗くなっていく古本市の中を駆け抜けながら、あの少年の姿を探した。途中、渇きに堪えきれずに、ラムネを買って飲んだ。喉を流れ落ちるラムネは、夏の涼しさを濃縮した甘露の味と言うべきだった。たかがラムネで感極まって泣いたのはその日が初めてだ。

泣いたり飲んだり噎せたりしながら、私は古本市を駆けた。

見覚えのある和服姿の女性を見た。彼女は涼み台に腰掛けて、暗くなる中、辛抱強く織田作之助を読んでいる。その傍らに鈍く光っているのはジュラルミンケースかと思われたが、その中は空であった。

緑雨堂のあたりにさしかかった時、夕風に吹かれてようやく研ぎ澄まされてきた私の精神は、ついにあの少年をとらえた。彼は書棚の暗がりをこそこそとすり抜けていく。このタチの悪い底抜けの恋の邪魔者の悪魔的犯罪少年め！　と私は唸った。簀巻《すま》きにして火をつけて下鴨神社の篝火《かがりび》にしてやる。

少年は書棚の蔭で、抱えていた本の一冊を開くと、そこへ値札を貼り付けた。

そしてソッと書棚に滑り込ませている。

「こらッ」と私は怒鳴った。「コンニャロ！」

私に腕を摑まれると、彼は白い川魚のように跳ねた。私の手を振りほどこうとしながら、こちらを睨み上げる。夕闇の中で、彼の瞳《ひとみ》がきらきらと輝くように思われた。

「放しておくれよ！　あと一冊でおしまいだ！」

「もう全部、そうやってバラまいたのか？」私は唖然として、力を失った。「絵本がなかったか？　あの絵本はどうした？」

私が手を緩めると、少年は駆けだそうとし、一瞬だけ踏みとどまった。

「絵本には絵本の場所があるじゃないか、そんなことも分からないのか？」

彼はそう言って、夕闇の中へ姿を消した。

私は樋口氏の話を思い出した。絵本コーナーというものがどこかにあるのだ。

手近にいた緑雨堂主人に場所を訊ねて、私は駆けだした。

古本市を抜けていく時、京福電鉄研究会の学生を見た。彼は古本屋から古本屋へと駆け廻りながら、「俺の時刻表！」とわめき散らして顰蹙《ひんしゅく》を買っていた。「どこだ！」。その声が聞こえたそばから、私を突き飛ばすようにして南へ駆けていく疾風のような人影がある。それはあの古今和歌集に執着した老学者らしい。「あれは儂のものだ、誰にも……」と、老学者は悪魔に憑《つ》かれたように呟きながら、人混みの中へ消えていった。

「執着というものは恐ろしいものだ」と私は思いながら、彼女の絵本を我が手に握るべく、仲むつまじく歩いている男女をことさら突き飛ばすようにして、鬼の形相で絵本コーナーへ向かった。

○

古本市にはすっかりお祭りの終わりの気配が漂い始めています。私はなんだかとても淋しい気持ちになってしまって、とぼとぼと馬場を歩いていました。

あの不思議な少年は、私が「ラ・タ・タ・タム」に巡り合うように言い、あの和服姿の女性も同じことを言って励ましてくれました。けれども日は暮れかかってきますし、これだけの本の海の中から、どのようにして私の求める一冊を見つけ出せばよいのでしょうか。古本市の神様は私に微笑んでくれるのでしょうか。

私はただ静かに歩んでいきました。

これからはきちんと古本市の神様にお祈りをいたしましょう。そして読まなくなった本はできるだけ世に解き放ち、次なる人の手に届けましょう。本たちが真に生きるように、私は努力いたします。ですから神様お願いします。私は手のひらを合わせて「なむなむ」とお祈りしました。

夕闇に沈んでいくテントの間を抜けて、私が辿りついたのは絵本のコーナーでした。

先ほどあれほど探して見つかりませんでしたが、ひょっとすると見落としていたかもしれません。信じる者は古本を見つける！　暗くなる中、私は細い背表紙を懸命に追っていきました。

「なむなむ」と呟きながら身をかがめていると、ふと本棚の一角が白く浮き上がるようにして、一冊の絵本が私に呼びかけてきました。ドキンと胸が痛いほど高鳴りました。

なむなむ！

私が夢中で手を伸ばした時、横合いから誰かの手が伸びてきました。見上げると、手を伸ばしていたのはクラブの先輩でした。

先輩は私の顔を見て、心底驚いた御様子で、百面相のような面白い顔をしました。何か言おうとして口をぱくぱくするのですが、何も出てきません。息を吸い込んで、ようやく先輩は「ほら！」と言い、「ラ・タ・タ・タム」を指さしてみせました。「早く買わんと！」

私が「ラ・タ・タ・タム」を手に取ってみせると、先輩は風のように走っていきました。

なぜ先輩はあんなに驚いたのだろうと私は思いました。私の顔に何かオモシロオカシイものが？

いえ、先輩もこの本に手を伸ばしていたことから考えると、先輩もこの本が欲しくてたまらなかったのではないかと私は考えました。それを断腸の思いで諦めて私に譲り、愛しい本を諦める苦痛を紛らわすために早々に立ち去ったのでは？　きっと、そうなのです。はちきれんばかりに紳士的な行為！　神様、先輩の恋路を邪魔した私をお許しください。これは何か埋め合わせをしなければ！

そう思いながら、私はついに手に入れた「ラ・タ・タ・タム」を開き、表紙の裏にある字を見つけ、しばし啞然とし、やがて二足歩行ロボットの真似をして踊りました。

私は目尻を拭いました。

「ラ・タ・タ・タム」には、下手な字で、自分の名前が書いてあったからです。

○

読者諸賢に指摘されるまでもない。私は底抜けの阿呆である。

迂遠すぎる計画をいったん白紙に戻して、より完璧な計画を練り上げたというのに、白紙に戻したはずの計画が勝手に進行していたとは誤算であった。古本市の神よ、打ち合わせと違うではないか！　対応できるわけがない。さらに計算外であったのは、同じ一冊の本に手を伸ばすというシチュエーションが、生半可な覚悟では耐えきれぬほどに恥ずかしいものだったことである。

唐突に逃げ出した自分は、彼女の目にどう映っているであろう。よほど理解不能のヘンテコ野郎と思われたに違いない。

「恥を知れ！　しかるのち死ね！」

ひんやりした藍色の夕闇を抜けながら、私は呻いた。「なむなむ！」

私は自分を呪い、古本市を呪い、やさぐれにやさぐれきった挙げ句、橙色の電燈に照らされたテントの下へずいと乗り込んだ。そこには『新輯内田百閒全集』がばら売りされていた。

「これ全部ッ」と私は叫び、言った後に金が足らないことに気づいて地団駄踏んだ。

「あとおいくら必要ですか？」と背後から声がした。

振り返ると彼女が立っていた。「お貸しします」

「いや、そりゃ悪い」

「いいのです。本との出会いは一期一会。その場で買わねばなりません。もう私は掘り出しものが見つかりましたし――」


そう言って彼女は真っ白な美しい絵本を見せてくれた。『ラ・タ・タ・タム――ちいさな機関車のふしぎな物語――』とタイトルがあり、美しい幻想的な絵が描かれている。彼女はそっと表紙をめくってみせた。真っ白な紙に、幼い字で彼女の名が書かれていた。

「こんなところで出会ったのです。ありがたいことです。先ほどは譲って頂いてありがとうございました」


彼女は幸せそうにふっくら笑った。

私は彼女からお金を借り、内田百閒全集を買った。

ビニール袋に詰め込んだ全集を下げて振り返ると、彼女の姿は消えていた。

テントから外へ歩み出て、暗い古本市の会場を見渡してみたが、藍色の夕闇の中を人々が行き交うばかりである。私はぷらぷらと歩き始めた。

○

先輩にお金をお貸ししたあと、私はテントからぶらりと外へ出ました。

ぼんやりしていると、織田作之助全集を読んでいた和服姿の女性と、あの綺麗な少年が一緒に通り過ぎていくのが見えました。「気は済んだの？」と女性が優しく言い、少年は「うん」と頷いていました。私は「ラ・タ・タ・タム」が見つかったことを少年に教えてあげようと思って後を追ったのですが、彼らはまるで魔法のようにスルスルと人の間をすり抜けていき、ついにフッと夕闇に消えてしまいました。無念。

私は涼み台に腰掛け、膝の上で「ラ・タ・タ・タム」をもう一度開いてみました。かつて私が愛し、そのくせ罪深くも捨てた本が、今また私の手の中にあるという不思議。これはもう古本市の神様のおかげ以外のナニモノでもないでしょう。なむなむ。

あたりはいよいよ暗くなっていきます。

やがて向こうから、大きな全集をさげた先輩がのしのしと歩いてきます。あまりに重そうなのでお手伝いしようと、私は先輩に声をかけました。

「やあ」と先輩が言い、私は「どうも」と言いました。

先輩はよっこいしょと漬け物石のように重い全集を置き、涼み台に腰かけました。

空はすでに深い紺色で、微《かす》かな夕焼けの名残が、浮かぶ雲をほのかな桃色に染めています。馬場の両側にならぶ古書店の間には、橙色の電燈が点々と灯《とも》っています。あたりが海の底へ沈んだように暗くなっても、その僅《わず》かな明かりを頼りにして、人々は本棚の隙間を泳ぎながら、意中の本を探しています。ちょうど先ほどの私のように。

「みんな、まるで海の底のお魚のようですね」

私は言いました。

「そうですね」

先輩は言いました。

北から涼しい夕風が吹いてきて、目の前を小さな七色の吹き流しが滑るように飛んでいきました。

第三章　御都合主義者かく語りき

季節は晩秋。

地平線上にクリスマスという祭典がちらつきだし、胸かき乱された男たちが意図明白意味不明な言動に走りだす暗黒の季節の到来を告げるのは、学園祭の開催である。

学園祭というただでさえ荒れ狂う大舞台において、我々はてんで勝手に大団円を求め、無闇やたらと迷走する。やがて我々をとらえるのは、「とにかく幕を引こう——ただしなるべく己に有利なかたちで」という手前勝手な執念である。その時、我々は御都合主義者となる。

御都合主義者たちが暗躍する学園祭において、彼女は意図せざるうちにその主役を担い、混沌《こんとん》を極めた大芝居の幕を引いた。そのまれに見る力業を、彼女は「神様の御都合主義」と呼ぶ。

神様も我々も、御都合主義者には違いない。

では、我々は如何《いか》にして御都合主義者となりしか。

その日、私は珍しく学園祭へ顔を出した。秋風が落ち葉を吹き散らす中、最終日を迎えた学園祭は、気怠《けだる》い雰囲気を漂わせながらも続いていた。

晩秋の冷たい風に吹かれながら、私は時計台下の模擬店街をさまよった。

この阿呆《あほう》の祭典は、聳《そび》え立つ時計台を中心として校舎が点在する「本部構内」と、東一条通を挟んで南にある「吉田南構内」を主戦場として繰り広げられる。法学部の大教室において著名人の講演会や討論会が開催される一方、時計台周辺には模擬店がテントを連ね、味と衛生状態に一抹の不安が残る食べ物を通行人の口へねじ込もうとする。吉田南構内へ入れば、そこもまた闇の学生商人たちが気怠く客を待つ模擬店また模擬店。だが商魂逞《たくま》しい学生たちだけではない。グラウンドの特設ステージでは歌って踊れる学生たちが入れ替わり立ち替わり舞台を踏み、校舎内の講義室では演劇や趣味や自主製作映画に憑《つ》かれた者たちが通行人を招き入れ、己が情熱を無理強いする。

模擬店で、講義室で、特設ステージで、彼らは客へ何を与えようとしているのか。訪れた人々が目にするのはあり余る暇と不毛な情熱そのもの、傍《はた》から見れば面白くもなんともないもの、すなわちあの唾棄《だき》すべき「青春」そのものにほかならない。

「学園祭とは青春の押し売り叩き売り、いわば青春闇市なり！」

晩秋の冷たい風に吹かれながら、私は思った。

「ごはん原理主義者」という模擬店で買った握り飯を喰《く》いながら見上げれば、高く澄んだ秋空へ時計台が聳えている。足下で繰り広げられる阿呆の祭典も意に介さず、毅然《きぜん》と独り天を衝《つ》くその勇姿は、今ここに立つ私自身の姿を思わせた。時計台も私も、このらんちき騒ぎの渦中にあって栄光ある孤立を貫いている。

「戦友よ！　屹立《きつりつ》してるかい？」と私は時計台へ呼びかけた。

私は、国家と己の将来を分け隔て無く憂えながら日々を送り、ひたすら思索に耽《ふけ》って魂を練る男だ。そう近くない将来には晴れの舞台で満場の喝采《かっさい》を浴び、この世の誰からも愛される人間になりたいと切望する孤高の哲人に、青春闇市たる学園祭など、なんの御縁があるものか。

ならばなぜ私が足を運んだかと言えば、彼女が来ると知ったからだ。

これはある信頼すべき筋からの情報である。

○

彼女は私の所属するクラブの後輩である。

初めて言葉を交わしたあの日から、彼女は我が魂を鷲摑《わしづか》みにし、そのたぐいまれなる魅力は賀茂川《かもがわ》の源流のごとく滾々《こんこん》と湧《わ》きだして尽きることがない。かつて「左京区《さきょう》と上京区《かみぎょう》を合わせてもならぶもののなき硬派」という勇名を馳《は》せた私が、今やなんとか彼女の眼中に入ろうと七転八倒している。私はその苦闘を「ナカメ作戦」と名付けた。これは、「なるべく彼女の目にとまる作戦」を省略したものである。

局面の打開を焦って闇雲に本丸に突撃、当然の帰結として玉砕する阿呆どもは、枚挙にいとまがない。たしかに彼らは愛すべき男たちだ。しかし、彼らに蛮勇はあっても、勇気はなかった。ここで言う「勇気」とは、理性と信念をもって己を矯《た》め、着実に外堀を埋める地道な日々の営みに耐え抜く勇気である。彼女には、まず私という希有《けう》な存在に慣れて頂く必要がある。本丸攻略はそれからだ。

かくして、私はなるべく彼女の目にとまるよう心がけてきた。夜の木屋町先斗町《きやまちぽんとちょう》で、夏の下鴨《しもがも》神社の古本市で、さらには日々の行動範囲で——。附属図書館で、大学生協で、自動販売機コーナーで、吉田神社で、出町柳《でまちやなぎ》駅で、百万遍《ひゃくまんべん》交差点で、銀閣寺で、哲学の道で、「偶然の」出逢いは頻発した。それは偶然と呼ぶべき回数をはるかに超え、「これはもう運命の赤い糸でがんじがらめだよ、キミたち！」と万人が納得してうけあいというべき回数に達していた。我ながらあからさまに怪しいのである。そんなにあらゆる街角に、俺が立っているはずがない。御都合主義もいいところだ。

しかし重大な問題は、彼女がまったく意を払わないということであった。私の持ったぐいまれなる魅力どころか、私の存在そのものに。こんなにしょっちゅう会っているのに。「ま、たまたま通りかかったもんだから」という台詞《せりふ》を喉《のど》から血が出るほど繰り返す私に、彼女は天真爛漫《らんまん》な笑みをもって応《こた》え続けた。「あ！　先輩、奇遇ですねえ！」

そして彼女と出逢ってから、早くも半年の月日が流れたのである。

○

時計台へ深い親愛の情を示した後、私は正門から出て東一条通を渡り、吉田南構内へ歩いて行った。構内の隅にある土埃《つちぼこり》舞うグラウンドにも模擬店がたくさんならんでいる。北西隅にはステージが設営されて、アマチュアバンドらしい女性が「クタバレへなちょこ弁財天」と歌っていた。そのステージのとなりに、この学園祭を仕切る「学園祭事務局」の本部テントがあった。

テントを覗《のぞ》くと、事務机や道具類がところ狭しとならぶ隙間を、事務局員たちがうろうろしている。奥に腕章をつけた男が一人ふんぞり返り、悠々と茶を飲みながら指示を出していた。彼の背後には巨大な大学構内地図が掲げられている。それはあたかも、「学園祭は余の掌中にあり」と宣言しているかのようだ。

「偉くなったな、事務局長殿」

私が声をかけると、男がこちらを向き、「なんだ、君か」と言った。

彼と私は同じ学部に所属し、一回生の頃からの知り合いである。多彩な男で、その才能の発揮しどころは、学園祭事務局の雑務、軽音サークル、趣味の落語から女装に及ぶ。わけても、男にはもったいない美貌《びぼう》を駆使した彼の女装は有名であり、戯《たわむ》れに顔を出した「女装喫茶」で多くの男たちを不毛な恋路へ誘ったことは悪名高い。それだけの美貌を持っているのならば、さぞかしアバンチュール続発する爛《ただ》れた学園生活を送る性根の腐りきった男であろうという大方の予想に反し、彼はなかなか硬派な男であった。それゆえに私とは気が合った。一回生、二回生の頃は学園祭が近づくにつれて彼は勉強そっちのけで事務局の仕事に没頭し、どろどろに薄汚れてその美貌を台無しにしていたものだ。その働きが認められ、三回生になった今日、「雑用係の総元締め」と自嘲《じちょう》しながらも、「学園祭事務局長」の肩書きを手にしたのである。

彼は私を事務局のテントに招き入れ、茶を出した。

「君が来るなんて珍しい。当ててやろう、例のナカメ作戦だろ?」

私が平素、学園祭などというお祭り騒ぎとは無縁で暮らしていることを、彼は百も承知である。私が頷《うなず》くと、彼はニンマリした。「それで、あの子とは何か進展あったの?」

「着実に外堀は埋めている」

「外堀埋め過ぎだろ? いつまで埋める気だ。林檎《りんご》の木を植えて、小屋でも建てて住むつもりか?」

「石橋を叩《たた》きすぎて打ち壊すぐらいの慎重さが必要だからな」

「違うね。君は、埋め立てた外堀で暢気《のんき》に暮らしてるのが好きなのさ。本丸へ突入して、撃退されるのが恐いからね」

「本質をつくのはよせ」

「僕には分かんないな。時間の無駄だろ。どうせなら二人で楽しく過ごせばいいじゃない」

「俺には俺のやり方がある。人の指図は受けないよ」

「なんでそういう思考になるのかな……本当に君は阿呆だよね。そういうところが好きだけどさ」

私は話題を変えることにした。

「ところで、何か面白いトラブルは起こったか？」

「そりゃもう、色々あった。今は少し落ち着いているけど」

事務局長はこの開催期間中に起こった出来事をあれこれ語った。酒を飲んでトイレに立て籠《こ》もって出てこない奴、暗躍する宗教団体、無許可で妙ちくりんな食べ物を売って保健衛生上問題のある行為に出る奴。立て看板や材木を片端から盗む窃盗団。あちこちへ出現する謎の達磨《だるま》。まさに阿呆の祭典にふさわしい出来事が頻発しているという。

「韋駄天《いだてん》コタツにも手を焼いてる」

「韋駄天コタツ⁉　コタツなのに韋駄天とはこれ如何に？」

「妙な連中がコタツに入って、構内をうろついてんだよ。あんまり神出鬼没だから、韋駄天コタツと呼んでるのさ」

事務局長は背後にある構内地図を指さした。点々と貼られたコタツマークのシールは、韋駄天コタツの出没地点を示している。たしかにそれは学内全域に及び、韋駄天コタツの名に恥じない。

「うろうろするだけなら、放っておけばいいじゃないか」

「彼らは人をコタツに誘って鍋《なべ》を振る舞うんだよ。無許可でそういうことをやってもらっては困るんだよね。食中毒騒ぎとか、まずいだろ?」

「ほかにもシールがたくさん貼ってあるけど、それは何だ?」

「これは偏屈王事件さ」

事務局を震撼させる二大問題は「韋駄天コタツ」と「偏屈王」事件だ、と事務局長は言った。

○

「偏屈王」。

それは構内の路上で突如上演される断片的な劇の総タイトルで、いわばゲリラ演劇である。学園祭初日にその幕が上がった際は、誰もが意味不明の路上パフォーマンスだと思った。一回の上演時間は五分にも満たない。しかしその断片的な演劇が頻発するうちに、噂は噂を呼び、断片的な情報がつなぎ合わされ、全貌が明らかになってきた。

学園祭の片隅で運命的な出逢《であ》いをした偏屈王とプリンセス・ダルマ。一目見るだけで恋に落ちた彼らの仲は、しかし唐突に引き裂かれた。その偏屈ぶりゆえに友人に誤解されること甚《はなは》だ多かった偏屈王は、さまざまなサークルから恨みを買って罠《わな》にはめられ、ついには行方《ゆくえ》知れずとなったのである。プリンセス・ダルマは愛しい偏屈王の想い出を胸に、彼を罠にかけた敵たちへ「耳にマシュマロを詰める」「襟元からプリンを流し込む」など、奇怪な復讐《ふくしゅう》を遂げてゆく——。

ゲリラ演劇「偏屈王」は、そのプリンセス・ダルマを主人公とし、実在のサークル名を劇中に取り込んだ虚実入り乱れる内容である。劇中の出来事を現実と勘違いしたサークル同士が喧嘩《けんか》したり、狭い廊下へ見物に集まった観客が将棋倒しになるなど、幾多の事件を誘発しながら、高い話題を呼んでいる。いつしか、その演劇を首謀している人物もまた「偏屈王」の名をもって呼ばれるようになった。

「首謀者はどこかに潜んで、現在進行形で書いているそうだ。その日の午前中に起こった出来事が、午後にはネタにされてるところを見ると、嘘じゃないらしい」

「凝ったことをする奴だな」

「学園祭テロリストというのが事務局の見解」

「それで、お話はどこまで進んでいるんだ？」

「今日の午前中に、偏屈王は生きてどこかへ幽閉されているということが判明したよ。それでまた、ちょっとした話題だね。偏屈王とプリンセス・ダルマが再会できるか、食券で賭《か》けをやってる連中までいる。八対二でハッピーエンドが優勢だ」

「偏屈王というからには相当の偏屈者のはず。ハッピーエンドはあり得まい」

「それにしてもさ、面白いこと考えるよね。立場上彼らを追っているけど、本当は好きなようにやってくれるといいな」

事務局長は妖艶《ようえん》とも言える笑みを浮かべた。「でも、僕はそれほど甘くはないけどね」

そこまで喋《しゃべ》っていたところで、局員の一人が息せき切って駆け込んできた。彼が「グラウンドで『偏屈王』を上演してます！」と叫んだので、本部はにわかに騒然となった。局長が茶をぶちまけて、大げさに顔を歪《ゆが》めた。楽しんでいるのは明らかだ。「事務局を舐《な》めやがって！」

そうして彼らはがやがやと出て行った。

なんだか楽しそうだなあと思いながら私が後から歩いていくと、グラウンドの中央では逃げまどう劇団員たちと事務局員たちによる牧歌的な大捕物が進行中である。「偏屈王」の連中は深紅の腕章を巻き、高らかに「偏屈王」上演者であると宣言している。

模擬店で「おとこ汁」という汁粉を買ってすすりながら私が高みの見物をしていると、逃げ出した女性が私の方へ駆けてきて、ぼううんとぶつかった。熱々の汁粉が飛び散り、彼女は「あちゃあちゃちゃ」と拳法《けんぽう》でもやっているかのような悲鳴を上げた。そこへ事務局員たちが飛びかかる。捕らえられたのは彼女一人である。

土埃舞うグラウンドの中央へ、長い髪を振り乱した女優が引き据えられた。そのかたわらに林檎ほどの大きさの達磨が転がっている。事務局長はその達磨を踏みつけて立ち、傲然《ごうぜん》と胸を反《そ》らせて彼女を睨《にら》んだ。局長によれば、彼女が噂の「偏屈王」の主役、プリンセス・ダルマであるという。

「なんだよ、主役が捕まってしまえば終わりではないか」

「三回も主役を捕まえてるんだけど、そのたびに代役が立つからね。トカゲの尻尾《しっぽ》みたいなもんさ」

主演女優は「いくらでも代わりはいるんだから」と威張《いば》った。「偏屈王が脚本を書くかぎり、劇は続くわよ。彼の居場所は吐かないけどね」

「こんちくしょうめ。拷問するわけにはいかないしな」

怒る事務局長を尻目《しりめ》に、その時、私は上の空であった。

なぜならば、グラウンドから今まさに出て行こうとする人影に、心を奪われていたからである。その瞬間、阿呆の祭典を満たす一切の賑わいは潮が引くように遠のき、全世界は私の視界を横切るその人影ただ一点へ収束して搏動《はくどう》した。そのほっそりとした小柄な身体《からだ》つき、艶々《つやつや》と光る短く切りそろえた黒髪、猫のように気まぐれな足取り……彼女の後ろ姿の世界的権威と言われる私が見間違えるはずがあろうか。あるはずがない。ぽてぽてとグラウンドから出て行こうとしているその人物こそ、浅いようで深い外堀を埋めに埋め続けてはや半年、私が血眼《ちまなこ》でその後ろ姿を追ってきた当の彼女であった。

不思議なことに、彼女はその背に巨大な緋鯉《ひごい》のぬいぐるみを背負っていた。背中へ注がれる好奇の視線も知らぬげに、彼女は毅然と前を向いて歩き、総合館へ向かっている。

「それじゃあな。仕事、頑張ってくれ」

事務局長に手を上げて、私は慌てて彼女の後を追った。

「いったいなぜ、あんなものを背負っているのであろうか？」と思った。

○

その御質問にお答えします。

私が背負っていたのは、いかにも緋鯉のぬいぐるみでした。グラウンドにあった射的屋「君のハートを狙い射ち！」で見事に真ん中を撃って、獲得したのです。

私は昔から運の良いお子様でした。私のごときやんちゃ娘が、頭蓋骨《ずがいこつ》をかち割ることもなく無事に生き延びてこられたのは、きっと人一倍運が良かったからでしょう。幼い頃は自暴自棄になって三輪車にまたがり、幼児にあるまじき速度で坂道を下って母を卒倒させたこともある私です。こんな愚かな私を救ってくれる幸運の数々を、姉は「神様の御都合主義」と呼びました。

神様の御都合主義万歳！　なむなむ！

初めての学園祭に足を踏み入れた途端、こんなに大きな緋鯉を手に入れるなんて、これはもう幸先《さいさき》が良いにもほどがあるというものです。この先どんなオモチロイことが私を待ち受けているのであろうか！　と我が興奮が天井知らずに高まるのも宜《むべ》なるかな。射的屋の人たちは
「小さいものと交換する？」と提案してくれましたが、私は丁重にお断りしました。鯉は縁起の良いお魚ですし、これだけ桁外れに大きいのですからその縁起の良さも桁外れに決まっているのです。そうなのです。ここで出会ったのも何かの御縁、身の丈に合わないからと言って引き下がるわけには参りません。

「それでは紐《ひも》を一本いただけませんか。背負っていきます」

背中の緋鯉にやや気合い負けしそうではありましたが、私は息を大きく吸って胸を張り、河《ふ》

豚《ぐ》のようにぽっこり膨らんでひとまわり大きくなってから、威風堂々歩き出しました。

グラウンドから出て総合館へ入ると、ふだんは勉学に励むために通っている講義室が、まったく装いを変えて私を迎えてくれました。華麗なる絵巻物の如く次から次へと目前に現れるのは、才能ある学生たちがその青春の汗と涙を結晶させ、知恵をひねり、粋を凝らして作り上げた出し物の数々です。そこはまさに青春劇場。初めての学園祭ですから、私は夢中になりました。

やがて私はエチルアルコール研究会を見つけました。私はお酒を愛していますから、背中の緋鯉を揺らして武者震いしました。昼日中から校舎でお酒を飲むなんて……その背徳の悦びが、お酒をいっそう美味《おい》しくすることでしょう。入ってみよう、そうしよう！　と入ってみると、小さな手作りのバーに各種銘柄のお酒が取り揃えられているという、なんとも素晴らしい魅惑のお酒世界でした。

見覚えのある女性が腰掛けて、男子学生たちと喋りながらお酒を飲んでいます。それは羽貫《はぬき》さんといい、私が以前、夜の木屋町で知り合った女性でした。「羽貫さん、こんにちは。奇遇ですねえ！」

「あらあ！　お久しぶりねえ。まあまあ、お飲みよ」

彼女はしげしげと私を見ました。「それにしても、なんでそんな緋鯉を背負ってるの？」

「幸先の良いことに、射的屋さんで当てたのです」

「では、いざ。その大きな緋鯉と貴女の幸運に乾杯！」

そうして私はラムのカクテルを飲みました。

「羽貫さんは学生ではないのに、なぜこんなところにおられるのですか？」

「樋口《ひぐち》君が見物に来いって言うもんだからさ」

「樋口さんもおいでですか。それはなによりです」

「会う？　そこの階段の踊り場にいるよ」

樋口さんと言えばつねに古ぼけた浴衣《ゆかた》に身を包み「職業は天狗《てんぐ》」と自称する人です。大学入学以来私が出会った人たちを、よく分からない順に東大路《ひがしおおじ》に北から南へならべれば、樋口さんはその不思議行列の最北端に立つでしょう。こうして学園祭へ顔を出すということは、天狗とは世を忍ぶ仮の姿、その正体は大学生なのでしょうか。「樋口さん、貴方はいったい何者……」と考えながら羽貫さんに連れられて歩いていくと、彼女は講義室の前の廊下を歩いて、階段を下っていきました。

ビラがたくさん壁に貼られた階段の踊り場にコタツが置かれ、樋口さんが見知らぬ男性と二人で鍋をつついています。青春の汗と涙が飛び散る感動の大祭典の真ん中でのんびり鍋を食べるなんて。そのあくまで我が道を行く貫禄に私は感服しました。

「おや！　また会ったね」と樋口さんがにっこり笑いました。

「奇遇ですねえ」

「さあ、君も豆乳鍋をもりもり喰いたまえよ」

羽貫さんと一緒にコタツにもぐりながら、私は「そろそろコタツも良いですねえ」と言いました。「たいへんぬくぬくしますねえ」

「そうだろう。これは韋駄天コタツというのだ」

「コタツなのに韋駄天とはこれ如何に？」

「あっちこっち移動するからさ。なにしろ事務局がうるさいから……ああ、そうだ。紹介が遅れて悪かった。こちらはパンツ総番長」

樋口さんはかたわらに座っている男性を指して言いました。その「パンツ総番長」は、樋口さんに倣《なら》ったのか、やはり古い浴衣を着ています。不屈の闘志を眉間《みけん》にギュッと封じたような骨のある顔つきで、体軀《たいく》もご立派、背筋を伸ばして堂々としています。世が世なら一国一城の主に違いないと私は思いました。彼は私を見ると、大きな眼をぎょろぎょろさせて、黙礼しました。

「彼は一年前にとある事情から一念発起してね、吉田神社に願をかけた。願いごとが叶《かな》うまでパンツを穿《は》き替えないと誓ったのだ。断じて行えば鬼神もこれを避け、虚仮《こけ》の一念岩をも通す。彼はついに歴代の記録を塗り替えて、各クラブやサークルのパンツ番長たちに打ち勝ち、栄《は》えあるパンツ総番長に選ばれたのだ」

「パンツ総番長なんて……それはむしろ不名誉ではない？」

羽貫さんが言うと、樋口さんは首を振りました。「このロマンが分からないのか？」

「そんな不潔なロマンが分かってたまるもんですか」

「ではずっとパンツを穿き替えておられないと……？」

私が恐る恐る訊《たず》ねると、パンツ総番長は重々しく頷きました。ああ、神様、そんなにもパンツを穿き替えない向こう見ずな彼をお守り下さい、色々な下半身の病気から！

彼はコタツから少しずつ抜け出る私に気づいて、「いや安心して下さい」と手を上げました。「僕はコタツには入っていませんから」

見ればたしかに彼はコタツ布団の外に正座しているのでした。顎《あご》を上げて我が道を突き進みながらも決して周囲への気遣いを忘れない、紳士的な方だなあと私は感服しました。

「なに、パンツ総番長としてのたしなみですよ」

「そんなにパンツを穿き替えないで、人類は生きていけるものでしょうか？」

「てきめんに病気になりました」

総番長は人なつこい笑みを浮かべました。「しかし、どっこい生きている」

○

豆乳鍋は美味しうございましたし、樋口さんや羽貫さんやパンツ総番長さんと一緒にいるのは楽しかったのですが、私には残り少ない午後を使って学園祭を隅から隅まで見る任務があります。居心地良き韋駄天コタツに、涙を呑《の》んでサヨナラしました。樋口さんは「我々は神出鬼没だ。また運が良ければ会うだろう」と手を振りました。「それにしても、その緋鯉が羨《うらや》ましい。いいものを手に入れたものだなあ！」

韋駄天コタツを後にして、私はさらに教室発表を見て廻《まわ》りました。

心に残ったものを挙げるとすれば、まず映画サークル「みそぎ」の自主製作映画を外すことはできないでしょう。「鼻毛の男」というタイトルで、一日に鼻毛が一メートル伸びてしまう男性が仕事も恋人も失って転落してゆく様をドキュメンタリータッチで描いた傑作です。自分の鼻毛があんなことになってしまったらどうしようと手に汗握って見てしまい、結末はハンカチが手放せませんでした。作った人は天才ですね。けれども暗幕をめぐらせた講義室で泣いているのは私一人であったのです。なぜみんな笑っていたのでしょうか。鼻毛が一メートルも伸びるなんて、笑いごとではないというのに。

落語研究会では「乙女山」という不思議な話を聞いて笑い転げましたし、お化け屋敷では恐ろしさのあまり吊《つ》ってある蒟蒻《こんにゃく》に「おともだちパンチ」をしました。美術部では似顔絵を描いてくださるというので、緋鯉も一緒に描いてもらいました。京福《けいふく》電鉄研究会というサークルでは、その昔京都と福井を結んでいたという幻の鉄道で使用された三階建て電車の模型を見て、そのあまりのヘンテコぶりに感服しました。

唯一の心残りは、「万国大秘宝館（閨房《けいぼう》調査団青年部）」へ入ることができなかったことです。「大秘宝館」という魅惑的な響きに我が好奇心は奮い立ちましたが、「ここは君みたいな人が来てはいけない」と門前払いを食ってしまいました。私の何がいけなかったのでしょうか。悔しいことに、殿方だけで「ウフフ」と笑いながら、中でなにかオモシロオカシイことをしているらしいのです。むくむくと綿菓子の如く膨れる好奇心を抑えきれず、幾度か侵入を試みましたが、そのたびに押し返されたのは無念でなりません。

そんな挫折《ざせつ》もありましたが、おおむね私はあらゆるものを見て、楽しく過ごしました。そうしてついに私は、今もって忘れがたい「象の尻」に出くわしたのでした。

○

読者諸賢。お久しぶりである。

さて想像して頂きたい。

例えばここに、「鼻毛が一日に一メートル伸びる男」という誰が何を目的に作ったのかてんで分からん映画を観てさえ感涙する心優しい乙女がいて、お化け屋敷にぶら下がる蒟蒻に「おともだちパンチ」で立ち向かう闘志を持ち、「かつて京都と福井は一本の鉄道で結ばれていた」という途方もない法螺《ほら》話にも真摯《しんし》に聞き入る素直さで、しかも「万国大秘宝館」などという怪しい展示へ無理矢理乗り込もうとするほどの好奇心の権化《ごんげ》であったとしよう。しかもその乙女は清楚《せいそ》な佇《たたず》まいにちぐはぐな、巨大な緋鯉を背負っている。

彼女は人々に如何なる印象を残すか。

言うまでもない。

とてつもなく目立つのである。会った人は誰でも忘れられないのである。

わけても男たちというのはどいつもこいつも阿呆であり、彼女の好奇心や優しさを己への好意と勘違いしているらしい短絡的思考の持ち主が多数あった。彼女について私が訊ねると、彼らは恋の始まりを思わせる夢見がちな目で一様に呟《つぶや》く。「緋鯉を背負った子、見たよ。あれは良い子だ、じつに良い子だ！」

雲霞《うんか》の如く発生する即席恋敵たちに私の苛立《いらだ》ちは募り、彼らの肩を摑んで「彼女はおまえらなど眼中にない！」と宣言したくなったが、相手へ放つ毒舌の矢はより勢いを増してこちらへ跳ね返る。「チクショウ、俺も彼女の眼中にない！」と私は呻《うめ》いた。

飛び石のように点々と続く魅惑的な彼女の痕跡を辿って阿呆の祭典の深奥へ歩みを進めたものの、噂は聞けども姿は見えず。

彼女に巡り合えぬまま、私は「象の尻」という妙な展示に巡り合った。私は「なんじゃこりゃ、下らん」と、うっかり失敬な言葉を漏らし、受付の女性を激怒させた。彼女は展示物の象の尻からガス状の臭い物質を噴霧した。尻だけに納得のゆく工夫だったが、如何《いかん》せん臭いので、私は這々《ほうほう》の体《てい》で逃げ出した。踏んだり蹴《け》ったりである。私は八つ当たりに廊下を踏んだり蹴ったりしながら歩いていった。

○

私がトイレから出てくると、踊るようにして廊下を歩いていく不思議な人が見えました。その後ろ姿は街中でよくお会いする先輩です。いつもは穏やかな方ですのに、床を踏んだり蹴ったりして、何やらご立腹の御様子。髪を掻《か》きむしりながら階段を下りて行ってしまいました。

先輩がやって来た廊下の奥を見ると、「象の尻」と描かれた大きな看板が出ています。これまた魅惑的な、何やら可愛い名前です。私は好奇心に駆られて足を踏み入れました。

受付になる机の前には、どこか憂いを湛《たた》えたような美しい女性がぽつんと腰掛けていました。その先は暗幕が垂れ下がって、どういう出し物なのか見当がつきません。受付の女性は手元を睨んで一心に手を動かし、幾つもの達磨に紐を通していました。私が声を掛けると、彼女は「はい」と顔を上げました。

「これはどういう出し物でしょうか？」

「象の尻を撫《な》でるという出し物です」

「それはまさか本物でしょうか？」

彼女はまるで鴨川の土手を撫でる春風のような、柔らかい微笑みを浮かべました。「本物ではないです。けれども可能なかぎり本物の手触りを再現しました」

「それでは撫でてみます」

暗幕で窓をふさいだ講義室へ入ると、途方もなく大きくて丸いものが壁に盛り上がって、電灯の明かりを浴びています。あたかも、象がとなりの講義室からお尻を壁へ塡《は》め込んで、身動きがとれなくなったように見えます。それを撫で撫でするのは、たとえ造りものとはいえ、嬉《うれ》し恥ずかしいことなり。照れながら触った私は、手から血が出そうなほどザラザラチクチクした感触に驚きました。思わず「痛い！」と声を上げると、受付の女性が暗幕の向こうから「大丈夫ですか？」と言いました。

「すいません。大丈夫です」

象のお尻とはかくも厳しいものなのか、と私は思いました。見た目はユーモラスなのですが、生半可な理想を打ち砕き、牙《きば》をむいて噛《か》みつく凶暴なお尻でした。私は幾度も象のお尻を撫でて、我が掌《てのひら》に現実の厳しさを覚えさせました。

受付の女性が暗幕から覗いて、「ずいぶん熱心ですね」と言いました。「こんなに熱心に触ってくれたのはあなたが初めて」

「素晴らしいアイデアですね。私は現実の厳しさを知りました」

「そうなの。こんなにチクチクするんです。テレビで観てるだけでは分からないでしょう」

「これはあなたが作られたんですか？」

「そう。時間かかりましたよ」

「これほどの大作ですものね」

それから私と彼女は二人で象のお尻を見上げました。「でもね、どれだけチクチクしてても、象のお尻って、なんだか良くない？」と彼女は言いました。

「同感です。丸いし、とても大きいですしね。丸くて大きいものは良いものですね」

「地球も丸くて大きいしね」

そうして私たちは笑ったのです。

それにしても、超リアルに再現された象のお尻を撫でさせることで現実の厳しさを知らしめるとは、なんと斬新で深遠なアイデアでしょう。「象の尻」を後にして廊下を歩きながら、「みなさん面白いことを考える方ばかりだなあ」と感服しました。それに比べて私はなんと面白みのない人間でしょうか。これからは味わい深い経験を重ねて見聞も広め、遠くない将来には本物の象のお尻とも触れ合って、緋鯉に負けぬ大器を持った大人の女になろう！　ついでに、伸びよ身長！　と私は思いました。

やがて、先ほど韋駄天コタツがあった階段の踊り場へ通りかかりましたが、影も形も見えません。韋駄天の名に恥じぬ消え方です。踊り場には、林檎ほどの大きさの達磨がぽつんと置かれていました。私はその達磨と睨み合い、「達磨もたいへん丸いものだな」と思いました。

「可愛きものよ、汝《なんじ》の名は達磨なり」と私は達磨を撫で撫でしました。

その時、カンカンカンと甲高い鉦《かね》の音がすぐそばで聞こえました。続いて「ヨーソロー」「ヘイホー」といった不思議な掛け声が聞こえ、数人の学生たちが慌ただしく集まって来たのです。彼らは深紅の腕章を取り出すと、無駄のない動きで腕に巻きました。

「午後二時、『偏屈王』開演！」

鉦を叩いていた女性の大きな声が、階段から廊下へ響き渡りました。

「第四十七幕！」

私は気圧《けお》されて階段下の廊下まで退《の》き、両手を揉《も》んでワクワクしました。廊下で不意打ちに劇をするなんて、これもまた斬新なアイデアです。口上を聞きつけた学生たちが見物に集まってきて、たちまち黒山の人だかりができました。それを掻き分けて私のかたわらへ顔を出した

のは、自主製作映画サークル「みそぎ」の人たちでした。カメラマンが私と眼を合わせて、

「やあ、君か。さっきはありがとう」と言いました。

「この劇を撮影されるのですか？」

「僕らは『偏屈王』特別追跡班なんだ」

鉦を叩いていた女性が腰のリールから紐を出して、踊り場に線を引きます。その間、ほかの劇団員たちは伸縮自在のポールを手早く伸ばして組み立て、黒い布を張って背景とします。一分の無駄もありません。階段の踊り場には、瞬《また》く間に演劇の支度《したく》が整いました。しかし幕が上がるのを目前に、彼らの動きが止まりました。額を寄せ合って、「プリンセスがまだ来ない」

「やはり逃げられなかったか」と言っています。

劇団員の男性が「おまえ、やったら？」と囁《ささや》くと、腰にリールをつけた女性は「私は小道具一筋だもん」と言いました。ふと彼女は、階段の踊り場からこちらを見下ろしました。私の緋鯉に眼をつけたようです。彼女が取って喰おうとするような顔つきで階段を駆け下りてきたので、私は背中の緋鯉をかばいました。

「あなた、ちょっと代役やらない？」

これでも昔は座敷や公園の片隅で一人リサイタルを開いたこともありますから、まんざら経験がないわけではありませんが、このようなプロフェッショナルな方々の要求に応える自信はありません。私が口ごもっていると、彼女は「早く！　これ読んで！」と紙一枚の脚本を差し出しました。

私は大きく息を吸い、ぷっくり膨れました。

「象の尻」で現実の過酷な手触りを知り、これからは色々な経験を重ねて、ゆくゆくは大器たらんと決意した矢先のことです。ここで尻尾を巻いて逃げ出せば、甚だしき言行不一致娘として私は末代までの笑い者。なにより、初めての学園祭で通りすがりに大役を任されたのも何かの御縁と言うべきです。

私は頷いて脚本を受け取り、階段の踊り場へ上りながら眼を通しました。小道具係の女性は私の肩に衣装のマントを掛けてくれます。「大丈夫？　脚本見ながら台詞《せりふ》喋ってかまわないから」

「いえ。もう覚えました」

○

「偏屈王」
第四十七幕　舞台：総合館の階段踊り場

——自主製作映画の打ち合わせが終了して、映画サークル「みそぎ」代表・相島《あいじま》が撮影機材を持って階段を下りてくる。その眼前へ立ちはだかるプリンセス・ダルマ。

ダルマ「映画サークル『みそぎ』代表、相島か？」
相島「暗がりからふいの呼び捨てとは無礼千万。まずはそちらが名を名乗れ」
ダルマ「天が呼ぶ、地が呼ぶ、人が呼ぶ。天誅《てんちゅう》を加えよと我を呼ぶ。知りたくば聞かせてやろう、我が名はプリンセス・ダルマ。たとえこの名を知らずとも、偏屈王の名には覚えがあるはず」
相島「さて、いっこうに心当たりがないが」
ダルマ「では思い出させてやるまでだ！（飛びかかって相島を紐で縛る）」
相島「なんたる狼藉《ろうぜき》か。警察呼ぶぞ」
ダルマ「よく聞くがいい。偏屈王は閨房調査団青年部に誘われて桃色の本を読んでいるところを、何者かに撮影され、上映されるという屈辱に遭った。誇り高き偏屈王はその撮影者の元へ直談判《じかだんぱん》に乗り込み、それきり消息を絶ったという。閨房調査団は白状した——その卑劣極まる撮影者こそ、映画サークル『みそぎ』代表の相島であったと」
相島「知らぬものは知らぬ」
ダルマ「さて、どうしてくれようか。今ここにたまたまたくさんあるグリーンピースをおまえの鼻孔へ詰め込んだところを接写し、『へんな顔』と題して映画祭にて上映してくれようか」
相島「おお！　どうか、それだけはお許しを！　私の美貌が！」
ダルマ「ならば洗いざらい喋るがよい。我が想い人、偏屈王は今何処《いずこ》？」
相島「すっかりお話しいたします。偏屈王は映画にも一家言《いっかげん》あるお方、学園祭の上映会にて私の映画を笑い飛ばし、『映画の恥、日本の恥』と評されたのです。面目《めんぼく》を潰《つぶ》された私が彼をお恨みしたのも当然のことでありましょう。私は意趣返しに、閨房調査団青年部と示し合わせ、偏屈王が猥褻《わいせつ》なる本を読み耽っている破廉恥《はれんち》映像の隠し撮りを企みました。ものの見事に目論見《もくろみ》は成功、迫真の映像に上映会は大盛況、青筋立てた偏屈王が殴り込んで来られた時の痛快さは忘れますまい。しかし、そこから先は私のあずかり知らぬところ、殴り込んできた偏屈王を捕らえ、私の元から連れ去ったのは——（言い淀《よど》む）」
ダルマ「その黒幕の名を言え！」
相島「包み隠さず申し上げます。詭《き》弁論部《べんろんぶ》という連中です。彼らこそ、畜生にも劣る腐れ大学生、はらわたの腐りきった自己中心野郎、ぬらりくらりと詭弁を弄《ろう》す邪知《じゃち》奸佞《かんねい》のウナギども。私も閨房調査団青年部も、所詮《しょせん》は奴らの手先にすぎませぬ。奴らは、かつて詭弁で言い負かされた腹いせに、偏屈王を懲《こ》らしめるべく、何処かへと連れ去ったのであります」
ダルマ「そうであったか！」
相島「ではどうかお慈悲を」
ダルマ「いいや許さぬ。偏屈王が味わった屈辱を、おまえもまた味わうのだ。美しき緑のグリーンピースで鼻を膨らまし、恥を満天下に晒《さら》すがよい」
相島「わー。鼻だけはどうかお許しを！　美貌が、モテモテが」
ダルマ「（相島の鼻にグリーンピースを詰めながら）詭弁論部——忌むべきその名前、しかとこの胸に刻んだぞ！」

私が最後の台詞を言い切ると、黒い幕が下りました。たちまち起こる拍手喝采に、久しく御《ご》無沙汰《ぶさた》の胸の高鳴りを感じます。ありがたいことに、相島役を演じた劇団員が鼻からグリーンピースを飛ばしながら、「名演だったよ」と誉めてくれました。「あれだけの台詞をよく一瞬で覚えられたね」

「もし良ければ次も一緒にやりましょうね。四十八幕はたぶん北門前よ」

劇団員たちは瞬く間に舞台を分解して、腕章を外しました。小道具係の女性が「解散！」と叫ぶと、彼らは別々の方角へ駆けて去りました。まるで夢であったかのように、そこにはただの元の通りの階段の踊り場があります。観客も三々五々散っていきます。映画サークル「みそぎ」の人たちは撮影機材を片づけながら、「俺たちのサークルが登場するとはな」と言っています。「相島の奴、怒るだろうな」

その時、誰かが蹴飛ばした達磨がころころと転がっていくのが見えました。可愛きものよ、汝の名は達磨なり。私は達磨を追いかけましたが、それは不思議にどこまでも転げて行くのです。

「よく転がるものよ、汝の名も達磨なり！」

○

「兄さん、いいものが揃ってますゼ。興奮必至」

人気のない薄暗い廊下で、かたわらにすり寄ってきた不健康そうな学生が声を掛けてきた。

「自慢のコレクションですよ。男性限定の桃色世界」

そうして連れ込まれたのが、閨房調査団青年部というグループが校舎の片隅で密《ひそ》かに作った「万国大秘宝館」である。暗幕で窓をふさいだ薄暗い講義室を、猥褻な桃色の電球が照らす中、講義室には男女のさまざまな性の営みに関する古今東西の資料が網羅され、猥褻な桃色の電球が照らす中、が充満している。講義室の隅には団長が打ち上げ花火のアルバイトで一夏潰して買ったというラブドール（展示資料）が椅子にちょこんと腰掛けている。阿呆の真骨頂ここにありと言うべきだ。神聖なる講義室を占有してかくも卑猥な展示会を開催するとは、同じ学生として、まことに嘆かわしいことである。恥を知ればいいと思う。

そういうわけで、私が展示品を仔細《しさい》に点検して浩然《こうぜん》の気を養っていると、入り口が騒がしくなった。事務局の腕章をつけた連中が、制止する団員たちを押しのけて乗り込んで来る。その中には事務局長の姿もあった。彼は私を見つけると「おいおい」と苦笑した。「君も助平だなあ！」

そして事務局長は難しい顔をし、桃色の講義室を見廻した。手近な資料を手にとって、ぱらぱらとめくっている。「まずいよ、これは。猥褻すぎるよ。問題だなあ」と事務局長は唸《うな》った。

「ワイセツ調査団の皆さん。たいがいにして下さいよ」

「ワイセツ調査団じゃない！　閨房調査団だ」

「どっちでもいいよ。とにかく、これは引き払ってもらうしかないなあ」

閨房調査団青年部の団員たちはしばらく額を突き合わせて相談していたが、やがて数冊の写真集を袋に入れて事務局長へ差し出し、愛想笑いを浮かべた。「これ、最近発掘された新資料なんですけど、宜《よろ》しければいかがですか？　今後の学園祭運営のためにも、こういった資料は必要でしょう？」

事務局長は憮然《ぶぜん》とした顔でそれを受け取り、静かにめくった。仔細にその「新資料」を調べた後、彼はほかの展示品を指さし、「それも参考になりそうだな」と言った。団員たちが慌てて彼の指した品を手渡した。事務局長は写真集をめくって頷いた。「秘宝館の名に恥じない資料だ。勉強になります」

事務局長は団員たちと固い握手を交わした。「未成年と女性にはくれぐれも注意してね」

一緒に講義室を出ながら、「この悪党め」と私は事務局長に言った。彼は笑って、「次から次へと参るよ」と言った。「さっき、そこの踊り場で『偏屈王』が上演された。駆けつけた時には終わってたけどね」

「もう諦《あきら》めたらどうだ？」

「そういうわけにはいかない、仕事だから……。君の方こそ、まだ彼女に会ってないの？」

「見つからないんだから、しょうがない」

「おたがいに苦労してるねえ。君は彼女を追い、僕は偏屈王を追ってる」

「彼女はでかい緋鯉を背負ってる。そういう女性を見なかったか？」

「ああ、あの子なのか！　さっき北口ですれ違ったよ」

そして事務局長は怪訝《けげん》な顔をした。「転がる達磨を追いかけてたっけ」

○

本部へ戻る事務局長と別れ、私は総合館から北へ出た。東一条通に面した北門前にも模擬店がたくさんならんでごった返している。

日が翳《かげ》ったので寒さは一段と増した。私は孤独な冬の匂いを嗅《か》いだ。

どうせ今年の冬も、くすんだ色の街路を吹き渡る北風が剝《む》き出しの我が魂を完膚無きまでに痛めつけ、一人で淋《さび》しく風邪をひく。毎年のことだ。そうなるに決まっている。そして、ある日のこと、熱のある身体を引きずってコンビニへ買い出しに出た私の目前を、浮かれ騒ぐ破廉恥な輩《やから》たちがケーキや鶏を御輿《みこし》のごとくかついで駆け抜けるのだ。街に煌《きら》めく電飾が、高熱に霞《かす》んだ私の眼に美しく映ることだろう。なぜ街がこんなにもきらきらしているのであろうと私は疑問に思うが、やがて下宿へ帰る坂道を上りながら、卒然と気づくだろう。ああ、そうか、今宵《こよい》はクリスマスイブであったかと――。

苦闘の季節に備えようと思って古着を漁《あさ》っていると、古着の向こうから旨そうな匂いが漂ってくる。暖簾《のれん》をくぐるようにして奥を覗くと、見覚えのある浴衣姿の男がコタツに入って鍋を喰っていた。

「あ！　樋口さん。こんなところで何してるんだ」

「おや、君か。夏の古本市以来じゃないか。まあ豆乳鍋を喰いたまえよ」

私はこれ幸いとコタツへ入った。樋口氏の他には羽貫さんという大酒飲みの女性と、見知らぬ学生が一人いる。羽貫さんは俯《うつぶ》せにコタツへもぐりこんで酒の入ったコップを傾けている。私がコタツに入ると、彼女はこちらの顔を舐めようとしたので、私は危うく身をかわした。羽貫さんは怪鳥のごとくケラケラ笑う。日はまだ暮れないというのに、すでにその酔態は完成に近づいている。

「韋駄天コタツへようこそ」と樋口氏が言った。

「そうか、これが事務局長が追ってるコタツか」

私は呆《あき》れた。「怪しいものの陰には、たいてい樋口さんがいるなあ！」

「おいおい、お世辞はよせ」

そして私は熱い豆乳鍋を喰って身体を温めたが、先ほどから傍《かたわ》らに座ったまま一言も発しない謎の学生が気になっていた。彼は難しい顔をして何か書き物をしている。私がちらちらと彼を気にしていると、樋口氏がマロニーをすすりながら、「彼はパンツ総番長だよ」と言った。

学内を震撼させるその称号の噂は聞いたことがある。私は畏怖といたわりの思いを込めて、寡黙な男を見た。「なぜパンツ総番長なんかになってしまったんですか」

樋口氏が「これが泣かせる話でね」と促《うなが》した。

パンツ総番長はペンを置き、コタツの中から小さな達磨を取り出した。それを二つに割り、今まで書いていた紙を小さく折りたたんでその中に入れ、また元へ戻す。彼はその奇妙な手作業を黙々とやり、完成した達磨をコタツの上へ置いた。そうしてようやく私の方を向き、真面目な顔で語り出した。

「一年前の学園祭のことだ。俺は学園祭なんてつまらん騒ぎだと思って来るつもりもなかったが、学部の友人が演劇をやるというんで渋々出てきた。上演時間までは少し間があったんで、法学部の中庭で休んだ。ガラクタを集めて作った薄汚い舞台があったので、俺はその隅に腰掛けてぼんやりしてた。しばらくすると、一人の女性が疲れた様子で来て、俺と同じように腰掛けた。女性が座ってるな、と初めはそう思っただけだ。そこへ林檎の雨が降ってきた」

「林檎の雨？」

「後から聞いた話では、模擬店で買った林檎を研究室へ持って帰ろうとした法学部の教授が、廊下でひっくり返って放り投げたらしい。それが窓から飛び出して、中庭へ降り注いだんだ。ばらばらと赤くて丸いものが降ってくるから、何だと思って立ち上がった俺は、その拍子にとなりの彼女を見た。彼女も俺を見てた。我々が見つめ合った瞬間、たがいの頭のてっぺんに林檎がぶつかって、ぽんと跳ねるのを見た——俺が彼女に惚《ほ》れたのは、林檎が跳ねたその時だ」

パンツ総番長は遠い眼をした。「あれこそ、まさしく一目惚れだった」

私は恋に狂う男の顔はたくさん見てきた。しかし、その時の彼ほどに陶酔しきった顔を見たことはなかった。茶化す元気も湧かぬ。彼はいわば、「全身恋愛中」だったのである。

「俺と彼女はしばらく頭を押さえて呻いたが、そのうち思わず笑い出した。なにしろ林檎が空から降ってきて、たがいの頭で跳ねるのを見るなんて、そうあることではない。それがきっかけで話をした。俺は頭に血が上っていたから、自分が何を喋ったもんだか分からない。彼女が鈴をころがすような声で深大寺《じんだいじ》だるま市の話をしてくれたことは憶えている。あの人は達磨が好きだと言った。丸くて小さいものは大好きだと――」

そして彼は哀しそうな顔をした。

「だが、俺はどうすればいいのか分からなかった。俺と彼女の関係といえば、ただおたがいに頭で林檎を跳ねさせたというだけだ。連絡先を聞くなんぞというのは不躾《ぶしつけ》だ。だから他愛《たわい》のない話だけしかできず、そのうちに彼女は友人に呼ばれて行ってしまった。けれども別れた後、俺は彼女のことを忘れられずに暮らした。もう一度顔を見て声を聞きたいと思ったが、大学構内ではどうしても巡り合えない。俺はだんだん苦しくてたまらなくなり、ついに一念発起して吉田神社に願を掛けることにしたのだ。彼女にふたたび出逢えるその日まで、二度とパンツは脱がないと――」

樋口氏が腕を組み、感服したように頷いている。「そして彼はパンツ総番長の称号を手にしたのだ。じつに良い話だ。男の中の男だな」

「人間として、力の入れどころを激しく間違っているよね」

羽貫さんが酒を飲みながら呟いた。

志は素晴らしく美しいが、目的地から真逆の方角へ全力で走っている印象が濃い。私は彼の力一杯の逆走ぶりを讃《たた》え、握手を求めた。そういう「やむにやまれぬ」生き方が、他人事《ひとごと》とは思えなかった。

「その彼女にふたたび出逢えることを祈る」

「俺は今日こそ会えると信じている。そのために手も打っている」

私は立ち上がった。「そうなのだ。俺もこんなところでぬくぬく豆乳鍋を喰っているわけにはいかない。我が手にハッピーエンドを——いささか御都合主義的でも！」

樋口氏がコタツにもぐって「もう行くのかい？」と言った。羽貫さんはあくびをした。

かくして私はふたたび歩き出す——いったい彼女は今何処？

○

その頃、私は先ほど見掛けた「おとこ汁——黒いアンチクショウ」という興味深い看板を掲げた模擬店が気になっていたので、グラウンドまで戻っていたのです。黒いアンチクショウの正体はお汁粉でした。

右手にお汁粉、左手に達磨、背中に緋鯉という立派ないでたちで、私はグラウンドを歩いて廻りました。私は猫舌ですので、すぐお汁粉を飲むというわけにはいきません。けれども空が翳って冷たい風が吹いているので、お汁粉は舌に優しい温度まで冷めました。背中は緋鯉に守られてぬくぬくです。

グラウンドには食べ物を売る模擬店のほかにも、大道藝や、ストレス解消屋さんもいます。

皆さんそれぞれに工夫を凝らして、学園祭というへんてこなお祭りを一致団結して盛り上げようとしているのです。素晴らしいことです。お汁粉を食べ終わった後、私はストレス解消屋さんにお金を払い、サンドバッグへおともだちパンチを喰らわせてみました。

身体も温まったところで私はグラウンドから出て、北門前へ歩いていきました。そこにもフランクフルトや焼きおにぎりにクレープ、古道具や手作りのアクセサリーに古着など、さまざまな店舗がならび、まるで闇市のような活気に溢《あふ》れています。大きな仮面ライダーV3の人形に目を奪われた私が座り込んでいると、傍らに座った人がいます。その人は私の顔を覗いて、「こんにちは」と言いました。それは「象の尻」という斬新な企画で、象のお尻の厳しい現実を私に教えてくれた人であったのです。

「これは奇遇ですね」

「遠くからでもすぐに分かりましたよ。背中の鯉が目立つんだもの」

「象のお尻は宜しいのですか？」

「いいんです。友達に代わってもらったし、それに、もうすぐ解体するから」

「え！　解体してしまうんですか？　もったいないですねえ」

「だって、いつまでも講義室に象のお尻があったら授業ができないでしょう」

彼女は達磨を紐でつなげたものをぶら下げていました。私がそれを指して「素晴らしいですね」と感心すると、彼女は嬉しそうに頷きました。「達磨をたくさん拾ったので、つなげてみたの」

「斬新です。私、達磨は大好きなのです」

「私も。小さくて丸いものは大好きよ」

私が拾った達磨を見せると、彼女は紐でつらなった達磨を私にくれると言いました。ありがたく頂戴《ちょうだい》して、首から掛けてみせると、彼女は「面白い人ねえ！」と笑います。

それから二人で模擬店を見て廻っていると、段ボールに林檎を積んでいる店を見つけました。一日一個の林檎は天下無敵の健康を作りますが、私はすでに背中には緋鯉、左手には達磨、首には達磨の首飾り、右手にはクレープを持っている自由のきかない身です。悩んでいると売り子の学生から、林檎と達磨を交換しないかと言われました。私は達磨はたくさん持っているのですから、まさに渡りに船です。左手に握っていた達磨は、紅《あか》い艶々《つやつや》した林檎に化けました。

象の尻の女性も一つ買いました。

私たちは北門脇に座り込み、林檎を囓《かじ》りながらお話ししました。

「なぜ象のお尻を作ろうとされたんですか？」

彼女は林檎を服で磨いて、美しい眼で見つめています。

「去年の学園祭のことです。私は友達と待ち合わせして、法学部の中庭へ行ったの。誰かが作った舞台があったけど、誰も使っていないし、男の人が一人座ってるから、私もそこに座ることにしました。そうしてぼんやりしていたら、林檎の雨が降ってきました」

「それはまた不思議なお天気ですね」

「誰かが法学部の窓から林檎をばらまいたのね。ばらばらと赤い実が降ってくるのに驚いて立ち上がった拍子に、私はとなりに座っていた男性を見ました。彼も私を見てました。その瞬間、お互いの頭のてっぺんに林檎がぶつかって、ぽんと跳ねるのを見たんです。あんな偶然、あるんですね。とても痛かったけど……私と彼は思わず笑って——それから話をして。彼はとても面白い人だった。自分がなんの話をしていたのか憶えてないけど……彼は象のお尻の話をしてくれたの」

彼女はくすくす笑って、手に持った林檎をくるくる廻しました。

「友達がすぐに呼びに来たので、私は彼と別れました。学園祭が終わり、日常が戻ってきて、毎日が過ぎていきました。けれども、ことあるごとに彼のことを思い出すんです。彼と象のお尻のことばっかり。彼が話してくれたことで私がはっきりと覚えているのは、象のお尻の話だけだったからです。でも大学構内ではちっとも彼を見掛けないんです。私はある日思い立って、次の学園祭には象のお尻を作る決心をしました。物を作っていると苦しいことを忘れられるから——」

「恋心の籠《こ》もったお尻だったのですね！」

「学園祭で『象の尻』と看板を掲げていたら、彼が面白がって顔を出すかもしれないでしょ？」

彼女は呟きました。「でもそう都合良くはいかなかったみたいですね」

なんと美しく、いじらしいお話でしょうか。私は恋とは無縁で生きてきた女ですから、彼女が胸に秘めた苦しみを分かち合うことはできませんが、それでも私が同じように恋をしたら、きっと象のお尻を一心不乱に作るに違いありません。そうなのです。その男性のことを考えながら創作に打ちこむ彼女の姿を思い浮かべた私は、危うく落涙しそうになりました。

その時です。

紅い腕章をつけた劇団員たちが、総合館から模擬店の間を駆けて来ました。そのうちの一人、腰にリールをつけた女性が私の姿を見つけ、「いた！」と顔を輝かせます。彼女は地面から拾い上げたらしい達磨を私に向かって大きく振り、「出番よ！　出番よ！」と呼びました。私は眼を拭《ぬぐ》い、立ち上がりました。

「午後三時、『偏屈王』開演！」

女性の大きな声が、広場へ響きました。

「第四十八幕！」

○

「偏屈王」

第四十八幕　舞台：北門

——第二十五回大詭弁討論会が終了して、詭弁論部主将・芹名《せりな》雄一が歩いてくる。彼は歩きながら真面目な顔で詭弁踊りを踊る。その眼前へ立ちはだかるプリンセス・ダルマ。

ダルマ「詭弁論部主将、芹名か？」
芹名「いかにも、詭弁論部主将、芹名雄一である。我が名を呼ぶ貴様は何者だ、名を名乗れ！」
ダルマ「我が名はプリンセス・ダルマ。たとえこの名を知らずとも、偏屈王の名には覚えがあるはず」
芹名「はて、そんな偏屈そうな名前の知り合いはいない」
ダルマ「しらばっくれるな！（飛びかかって芹名を紐で縛る）」
芹名「なんたる狼藉か。法廷で会うことになるぞ！」
ダルマ「よく聞け。私は映画サークル『みそぎ』代表相島を捕らえ、誠心誠意説得した。相島はおまえたち詭弁論部が偏屈王を恨み、連れ去ったと白状したぞ。これでもまだシラを切るか」
芹名「知らぬものは知らぬ」
ダルマ「さて、どうしてくれようか。今ここにたまたま破廉恥な桃色のブリーフがある。これをおまえに穿かせて、百万遍交差点中央へ放置するのもまた一興」
芹名「桃色で、しかもブリーフだと！　おお、神も仏もないものか！」
ダルマ「ならば洗いざらい喋るがよい。我が想い人、偏屈王は今何処？」
芹名「すっかりお話しいたします。偏屈王こそは筋金入りの詭弁論者。屁理屈を自在に繰り出すウナギの如きぬらぬらぶりは、日夜鍛錬に励んできた我々をさえ顔色なからしめるもの。学園祭にて我々が主催した『ごはん原理主義者VSパン食連合』の会場において、偏屈王は我々をグウの音も出んほどにやっつけたのです。詭弁論部が詭弁で言い負かされるとは耐え難い恥辱、我々が偏屈王を恨んだのも無理からぬ話でありましょう。彼を連れ去って、詭弁を吐き出し続けるその口を封じるつもりでございました。しかし我々の元から、さらに彼を連れ去った者がいるのです——（言い淀む）」

ダルマ「その黒幕の名を言え！」

芹名「包み隠さず申し上げます。それは学園祭事務局という連中です。彼らこそ、疾風怒濤《どとう》に生きる学生たちの天敵、なんとか波風立てまいとする事なかれ主義者、彼らは学園祭へ無事に幕を下ろすため、学園祭テロリストたる偏屈王を、何処かへと監禁したのであります」

ダルマ「そうであったか！」

芹名「ではどうかお慈悲を。一切は気まぐれな運命の女神のいたずら、私は巡り合わせで悪役を引き受ける羽目となった哀れな男。今後は心を入れ替えて貴女様に忠誠を誓い、偏屈王を救うためならば如何なる助力も惜しみません」

ダルマ「女を惑わすオに長けた舌先三寸の男とはまことに貴様のこと。いけしゃあしゃあとシラを切った舌の根も乾かぬうちに『助力を惜しまぬ』とはよく言った。偶然の巡り合わせへ嬉々《きき》として乗じておきながら、旗色悪しと見るや、運命の女神を逃げ口上にする。貴様の如き軽薄な男には、この桃色ブリーフ、さぞかし良く似合うことであろう！」

芹名「わー。どうかどうか、そのような卑猥な！」
ダルマ「（芹名へ桃色ブリーフを穿かせた後、立ち上がって拳を握る）学園祭事務局——忌むべきその名、しかとこの胸に刻んだぞ！」

幕が引かれた後に起こる拍手も鳴りやまぬうちに、劇団員の方々はそそくさと舞台を分解して、忍者のように人混みへ駆け去りました。成功の余韻に寸時も酔わぬその禁欲的な仕事ぶりは驚嘆に値します。去り際、小道具係の女性が私の肩を叩き、「じゃあまたね」と言いました。私が演じ終えてホッと息をついていると、「象の尻」の方が歩み寄って来ました。彼女は上気した美しい顔をほころばせて「『偏屈王』って初めて観ました」と言いました。

「すごい名演だった。声が変わるのね」

「畏れ入ります」

「それじゃあね。お別れするのは残念だけど、私はそろそろ片づけの準備をしなくちゃ」

お名残《なごり》惜しうございましたが、私はそこで彼女と別れ、北門を出ました。そうして、東一条を北へ渡って、本部構内の探検へ出かけたのです。

○

正門から北へ入っていくと、賑やかに模擬店がならぶ向こうへ、時計台が聳えています。工学部の方角へ歩いていくと、林檎飴《あめ》を売っている店がありました。林檎飴！　まさに出店の王道と言うべきです。私は嬉しくなって一つ買いました。甘くて丸いものは良きものかな。

可愛い林檎飴を舐めつつ歩いていくと、微《かす》かなざわめきと緊迫した気配が伝わってきました。そちらへ足を向けてみると、二つの工学部校舎の間にある狭い路地に人だかりがしています。皆さん空を見上げて固唾《かたず》を呑んでいます。私も同じく空を見上げ、びっくりしました。なんと片側の校舎の窓から、もう片方の校舎へ渡した綱の上を、長い棒を手に持った男性がゆっくりと歩いているではありませんか。見物人に尋ねたところによると、その男性は隣り合う二階を結んだ綱を渡り、次は三階、その次は四階というように少しずつその高さを上げ、ついに今は五階まで達したというのです。なんという命知らずの冒険野郎さんでしょう。

やがて男性が渡り終えると、見物人たちはホッと息をつきました。

私は彼の冒険を讃える一方で、いたずらに命を賭けるようなことをしてはいけませんと言わねばならぬという使命感に駆られて、彼が渡り終えた先の校舎へ入ってみました。そして階段を上っていったのですが、しかし私は五階に至ることができませんでした。なぜならば、階段を大きな張り子の招き猫がふさいで、どうしても通してくれなかったからです。私はちょっぴりふて腐れましたが、なにしろその招き猫は手の込んだ見事な造形で、しかも天を衝くほど大きいのです。当初の目的を忘れ、私はそのふんわり膨らんだお腹をつついて感服しました。

「その緋鯉を喰っちまうぞ！」

招き猫がふいに言って、目玉をぎろぎろ動かしました。

その時の驚きたるや、筆舌に尽くせません。綱渡りの冒険野郎さんに命の大切さについて語ろうという意気込みは雲散霧消、私はすたこら逃げ出しました。

まことに無念なことです。そして恐ろしいことです。

私は心を落ち着けるために丸い林檎飴をしきりに舐めてから、文学部のとなりで見つけた古本市を眺めました。段ボールに詰められた古い教科書や雑誌やレコードを見て廻りながら、夏の古本市にて掘り出し物に巡り合ったことを嬉しく思い起こしました。夏の幸福な想い出と林檎飴が心をふっくら丸くしてくれたので私はむんと元気を取り戻し、法学部の校舎へ入ってゆきました。

大教室の前に討論会の看板が出ていたので見物に入ってみると、大きく「ごはん原理主義者VSパン食連合」と書かれた幕が下がって、壇上には物々しい顔をした学生たちがならんでいます。

「今時おにぎりを喰う時代遅れは犬に喰われろ」

「そんなに小麦粉が好きか、日本人なら米を喰え」

のっけから始まった根拠不明なる罵倒《ばとう》の応酬には驚かされました。けれどもそういった罵詈《ばり》雑言《ぞうごん》を投げ合うのは、お相撲さんが清めの塩を投げ合うようなもの、そうやって闘志をかき立てる儀式を行ってから、本格的な議論に入るのです。そばに座っていた人に尋ねたところでは、この討論会は詭弁論部が主催するもので、「ごはんにもパンにもさしてこだわらない人々が、ごはん派とパン派に敢《あ》えて分かれて論争する」という趣旨であるらしいのです。

ちなみに私はパンもごはんも好きです。日和見《ひよりみ》主義者で申し訳ないことです。

やがて議論が煮詰まってきたところで、司会者がいったん議論の進行を止めて、会場へ意見を求めました。見物していた人たちがめいめい興味深い意見を述べます。やがて司会者が私の緋鯉に目を止めて、「そこの方、いかがですか？　どう思われますか？」と言いました。マイクを持った人が駆けてきて、私に喋るように促しました。「貴女なら、ごはんとパン、どちらを選びますか？」

私はむうと考え込みました。

○

クレープ屋の女性から、緋鯉を背負って達磨の首飾りをつけた女性が時計台の方角へ歩いていったという証言を手に入れ、私は本部構内へ足を向けた。ぞろぞろと往来する見物人たちに混じって正門から入ると、傾いてきた夕陽を浴びて時計台が屹立している。

煌《きら》めく印象を振り撒《ま》く彼女の後を追って、私は本部構内をさまよった。彼女が林檎飴を買ったと聞き、彼女と林檎飴の取り合わせがあまりにも魅力的で我慢できず、私も林檎飴を買って舐めながら歩いた。工学部に通りかかった時、校舎の間に綱を渡して綱渡りをしていた馬鹿者が事務局員たちに引っ立てられていくのを見た。「阿呆な奴だ」と思った。

法学部へ入ったところで、ふたたび彼女の噂を耳にした。緋鯉を背負った小柄な女性が、詭弁論部の主催する「ごはん原理主義者VSパン食連合」の討論会に紛れ込み、「ビスコを食べれば良いのです！」と主張して、会場に一石を投じたという。しかし、私が法学部大教室へ駆けつけた時には、その討論会は終わっていた。代わりに始まっていたのは、恋人いない歴四半世紀以上の男たちが女性との付き合い方を徹底的に議論する「四半世紀の孤独」であり、私は熱い議論に胸を打たれたりした。

こうして、冷たい風が吹き抜ける新旧校舎の谷間を西へ東へと歩いた。しかし、辿るべき彼女の手がかりは途絶え、行方は杳《よう》として知れない。本部構内をひと巡りして正門前へ戻った。午後三時半を廻っているから、商売を終えた模擬店は解体されだしている。あたりには夕暮れの気配が忍び寄る。

時計台前の広場の隅にミステリー研究会が長テーブルを置いて、『「偏屈王事件」解体新書』なるものを売っているのを見つけた。売り子が声を張り上げて、「もうすぐ最終幕ですよ。この一冊でこれまでの経緯が丸分かり！」

私は何気なくそれを買い求めた。

コピーをホチキスでとめた簡素な冊子だが、これまでの「偏屈王」四十八幕の粗筋もあり、敵役として登場したサークルの紹介、登場人物の関係図などが書かれてある。

「『偏屈王』は主人公プリンセス・ダルマの敵役となるサークルがたがいに罪をなすり合い、黒幕の背後へさらに黒幕が現れ続けるという構造を持つ。注目すべきなのは、実在のサークル名を次々に登場させることにより、賛否両論あるものの、単なる路上パフォーマンスにとどまらず、大きな話題性を得た点である。その上演形式と話題性獲得の巧みさにこそ、『偏屈王』の本質があると言うべきだ。結末は読者自身で確認して頂きたい。運命の二人は果たして再会できるのか。偏屈王が幽閉されているという場所はどこなのか。そして、もし偏屈王が現れるとすれば、それはどんな人物なのか——」

冊子を読み耽る私の足へ、風に吹かれて飛んできたビラがひっかかった。

拾い上げてみると、それは「偏屈王」の終幕を予告する宣伝である。「学園祭史上にその名を残す現在進行中のゲリラ演劇『偏屈王』間もなく完結。歴史的瞬間を目撃せよ！」と大げさな文字が躍る。

ひときわ大きな活字で「主演女優交代す！」とあり、その新プリンセス・ダルマの役者絵を見た私は呆然と立ち尽くした。美術部の手になるイラストつきで紹介されている新プリンセス・ダルマは、紛《まが》うかたなく、彼女だったからである。「俺の知らないうちに何か大変な事態になっている！」と私は思った。ただでさえ埋まらぬ外堀の対岸にいるというのに、いったいどこまで遠ざかるつもりか。運命の気まぐれで彼女はなぜか大役を担い、私はただここで寒風に吹かれて路傍の石ころに甘んじる……。

男子学生二人がビラを手にして喋っているのが耳に入った。

「『偏屈王』の主役を張ってた女優が交代したらしい」

「お、どんな人？　べっぴんか？」

「でっかい緋鯉をかついで、達磨の首飾りをつけている」

「……何それ。妖怪《ようかい》？」

○

本部構内では彼女の手がかりを見失ってしまった。しかし彼女が「偏屈王」の主役を演じるとなれば、その上演場所へ姿を現すはずである。私は「偏屈王」について情報を集めようと考え、吉田南構内のグラウンドへ戻り、学園祭事務局に顔を出してみた。しかし事務局は混乱の最中にあり、情報を得るどころではなかった。

事務局員たちが髪振り乱して駆け廻っている。机の上にあるスピーカーからは「えー、ただいま韋駄天コタツ、総合館中庭を通過中。至急応援頼む」という声が聞こえているが、誰も相手にしていない。事務局長はテントの隅のロッカーから緑色のネットを引きずり出しながら、「君と遊んではいられないよ」と友達甲斐《がい》もなく断言した。今宵のフィナーレは迫っているというのに、問題は増える一方であるという。

工学部校舎に綱を渡して綱渡りを演じていた命知らずの冒険野郎を格闘《かくとう》の末、逮捕。同じ工学部校舎では巨大な招き猫が階段をふさいで苦情が来る。勝手に看板を持ち去られる、店舗のわきにおいていたガラクタが消えてしまうなどの妙な盗難事件が続発。相変わらず、韋駄天コタツは神出鬼没。「偏屈王事件」の騒ぎは大きくなり、ミステリー研究会が「『偏屈王事件』解体新書」を緊急販売して煽《あお》っている始末である。車で轢《ひ》いたイノシシを鍋にしようとする人々あり、なぜか学内全域に無数に現れる達磨あり、アイドルビデオの耐久上映会で乱闘騒ぎも発生。

暴風に揉まれる船の船室の如き混乱の中、船長たる学園祭事務局長はついに怒り心頭に発した。私は生まれて初めて、現実を生きる人間が「きいいいっ」と言うのを聞いた。彼は立ち上がり、誰も聞いていないのに、虚空へ向かって演説した。

「僕たちもね！　ただ闇雲にアレをやっちゃいかん、コレをやっちゃいかんと言っているわけではないんだよ！　僕たちがこんなに口喧《くちやかま》しいのも、何かというと暴れたがる人たちの青春を、なんとか現実へ軟着陸させるためじゃないか。この学園祭を無事大団円へ持ち込むためにやっているんじゃないか。それなのに、なんだ！　誰一人として、誰一人として、誉めてくれやしない！　なんという損な役廻りだ！　どいつもこいつも好き放題！　盗んだバイクで走り出したあの日のように、行きつく先も分からぬまま、走っていけると思っているのか！」

彼は拳《こぶし》を突き上げて叫んだ。

「ああ、ちくしょう！　羨ましい！　僕もそっちの仲間に入りたい！」

○

法学部で繰り広げられた熱い討論会の後、「ビスコもパンの一種だ」と諭されたので、私は「パン食連合ビスコ派」となり、デモ行進に参加しました。私はそういうものに参加するのは初めてでしたので、むくむく興奮したのも当然で、プラカードを持つ手にも力が入るというものです。けれども、そもそも「ごはんにもパンにもこだわりのない人たち」が始めたデモ行進です。グラウンドの特設ステージへ乗り込んで演説する予定が、正門にさしかかる頃には皆さん飽きてしまい、吉田南構内へ入ったのは、私を含めて三人のみ。そのうちのお一人はクレープを売っている女性に一目惚れして隊を離れ、残りのお一人はおにぎりを食べて空腹を紛らせているところを私に見られ、「ごめん。やっぱりおにぎりが好きだ」と涙目のまま去っていきました。

一人ぼっちではデモ行進とは言えません。私は淋しい気持ちになり、グラウンドと総合館の間をうろうろしました。背中に緋鯉、右手にプラカード、首のまわりには達磨の首飾りという賑やかないでたちですが、心の中には冷たい風が吹いています。日が傾いてきていますから、なおさら淋しさは募り、私は人恋しくなりました。韋駄天コタツにいる樋口さんや羽貫さんやパンツ総番長さんに会いたいなあと思ったり、「象の尻」の女性に会ってお話がしたいなあと思いました。その時、「象の尻」の女性が片づけを始めると言っていたことを思い出しました。「偉大なる象のお尻にお別れをしよう」と考えました。

そして総合館の中庭を横切っていくと、小さな達磨がぽつんと置かれてあるのを見つけました。今日はこの可愛きものをしきりに見る日です。

その時、馴染みの鉦の音が聞こえました。紅い腕章をつけた劇団員たちが、四方八方から駆け集まってきました。小道具係の女性が鉦を叩きながら広場へ入って来て、私に微笑みかけました。彼女は転がっている達磨を手に取り、パカッと二つに割りました。中には折りたたんだ脚本が入っています。彼女はその脚本に軽く目を通してから私に手渡し、「さあ、出番よ」と言いました。

「午後四時、『偏屈王』開演！」

彼女の大きな声が、中庭を囲む校舎の壁に響きます。

「第四十九幕！」

○

「偏屈王」

第四十九幕　舞台：総合館中庭

——閨房調査団から猥褻図書を巻き上げてほくほく顔の学園祭事務局長が出てくる。その前へ立ちはだかるプリンセス・ダルマ。

ダルマ「学園祭事務局長か？」

局長「学園祭をあまねく支配する、破廉恥でお茶目な悪の帝王とは俺のことだ。背には緋鯉、首には達磨の首飾り——よくぞここまで辿り着いた、プリンセス・ダルマよ」

ダルマ「貴様こそ、学園祭の奥底に身を隠して甘い汁を吸い、巻き上げた桃色本を読み耽り、夜な夜な女装を楽しむ大悪人。学生たちへ高慢にルールを講釈しながら、己はルール無用の猥褻三昧《ざんまい》、私利私欲に駆られた貴様に天誅《てんちゅう》を加えるためにこそ、かつて偏屈王は立ったのだ」

局長「(高笑い)悪の帝王を自称する俺に今更なんの罵詈雑言、春風ほどにも感じはせぬ。愚かさでは偏屈王もおまえと瓜二つ、つまらぬ正義を振りかざして小雀の如く騒ぐだけで、学園祭テロリストとは笑わせる。正義はつねに私と共にある。偏屈王も二度と帰れぬ闇の奥で己が半生を悔いていよう」

ダルマ「やはりおまえが偏屈王を!」

局長「いかにもその通り」

ダルマ「言え! 我が想い人、偏屈王は今何処?」

局長「そこはひとたび足を踏み入れたが最後二度と戻れぬ闇の深奥。地獄の釜から噴き出す白煙に覆われた、腐臭立ちこめる恐怖の城塞。パンツ総番長すらその不潔さに尻込みし、詭弁論部員すらその威容を前に言葉を失う。その広さわずか四畳半の牢獄《ろうごく》。その名も『風雲偏屈城』」

ダルマ「行き着く先が地獄であろうとも、怖《お》じ気《け》づく私ではない——偏屈王のためならば!」

局長「恋に我を忘れた愚か者め」

ダルマ「言うな!」

局長「叶うあてもないむなしい夢。ここでひと思いに終わらせてやるのが慈悲というもの！」
局員１「（駆け込んで来る）そこまでだ！　プリンセス・ダルマ！」
局員２「（緑色のネットを広げる）学園祭を混乱させた上、事務局に対する根も葉もない悪口雑言の数々……もはや腹に据えかねた。手荒なことはしたくないが、事務局本部まで来て頂こう」
局員３「大人しくお縄につけ！」

――大立ち廻りの末、事務局員が関係者たちにネットをかぶせて一網打尽にする。抵抗むなしく、連行されてゆく。

ダルマ「私は決して悪に屈しはせぬぞ。偏屈王に会うまでは！」
小道具係「黒幕の罠にかかったプリンセス・ダルマ――その運命や如何に」
大道具係１「果たして偏屈王と再会できるのか？」
大道具係２「心して終幕を待て！」

○

事務局員たちは我々を、グラウンドの隅にある事務局本部まで引っ立てて行きました。

グラウンドにならんでいた模擬店は解体され始め、テントが折り畳まれています。金色の夕陽が射して、実家が恋しくなるような秋風が吹いています。これだけ味わい深いお祭りが解体され、大学は日常へと戻ってゆくのだと思うと切なくなります。小学生の頃、運動会が終わってゆく時に感じたような哀しみが私の胸を浸しました。しかも私は事務局に捕まってしまって、もう「偏屈王」に出ることはできないのです。いわば私にとってのお祭りはすでに幕を下ろしたのです。哀しいことです。

　連れられてきた私たちを事務局長が睨みます。

　我々は本部テントに入り、パイプ椅子へ腰掛けました。

「ここに座っていて下さいよ。これ以上騒ぎを起こされては困りますから！」

　事務局長は毅然とした口調で言いましたが、模擬店で買ってきたみたらし団子とお茶を出してくれ、親切にもてなしてくれました。ほうじ茶をすすって、とろとろ甘い団子を齧《かじ》ると、私は和《なご》んだ気持ちになりました。事務局長は力を抜いて椅子に腰掛け、しばしポカンとしました。お疲れの御様子です。彼は私の背中の緋鯉を見つめて、「それ、いいねえ」と呟きました。

　私は事務局長の背後に貼られた大きな地図を眺めました。

「その地図は何ですか？」

「ああ、これ？　これは韋駄天コタツと偏屈王事件の位置を示していて――」

　ふいに事務局長はハッと言葉を切りました。

　巨大な地図を前にして腕を組み、事件を解決しようとパイプをくゆらせるシャーロック・ホームズの如き難しい顔をしています。「なぜ今まで気づかなかったんだろう。これは全部重なっているじゃないか。……まるで韋駄天コタツの後を追って上演しているようだ」

小道具係の女性が頬に笑みを浮かべるのを私は見ました。局長が振り返ると、水が砂へ染み込むように彼女の笑みは消えます。局長は彼女の顔を鋭い眼で睨みつけました。そして拳を握りしめて、「そうだったか!」と叫んだのです。「偏屈王は韋駄天コタツで脚本を書いてるんだな!?」

その時でした。

グラウンドから本部テントの中へ、大きな象のお尻がめりめりと突っ込んできました。テントの壁がめくれ上がり、事務机が倒れ、事務局員たちが逃げ惑います。私はみたらし団子の串と湯呑みを持って隅へ逃れました。象のお尻に蹂躙《じゅうりん》された本部は、濛々《もうもう》と土埃が舞い、地震の後のような惨憺《さんたん》たる有様です。事務局長は象のお尻とテントの壁に挟まれて身動きがとれず、「おいおい勘弁しておくれよ」と呻いています。事務局員たちが彼を救い出そうとしている隙に、劇団員たちは素早くテントから逃げ出してゆきました。最終幕の上演へ向かったのでしょう。

テント中央まで突っ込んで止まった荒ぶるお尻の陰から、「象の尻」の女性が顔を出して、私へまっすぐ手を差し伸べました。

「さあ、逃げましょう!」

彼女は言いました。「劇を終幕までやるんです。偏屈王と再会しなくちゃ!」

その声に、私の役者魂がぷっくりと蘇《よみがえ》りました。わずか半日の即席魂ではありません。これでも子どもの頃は、定石通り「ガラスの仮面」に夢中になったこともあるのです。

私は「はい」と返事をして立ち上がり、彼女と手を取り合ってグラウンドへ駆け出しました。

ああ、偏屈王！　ようやく貴方のおそばに——。

「あなたが捕まるのを見てたの。終幕に出られないのは残念でしょう。だから助けに来たんです」

「ありがとうございます。『象の尻』の方！」

私がそう言うと、彼女は苦笑しました。「私は須田紀子《すだのりこ》というの」

たしかに私の言い方では、まるで彼女が象のお尻であるかのようです。美しき恋する乙女をつかまえて象のお尻呼ばわりとは、我ながら失礼なことをしてしまいました。

模擬店を片づけている人たちが駆けてゆく私を指さして、「あ、プリンセス・ダルマだ」と言っています。顔を覚えてもらえたのは光栄の至り汗顔《かんがん》の至り。駆けながら背後を振り返ると、崩壊した本部テントから事務局員の人たちがわらわらと駆け出し、こちらへ向かってくるのが見えました。

「危うし、プリンセス・ダルマ！」と私は思いました。「その運命や如何に⁉」

○

事務局では手がかりを得られぬまま、私は途方に暮れて吉田南構内をさまよった挙げ句、模擬店の撤収が進む北門前の広場の隅に座り込んだ。人事を尽くして天命をまつという言葉がある。私はすでにあらゆる人事を尽くしたはずだ。個人的に何ら見せ場のない、空虚な学園祭の幕が引かれていくのを眺めながら、「天命、そろそろ欲しいな」と思った。

広場は撤収作業に精を出す学生たちで賑やかである。お化け屋敷をやっていた連中が、解体した材木を運んでいたが、お化けメイクをしたままなので、百鬼夜行の趣があった。総合館の中庭からは、閨房調査団の面々が行列になって来る。猥褻資料を詰めた箱を持って整然と歩いていた。

絶望した私が頭を抱え込んでいると、パタパタと駆けてゆく足音が聞こえた。何気なく見上げると、緋鯉を背負った彼女が、見たことのない女性と手を取り合って駆けてゆくではないか。「おお！　まさかとは思うたが本当に天命来たり！」と思って立ち上がった途端、走ってきた事務局員たちに突き飛ばされた。したたかに肘《ひじ》を打ち、私は海老《えび》の如くのたうった。

彼女は撤収でごった返す広場を、「助けてください！」と叫びながら駆け抜けていく。その後へ追いすがるのは事務局の腕章をつけた十数人の男女である。

片づけをしていた学生たちが、「プリンセス・ダルマが事務局に追われてる」「事務局が黒幕だったんだよ」「偏屈王を監禁してるんだって」「ひでー」等々誤解満載の言葉を口にして、事務局員たちの行く手を阻《はば》んだ。お化け屋敷の面々が「緋鯉の子だぞ、助けてやれ！」と叫び、追いすがる事務局員たちの顔面へ蒟蒻を投げつけた。思わぬ攻撃を受けた事務局員たちは「違いますって」「劇じゃない」「いや、これ、劇なの？」などと血迷っている。

私はようよう立ち上がり、彼女の後を追いかける。

閨房調査団の一人が、段ボールを開けて桃色の資料を意図的に落とした。数名の事務局員が「おお！　ええ乳！」と魂の叫びを漏らし、桃色の至宝の前に跪《ひざまず》く。その間にも彼女は距離を稼いで、もはや北門から東一条通へ飛び出んとしているところだ。このままでは見失う。私はお化け屋敷の連中から投げつけられる蒟蒻をくぐり抜け、桃色の至宝を泣く泣く諦め、彼女を追って門から出た。

駆ける私へ追いすがって来たのは事務局長である。彼は学園祭へ無事に幕を下ろすため、私は新たな未来の幕を上げるため、目的は大いに異なるが、追うものは同じである。我々は無言で併走した。本部構内へ入ると、彼女と追っ手の間に、ごはん原理主義者のデモ隊が立ちはだかって、ごった返している。ごはん原理主義者たちは「日本人なら米を食え」とスローガンを繰り返し、事務局員たちの口に片っ端からおにぎりを押し込んでいた。「そんな奴らは蹴散らせ！　おにぎり喰うな！」と局長は叫んだ。

私は考えた――彼女は「偏屈王」の最終幕を演じるべく、事務局の手を逃れようと駆けている。如何なる運命の悪戯《いたずら》で彼女がその大役を引き受けたのか明瞭《めいりよう》ではない。だが、局長が彼女の大きな夢を阻もうとしていることだけは明瞭である。彼女の友は私の敵、彼女の敵も私の敵、昨日の友は今日の敵。

ごはん原理主義者を押しのけようとしている局長に、私は声をかけた。

「おい、おまえ。ベルトがねじれているぞ」

「え、そう？」

私はベルトを直してやるふりをして一息に引き抜いた。彼のズボンをずりおろして突き飛ばし、そのままデモ隊へ突っ込んでいった私の背中へ、局長の悲痛な叫びが聞こえた。「そりゃないよ、友達だろ⁉」

「許せ友よ」

私は言った。「彼女がすべてに優先するのだ」

○

時計台前にて、ごはん原理主義者のデモ隊に出会ったのは幸いでした。私はパン食連合ビスコ派に属する身、彼らからすれば論敵に当たるわけですが、彼らはそんな意見の対立よりも「偏屈王」を無事に完結させることを重んじる人たちであったのです。「余ったおにぎりを事務局へおすそわけするから、そのすきにお逃げなさい」と言ってくれました。

追っ手の事務局員たちがデモ隊にぶつかって騒然となっているのを見計らい、紀子さんは達磨の首飾りを私の首から外して自分の首へ掛け、緋鯉を自分の背中へ結《ゆ》わえました。「こうすれば、みんなが私を追いかけるでしょ」

「なんと素晴らしい作戦でしょうか！」

「さ、感心していないで走って、次の舞台を探して。必ず私も観に行くから」

そう言って彼女は時計台の東、工学部へ向かって駆けて行きました。

私は大楠の周りを一周して迷った後、当てずっぽうで附属図書館の方へ走っていきました。なにしろどこで偏屈王を上演するのか、私はまったく知りません。ただ闇雲に走るほかなかったのです。

けれども黄昏《たそが》れゆく本部構内をいくら走ってみても、手がかりは何もありません。時間が徒《いたずら》に過ぎ、あたりはますます暮れてゆきます。冷たい夕風が吹いているというのに、額には汗がぷつぷつと吹き出しました。駆けすぎて脇腹がずきずきと痛み、ついには駆け続けることができなくなりました。「ああ、偏屈王！」と私は泣きたい気持ちになりました。

「あなたは今、何処に？」

○

ごはん原理主義者の防壁を辛くも突破し、私は彼女の後を追った。彼女はすでに工学部校舎の谷間へ姿を消しつつある。背の緋鯉だけが夕闇の中に鮮やかに見えた。模擬店の解体が進む構内を彼女は縫うようにして走る。私はすぐさま顎を出した。

やがて彼女は夕闇に聳える灰色の校舎へ飛び込んだ。階段を上る軽やかな足音を追って、私は肺が軋《きし》むほど喘《あえ》ぎながら上へ上へと上った。

ついに彼女へ追いついたのは屋上である。築三十年、風雨に晒されたコンクリートの屋上は、荒涼たるありさまだ。今まさに幕引きの時を迎えて藍《あい》色の夕闇に沈んでいく学園祭が眼下にある。西空へ微かに桃色を残して、空は澄んだ紺色だ。黒々とならぶ校舎の向こうには時計台が天を衝き、その文字盤が光っていた。寒風が汗に濡《ぬ》れた身体を冷やした。

彼女は屋上の中央に駆けてゆく。彼女の行く手には見覚えのあるコタツがある。韋駄天コタツだ。なぜそんなところにいるのか見当もつかぬ。

彼女の顔が見えるそばまでようやく駆け寄り、それが別人であると悟った瞬間の虚脱感たるや、筆舌に尽くしがたい。「あんた誰⁉」と私は夕闇に絶叫し、「須田紀子です！」と彼女は叫んだ。呆然《ぼうぜん》と見返す私へ、彼女は「よく頑張って走ったわ。でも人違いです」と言った。そうして首にかけていた達磨の首飾りを、「貴方が一等賞」と私の首にかけた。

韋駄天コタツにもぐった樋口さんが「おうい、奇遇だな」と暢気《のんき》に呼びかけた。羽貫さんが「日が暮れると寒いわねえ。さ、おコタに入りなさい！」と自分の傍らを叩きながら言う。コタツの上には達磨や花火が置かれて雑然としている。私は花火を手にとって、「なんでこんなものを」と呟いた。

「もうすぐフィナーレであるからな。フィナーレといえば花火であろう！」

今ここに、私は袋小路へ迷い込んで立ち尽くした。

彼女はどこにいるのか。

偏屈王最終幕はどこで上演されるのか。

なによりも、我がハッピーエンドはどこにあるのか。ひょっとしてそんなものはないのか。私はついに幕が引かれるまで、路傍の石ころに甘んじるのか。

私が寒風に吹かれて呆然としていると、学園祭事務局員たちがばらばらと屋上へ駆け込んできた。その中には事務局長の姿もある。彼らは韋駄天コタツと、緋鯉を背負った紀子さんを包囲した。

局長が仁王立ちして、樋口さんを見下ろした。

「ついに捕まえたよ、偏屈王。演劇の名を借りて、学園祭を混乱に陥れるテロリストめ。事務局長の名に懸けて、『偏屈王』最終幕は上演させない」

樋口さんはきょとんとした顔をして、「そいつは無理な相談だ」と言った。「まず第一に、私は偏屈王ではない。そして第二に、もう幕は上がる寸前だ」

事務局長は拳を振り上げて「しらばっくれるな!」と言った。「あんたが首謀者だということは分かってるんだよ。僕の推理では、こうだ。まず韋駄天コタツで脚本が書かれ、何らかの手法で上演場所に置かれる。韋駄天コタツが去った後、劇団員たちが来て脚本を回収し上演する。だから演劇が行われる時、首謀者はそこにいない。韋駄天コタツと一緒に移動するから、偏屈王の居場所は知れなかったんだ」

「韋駄天コタツにいたのは私だけではないさ」

そこで私が叫んだ。「分かったぞ。あの男だ。パンツ総番長はどこにいる?」

樋口さんはホホホと貴族のように笑って、南の方角を指した。私は暗い屋上を南の端まで駆けた。勢い余って危うく落ちそうになりながら下を覗くと、こちらより低いとなり校舎の屋上が見下ろせた。

そこには謎めいた建物が建っていた。大学構内のあらゆる場所から寄せ集めたガラクタであろう、材木、立て看板、薄汚れたテント、毛布、夥《おびただ》しい自転車、雨樋《あまどい》、アルミサッシ、廃液用のタンク、雨風に晒されたロッカー、理学部のゴミ捨て場から拾ってきたらしい実験装置、怪しげな電化製品などが複雑怪奇に組み合わされている。突きだした夥しい数の煙突からは、濛濛と白い湯気が噴き出して、紺色の夕空へ流れている。照明がサーチライトのように行き来し、立ちこめるその湯気をくっきりと照らし出す。高々と掲げられた深紅の旗が、冷たい夕風に翩《へん》翻《ぽん》と翻《ひるがえ》る。その建築物こそ、偏屈王が幽閉されている恐怖の城塞、「風雲偏屈城」に違いない。

こちらから見て反対側が観客席となっているらしく、いわば我々は舞台裏から覗いていることになる。紅い腕章をつけて立ち働く劇団員たちの中に、最後の幕を上げようとして采配を振るう偏屈王、すなわちパンツ総番長の姿が見えた。

「屋上で上演するなんて！　危険極まりない！」

となりへ駆け寄ってきた事務局長が地団駄踏んだ。「となりの屋上へ行って解散させろ！」

私が行くまで幕上げを待って貰《もら》う必要がある。私は達磨の首飾りを振り廻し、パンツ総番長へ大声で呼びかけたが、彼は演劇の支度に無我夢中である。

私は、樋口さんから奪った花火に火をつけた。

いったん駆け去ろうとした事務局長が私を向いて、「危ないから打ち込んだりするなよ！」

と叫んだ。「分かってるよ」と振り返って言おうとした途端、私は屋上の縁にあるコンクリートの段差に足を取られた。そのままゆっくりと後ろへ倒れ込む我が身体。左手には火の点《つ》いた花火、右手には達磨の首飾り、左目には今まさに失われんとする薔薇《ばら》色の未来、そして右目には最後の光景が映る――こちらを向いてポカンと口を開ける事務局長と紀子さん、コタツから立ち上がろうとする樋口さん、達磨でお手玉をしている羽貫さん、駆け去ってゆく事務局員たち。いざその時に臨む時、人生が走馬燈のように脳裏を駆けるというが、たしかに人間の脳というのは妙な働きをする。その一瞬の光景を私は明瞭に憶えている。ゆっくりじっくり、私はこの世にお別れした。こんなに頑張っているのに、彼女がゆめゆめ御存知ないところで、私はこうして落ちていく。さようなら唾棄すべき青春、さようなら栄光の未来。

屋上から落ちてゆく私の手の中で、花火が火を噴いた。

一点の紅い光が尾を引いて紺色の空へのぼり、炸裂《さくれつ》するのを私は見た。

○

一点の紅い光が尾を引いて紺色の空へのぼり、炸裂するのを私は見ました。

直感的に「あっちだ！」と思い、私は工学部校舎の谷間を駆け抜けます。あの花火が揚がらなければ、私はついに「偏屈王」の終幕に間に合わなかったことでしょう。暗い木立と校舎の隙間を抜けて走っていく私は、ふいに校舎の玄関に立っている大きな招き猫と出会いました。

招き猫のとなりには「偏屈王最終幕は屋上へ」と描かれた立て看板があります。学生たちが招き猫の傍らを抜けてぞろぞろと上っていくのが見えました。「こっちよ！」と招き猫が叫びました。

息も絶え絶えの私が駆け寄ると、招き猫のお腹の窓が開いて、小道具係の女性が顔を覗かせました。「ごめんね。事務局から慌てて逃げたもんだから、上演場所を教えるのを忘れちゃったのよ」

「お会いできて、なによりです……てっきりもう間に合わぬものと」

「なーに言ってるの。まだ大丈夫」

彼女は招き猫から出ると、私の手を引いて階段を上ってゆきます。

「偏屈城は屋上にあるのですか？」

「学園祭期間中、こつこつと材料集めて建設してたの」

彼女は私に脚本を渡し、小道具の杖《つえ》と大きな鍵《かぎ》を握らせてくれました。やがて私たちは屋上へ出ました。大勢の人が集まって賑わう屋上へ、冷たい風が吹き渡っています。その人混みの向こうに不気味な建物が聳えていました。廃墟《はいきょ》のようでもあり、蒸気機関のようでもあり、お城のようでもあります。ところどころから白い湯気が噴き出ています。見る者を圧倒するその威容――私はついに、偏屈王が幽閉されている「風雲偏屈城」に辿り着いたのです。

ハリウッド映画の如く、上空から落下する人間が壁の出っ張りに掴まって事なきを得るなどという芸当は不可能である。ならばなぜ私が助かったのか。それには四つの幸運が重なっている。

まず一つ目は私が達磨の首飾りを持っていたこと。二つ目は最上階の研究室のシンガポール人留学生が物干し竿《ざお》に洗濯物をぶら下げて窓から突き出していたこと。三つ目は命知らずの冒険野郎が綱渡りするために渡した綱がそのままだったこと。四つ目は私が花火を打ち上げた瞬間、となりの屋上にいたパンツ総番長が落ちてくる私に気づいたことである。彼女の言う如く、神様の御都合主義というべきだ。

落下した私は右手に達磨の首飾りを握りしめていた。それが、研究室の窓から突き出されている物干し竿の先端に引っかかった。ぶら下がっている白衣やシャツとならんで、一瞬、私は宙ぶらりんとなり、親の仕送りでのうのうと寝て暮らすぼんくら学生なみにぶら下がった。しかしそんな学生もやがては己の手で未来を切り開く必要がある。私が手を伸ばして我が手で物干し竿を摑むのと、我が命を辛うじてつないでいた達磨の首飾りが引き千切れるのはほぼ同時であった。達磨たちは暗い地上へと散る。

どう固定してあるのか分からないが、物干し竿はひどく曲がっている。ひいひい言いながら夢中で摑んでいると、珈琲《コーヒー》を飲みながら研究室へ入ってきた院生が蛍光灯の明かりの中で一瞬絶句し、次の瞬間には夢中で物干し竿にしがみつくのが見えた。「誰か来てくれ！」と叫んでいる。屋上から身を乗り出したらしい事務局長たちが「手を離すな！」と叫ぶ声が降ってきたが、頼まれたって手を離す余裕はない。

だが、物干し竿は頼りない。貧弱そうな院生一人だけでは支えられないのは明らかである。「折れるぞ！」とパンツ総番長が向かい側の屋上から叫び、照明を私の方へ向けた。その光が私の足もとを照らした。パンツ総番長は夢中で何か叫んでいる。院生は研究室で悲鳴を上げている。物干し竿は揺れる。白衣やシャツが校舎の暗い谷間へ落ちていく。

「下に綱がある！　見ろ！　見ろ！」とパンツ総番長が叫ぶのが聞こえた。

必死で目を開いて足もとを見ると、五階の窓から太い綱が伸びている。それはとなり校舎屋上にある給水タンクへ固定されているらしい。幸い、手を伸ばせばなんとか届きそうだ。しかしそのためには物干し竿から手を離して、いったん宙を舞わねばならぬ。そんな度胸が俺にあると思うか。私は憤怒の形相《ぎょうそう》を保ちつつ、身動きがとれない。

物干し竿の支えが取れたらしく、研究室の中で何かが割れる激しい音と、院生の悲鳴が聞こえた。と、同時に私はふたたび落下した。校舎の間に張られた我が命の綱というべきものを、パンツ総番長が照明器具で照らしている。私は夢中でそれにしがみついた。まさに奇跡と言うべし。日頃、肉体的鍛錬などと無縁の私が、映画のスタントマン顔負けの熱血的アクションを余儀なくされて、しかもそれを生き延びるとは。私は太い綱にしがみついて揺れが収まるのを待ちながら、「死んでたまるか」と今さら念じた。そしてコアラのごとく腕と足で綱にしがみつき、少しずつ手足を動かしながら、偏屈城目指して綱を渡っていった。パンツ総番長がこちらを見ているのが分かった。

まったく無意味な死の淵から不屈の闘志で偶然這い上がった私に、もはや怖いものはない。脳味噌に蔓延《まんえん》するアドレナリンは我が個人史上、絶えて記録されたことのない莫大な量に達した。彼女をこの胸に抱き、我が手にハッピーエンドを。生まれてこの方、あんなに頑張ったのは初めてである。

やがて偏屈城の舞台裏へ這い上がった私に手を貸しながら、パンツ総番長は「あんた大丈夫か？」と呆れた顔で言った。「よく生きてたなあ！」

パンツ総番長はマントを羽織っていた。どうやら偏屈王自ら偏屈王を演じるらしい。私は深呼吸し、わくわくと震える身体を押さえ、滝の如き汗を拭った。そばには古い雨樋が夕空へ斜めに突き立ち、中を水がちょろちょろと流れている。私はその雨樋へ取り付くと、舞台を揺さぶるようにして剝《は》ぎ取った。

「おい、あんた！　舞台を壊すな！」

パンツ総番長が叫んだ。

私はテレビで観た棒術の達人に倣い、長い雨樋を構えてパンツ総番長の身体に狙いをつけた。こちらへ飛びかかろうとしていたパンツ総番長は踏み止《とど》まる。その背後では劇団員たちが固唾を呑んで見守っている。

夕闇に聳える偏屈城の舞台裏、夕闇に流れる濛々《もうもう》たる湯気に包まれて、我々は対峙《たいじ》した。

「最終幕を妨害する気か、あんた」

パンツ総番長が私を睨んだ。「誰にも邪魔はさせないぞ。この演劇は俺の渾身《こんしん》の一作だ」

「妨害する気はない」

「では、いったい何のつもりだ」

「その前に聞きたい。結末はどうなる。ハッピーエンドか？　アンハッピーエンドか？」

パンツ総番長が口籠もったので、私はその胸をぐいと押した。

「分かったよ」

パンツ総番長は呻いた。「ハッピーエンドだ。誰もが赤面することうけあいだ」

「それでよし！」

読者諸賢、なにゆえあなたがそんな大役を？　という湧いてしかるべき疑問を粉砕するには、「たまたま通りかかったものだから」という一言で十分であろう。ハッピーエンドを我が手に
——たとえ御都合主義的でも！

「俺が邪魔するために来たと思うか」

「そうではないのか？」

「しからず。劇は断固として続行してもらう。ただし」

雨樋を構えたまま、私は言った。

「偏屈王役は俺のものだ」

集まった人たちの中には、「『偏屈王事件』解体新書」なる冊子を読んでいる人もあります。模擬店の売れ残りを売り歩く人もいます。舞台のかたわらにはスクリーンが出ていて、映画サークル「みそぎ」の人たちが前回分の「偏屈王」を繰り返し上映していました。

やがてスクリーンの映像が途切れ、声高に喋っていた観客が水を打ったようにひっそりとしました。風雲偏屈城の中央にある太い煙突から、白い湯気が激しく噴き出し、シューッと音がします。城の上部から照射されるライトが、人混みの中にいる私を照らしました。

「午後五時、『偏屈王』開演！」

小道具係の女性の大きな声が、響きました。彼女は私の肩にマントを羽織らせました。

「最終幕！」

目の前に立ちはだかる人々が一斉に振り返り、プリンセス・ダルマのために道を開けます。

学園祭事務局との死闘の末、本部から脱出したプリンセス・ダルマは傷を負っています。彼女は杖にすがり、想い人が幽閉されている偏屈城へ向かって、最後の歩みを進めます。一歩また一歩と――。

「偏屈王」

○

最終幕　舞台：風雲偏屈城（工学部校舎屋上）

——夕闇に風雲偏屈城が聳えている。杖をつき、近づいてゆくプリンセス・ダルマ。追っ手の事務局員たちが駆けてきて彼女を捕らえようとする。局長が乗り込んでくる。

局長「この屋上は危険です。ただちに上演を中止して解散してください！」

観客1「なんだよ、ちょっと待てよ」

観客2「もうこれで終わりじゃないか。最終幕ぐらい、やらせてやれ！」

——観客たちが事務局員たちを押さえつけ、プリンセス・ダルマはふたたび歩き出す。

ダルマ「偏屈王が姿を消してからというもの、世界は闇に閉ざされた。しかし今こそ、我が旅路の果てる時。学園祭事務局長から奪ったこの鍵は、呪われた四畳半の城の扉を開き、偏屈王を長い幽閉から解き放つはず——おお偏屈王、貴方のおそばに！」

――プリンセス・ダルマ、偏屈城の扉へ歩み寄り、鍵を差し込む。噴き出す白煙。やがて扉が開く。中から偏屈王が現れる。

偏屈王「長く闇の中へ幽閉された身の上、両眼が力を失って己が掌すら定かでない――なにとぞ許したまえ、我が恩人の顔も見ることができぬことを！」

ダルマ「この声を耳にすればお分かりになるはず」

偏屈王「おお！」

ダルマ「貴方の苦しみを思うと、我が胸は張り裂けんばかり。けれども貴方が闇の中にある時、我が心もまた闇の中にあったのです」

偏屈王「しかし、プリンセス・ダルマよ、如何にして此処《ここ》へ？」

ダルマ「貴方の敵を一人また一人と訪ね歩き、時には頭を下げ、時には多少の手荒な真似もいたし、絹糸のように細い手がかりを辿り辿って、ようやく此処へ」

偏屈王「それは長く辛い旅であったろう。すまぬ！」

ダルマ「今はもう、そのようなことなど！」

偏屈王「己の信ずる道を歩もうとしたばかりに余儀なくされた、実りなき闘争、また闘争。弓折れ矢尽き満身創痍《そうい》、ついにこの不毛のキャンパスへ私はがっくりと膝《ひざ》をついた。貴女は覚えておられるだろうか、去年の学園祭の片隅で、初めてたがいを見た時のことを。それこそ神の悪戯と言うべき、天空から降り注ぐ紅い林檎が私と貴方の頭で跳ねた。あの林檎が私に悟らせたのだ——貴女こそ、阿呆の荒野を迷走する私の行く手を照らす、ただ一筋の光だと」
ダルマ「今こうして貴方と、あの出逢いを語らっているのが夢のよう。思えばあれがきっかけだったと、今こうして語る不思議。世界に満ちた驚くべき偶然、神の悪戯——」
偏屈王「さあ、行こう。呪われた四畳半の城を離れ、深い闇を後にして、栄光のキャンパスライフを我らが手に」

——二人、抱き合う。(幕)

○

幕が下りた後、まだ私の腕の中にいる彼女が上気した頰をほころばせ、「お見事でした」と言った。奇跡的に命拾いした上に、ト書きにある通りとはいえ、彼女をこの胸に抱きしめたせいで、私は致死量に近い幸福を味わい、今さら危うく死ぬところであった。感極まってなんの気の利いた台詞も出ない。だが、偏屈王の台詞に私は思いの丈を込めた。さすがの彼女もグッときていることであろう、と信じた。
藍色の夕闇の中に喝采鳴りやまず、私と彼女は舞台へ出て繰り返しお辞儀をした。

やがてパンツ総番長が姿を現すと、観客は静まった。彼女が「原作者にして脚本家、歴史に残るゲリラ演劇『偏屈王』の首謀者こそ、この方です！」と高らかに宣言すると、ふたたび拍手が起こり、パンツ総番長は深々とお辞儀をした。その後、小道具・大道具の面々が登場して拍手を受けた。劇団員たちは次々とパンツ総番長に握手を求めた。小道具係の女性が、「あなたの計画、楽しかったわ」と言った。「解散寸前だったのが嘘みたい」

事務局員たちが口々に「おしまいでーす。慌てず落ち着いて解散してくださーい！」と叫んで、観客を追い立て始めた。「グラウンドの特設ステージでフィナーレがありますよー！」

屋上から去りゆく観客の流れを逆に突いて、厳しい顔をした事務局長が歩いてきた。彼は私を睨み、偏屈王ことパンツ総番長を睨んだ。「お騒がせしました」と言い、パンツ総番長は頭を下げた。

「……なんのかんの言っても、終わっちゃったことだからね。事故も起こらずに済んだ」

事務局長は言った。「でも二度は許さないよ」

それから彼は私を見た。「君が落ちた時、もうダメかと思ったよ。心臓が止まるかと思った」

「どっこい、生きている」

「もう無茶はするなよ。気持ちは分かるけどさ」

そして多忙な事務局長は溜息をついて首を鳴らし、「さて、僕は忙しいんだ」と言った。「これから女装してフィナーレで歌うからね」

「よくそんな元気あるな」

「君たちもフィナーレに来ればいい。悩殺してやろう」

彼は足早に屋上から去って行った。

劇団員たちは「偏屈城」を解体し始めたが、パンツ総番長はまだ舞台の城の前に立ち尽くして、ぼんやりとしている。私は彼の肩を叩いた。

「あんたはよくやったよ。パンツ総番長で、しかも偏屈王とは立派なもんだ。役を奪って悪かったよ」

「それはもういい」

パンツ総番長は呟いた。「どうせ俺が出たところで、大した違いはないんだ。こんなことはみんな無駄な騒ぎだ」

「そんなこと言うなよ」

「吉田神社に願をかけてパンツ総番長になったのも、劇団を率いてこんな騒動を企てたのも、すべてはあの人に会うためだ。これだけ評判になれば、彼女はどこかで俺の劇を観るだろう。もし彼女が最終幕を観にやって来れば？　彼女は俺が劇に込めた気持ちに気づくに違いない。俺は何度も妄想した——彼女が客席で俺の気持ちに気づいて、幕引き後にこちらへやって来るんだ。でも、今ようやく冷静になった。俺はひょっとして、筋金入りの阿呆じゃないのか？」

彼は解体されてゆく偏屈城を見上げながら呻いた。「だいたい迂遠《うえん》すぎるんだよ、計画が」

「今さら言うことか」

「あんた、一期一会という言葉を知っているか。それが偶然のすれ違いになるか、それとも運命の出逢いになるか、すべては己にかかっている。俺と彼女の偶然のすれ違いは、運命の出逢いになる前にむなしく費えた。『思えばあれがきっかけだった』と、いつの日か彼女と一緒に思い返す特権を、俺はむざむざ失ったのだ。それというのも、俺に機会を摑む才覚も度胸もなかったからだ！」

「な、飲もう」

私は彼を慰めた。「俺は下戸《げこ》だけど、この際だから飲もう。話せば楽になることもある」

「俺はね、そういう、男の連帯はもうたくさんなんだよ……男はいらん、男は無用」

その時、傍らで話を聞いていた彼女が、「紀子さん！」と明るい声を上げた。

舞台から見ると、寒風吹きすさぶ屋上に、一人の女性が立っている。私が先ほど彼女と間違えて追いかけた紀子さんである。紀子さんは紐を解いて緋鯉を胸に抱きかかえ、彼女の元へやって来た。「これお返しするわね」と紀子さんが差し出すと、彼女は「ありがとうございます」と嬉しそうに緋鯉を抱きかかえた。彼女のあまりの愛くるしさに私は到底直視する能《あた》わず、思わず目をそらしたが、その拍子にパンツ総番長の顔を見て、彼が呆然と紀子さんを見つめていることに気づいた。「おや！」と思って紀子さんを見ると、彼女もまた彼をまっすぐ見返している。

紀子さんは彼のそばへ近づき、手を差し出した。

「奇遇ですね」と彼女は呟いた。

パンツ総番長はその手を取り、無言である。

あっという間に風雲偏屈城が解体されてしまうと、向かいの校舎の屋上が見えた。羽貫さんと樋口さんが屋上の縁にいて、拍手をしてみせる。樋口さんが花火をぽんぽん打ち上げた。羽貫さんは縁からぶら下げた足を揺らして、「大団円！　大団円！」とふいに叫び、何を思ったか知らんが韋駄天コタツの上にあった達磨を幾つも夕空へ放り投げた。軽やかに宙を舞う達磨たちは校舎の谷間を越えて次々と飛来し、ばらばらと降り注いだ。二つの達磨が、パンツ総番長と紀子さんの頭に当たり、ぽうんと跳ねた。

正直なところ、私は涙ぐんだ。あまりに美しく、あまりに羨ましかったからである。

「なんてこった！」

パンツ総番長は呻いた。

「御都合主義もいいとこだ！」

○

空から降ってきた達磨が紀子さんたち二人の頭で跳ねました。まるであの日の林檎の如く。その時に自分の身体に染み渡った感動を私は忘れません。私は涙を拭いました。

傍らに立っている先輩も目を潤ませていました。

「泣いておいでですか、先輩」

「泣くものか。眼から、いささか塩水が出た」

「恥ずかしがられることはありません。たいへん良い結末ですねえ」

涙を堪《こら》える先輩を見上げながら、「この人はたいへん良い人だなあ」と私は思いました。

やがて私たちはフィナーレを観ることになり、大勢の人に交じってグラウンドまで歩いていきました。すっかり闇が垂れ込めて、あたりはいっそう冷え込んできます。十一月も終わり、もうすぐ本物の冬将軍が琵琶湖《びわこ》から山を越えて上洛《じょうらく》するのです。

冷たい夕闇の中で学園祭は解体されてゆき、小さく小さくなって、そうしてその淋しい薄闇の中心で、組み上げられた薪《まき》に火が入りました。ぼうっと燃え上がった温かい火が、グラウンドにやって来た人々を照らしました。燦然《さんぜん》と輝く特設ステージでは、目映《まばゆ》いばかりに美しい学園祭事務局長がアイドル歌手の歌を熱唱中です。見物して手を叩く私たちの傍らでは、樋口さんが羽貫さんと一緒に韋駄天コタツに入っていました。パンツ総番長と紀子さんは劇団員の方たちと一緒に笑いながらステージを眺めています。

あの時、紀子さんたちの頭へ降ってきた達磨を一つ、私は手に持っていました。先輩も達磨を持っていて、それをくるくると面白そうに廻しています。

「達磨が好きかい？」

先輩は言いました。

「はい。とても丸くて、小さいですからね」

私がそう言うと、先輩は笑いました。

名高い「学園祭」というものを大いに楽しめましたので、私は幸福でした。私は「なむなむ」と呟いて、神様に感謝しました。

「まさか先輩が偏屈王役とは思いませんでした」

私がそう言うと、先輩は気のないように「ま、たまたま通りかかったもんだからね」と言いました。

「先輩はまことに熱演で、お上手でした。演劇の心得がおありですか？」

「いや。そういうわけではない」

「それにしても奇遇です。先輩とはしばしばお会いしますね。これこそ、神様の御都合主義というべきでしょうね」

「そうだね」

先輩は燃え上がる炎を見つめながら言いました。

「神様も我々も、どいつもこいつも御都合主義者だ」

第四章　魔風邪恋風邪

○

晴天と雨天の分かれ目を御覧になったことがあるだろうか。

土砂降りの雨に立ちすくみ、水滴が路面を叩《たた》く音に耳を澄ませている自分を想像して頂きたい。顔を伝って流れ落ちる雨を拭《ぬぐ》って前方を見やると、数歩先には温かい陽射しが落ちており、路面には雨で濡《ぬ》れた跡もない。目前に、晴天と雨天の分かれ目があるのだ。そんな不思議な現象を、子どもの頃に一度だけ見たことがある。

その冬、私はその光景を繰り返し思い起こしていた。

冷たい雨の中を駆ける一匹の濡れ鼠がある。それはもちろん私のことだ。私は晴天の下へ出ようとしている。だが目前に見えているその晴天は、まるで夏の陽炎《かげろう》の如く逃げ去り続ける。その陽光の中に立つのは、我が意中の黒髪の乙女だ。彼女のまわりは温かく、静謐《せいひつ》であり、神様の好意に充《み》ち満ちて、たぶん良い匂いがする。それに引き替え、我が身はどうだ。私のまわりは神様の好意どころか若気の至りに充ち満ちて、この身を濡らすのはぶきっちょに奮闘する己を嘆く涙、吹きすさぶのは恋風の嵐である。

風邪の神が跋扈《ばっこ》する街を彼女は歩き、やはり意図せざるうちに師走《しわす》の街の主役となった。そのことに当の本人は気づかなかった。今もまだ気づいていまい。

その一方、私は風邪の神に打ち倒された。高熱に苦しみ、ひどい咳《せき》をして肺をねじり、万年床で身を縮めて暮らし、彼女を追うこともできずに妄想に耽《ふけ》るばかり。ついに主役の座を手にできずに路傍の石ころに甘んじて、淋《さび》しく年を越す命運は決したかに思われた。

だが一切は、その万年床にて起こったのだ。

これは彼女のお話でもあり、私のお話でもある。

運命の御都合主義によって、ようやく路傍の石ころが、万年床から立ち上がる。

○

その年の秋の学園祭における私の奮闘は、賞賛に値するであろう。神様の御都合主義に頼りっぱなしという面をひとまず措《お》けば、まず「命賭《いのちが》け」と言って過言でなく、京都市役所前広場にて京都市長から表彰され、バニーガールにもみくちゃにされて然《しか》るべき努力をした。

彼女の気を引くためにこそ、我が身を工学部校舎の屋上から宙へ躍らせもした。学園祭のゲリラ演劇を乗っ取って、荷の重い主役を張りもした。さらに遡《さかのぼ》れば、夏の古本市では彼女が愛読する絵本を手に入れるため、なみいる強豪たちと火鍋《ひなべ》を囲んで死闘を繰り広げた。春には百鬼夜行の夜の街を、もみくちゃにされながら歩き抜いた。それだけ人事を尽くしたなら、まずたいがいの目論見《もくろみ》は叶《かな》うものだ。しかし、黒髪の乙女の城は難攻不落であった。

そもそも私が決定的な手を打つことから逃げている、不要な大迂回《だいうかい》をしているという多数の異論はひとまず却下しておこう。それは後々考える。

まず何よりも分からないのは、彼女が私をどう思っているかだ。果たして私を、一人の男として、いや、せめて一人の対等な人間として彼女は認識しているのか。

それが私には分からないのであった。

それゆえに、私は決定的な一打を打てなかったのである。

○

申し訳ないことですが、その時の私の気持ちをお答えするのは難しいことなのです。

なにしろ、それまでの私はほかのオモチロイことに無我夢中、男女の駆け引きにまつわる鍛錬を怠ってきたからです。そういった駆け引きは、煌《きら》びやかに着飾った紳士淑女が盛大な仮面舞踏会の片隅にて耽る大人の愉《たの》しみで、自分の如きお子様には縁の遠いものとばかり思っていました。心の支度のできていない身には、相手の気持ちを慮《おもんぱか》ることは難しく、綿菓子のようにあやふやな自分の気持ちをつかまえることすら容易ではありません。

けれどもたしかに、学園祭でゲリラ演劇「偏屈王」の幕が下りる直前、思わぬ奇遇で先輩が目の前に現れた時、何かしら安堵《あんど》のようなものを感じたのを憶えています。それは先輩とはよく街でお会いしていたから、というのも理由であったかもしれません。それに加えて忘れがたいのは、ト書き通りに先輩に抱かれた時の不思議な感覚です。

学園祭が終わった後も、私はその時のことをひょいと思い出しました。そのたびに、私は何やらボーッとしてしまうのでした。もちろん私は普段から精神を研ぎ澄ましているような人間ではありませんが、その「ボーッ」は、「ボーッ」の中の「ボーッ」、「世界ボーッとする選手権」というものがあれば日本代表の座も間違いなしと思われるほどに筋金入りのボーッであったのです。そういうボーッの後、私はそわそわする自分を持てあまし、部屋にある緋鯉《ひごい》のぬいぐるみをぽかぽか叩いたり、むぎゅっと押しつぶしたりしました。可哀想なのは緋鯉でした。まことに申し訳ないことです。そうして緋鯉にバイオレンスな振る舞いをした後は、決まってグッタリしてしまうのでした。

そういう風にして十一月は終わり、師走に入りました。

私は大学の講義に通い、その傍ら時折ボーッとする日々を送っておりました。

東に迫る山々を温かい色に染めていた紅葉もだんだん散り、冬がいっそう深くなってゆきます。街中で白い息を吐きながら街路樹の梢《こずえ》を見上げると、もう本当に満遍なく、京都は寒い冬なのでした。

○

十二月も中旬に差し掛かった頃、私が大学の中央食堂で温泉玉子とおみそ汁で御飯をもりもり食べていると、樋口《ひぐち》さんがやって来て向かいに腰掛けました。樋口さんは紺色の浴衣《ゆかた》の上から、昔の刑事ドラマの登場人物が着ているような古ぼけたジャンパーを羽織っていました。

「やあ、見つけた」と樋口さんは言って、微笑みました。ちょっぴり窶《やつ》れて見えました。

「どうされましたか？　お元気がないようですが」

「最近弟子も羽貫《はぬき》も訪ねてこないから、食料がなくてね。腹が減りすぎて頭がガンガン痛むのだ」

「それはいけません！」

私が慌てて二百円をお貸しすると、樋口さんはそそくさと立ち、やがて温泉玉子とおみそ汁と御飯をお盆に載せて戻ってきました。そうして飢えた野良犬の如くガツガツ食べ始めました。

「羽貫さんはお元気ですか？」

「それがね。ひどい風邪を引いて寝込んでしまったのだ。メシ蔓《づる》に寝込まれて、危うく私まで飢え死にするところだ」

羽貫さんは先日来しつこい咳に悩まされていましたが、二日前から熱が高くなり、歯医者さんのお仕事も休んでマンションで寝ているということです。あの気高く美しい人が、大好きなお酒を鯨飲することもできずに布団にもぐり込んで咳き込む姿を思い浮かべると、あまりの哀れさに私は居ても立ってもいられなくなりました。午後の講義など問題ではありません。たとえ単位を落としてでも、羽貫さんのお見舞いに行くべきです。なぜならば彼女と樋口さんは、私の大学生活に新地平を切り開いてくれた恩人であるからです。

「君が行くならば私も行こう。幸いに腹も膨れたしな」

私と樋口さんは中央食堂から出て、落ち葉がカサカサ音を立てる大学構内から出ました。空には重く雲が垂れ込めて、冷たい風が吹いています。

羽貫さんのマンションへ向かう途上、東大路《ひがしおおじ》のスーパーに立ち寄って、風邪に効く果物やヨーグルトをたくさん買い込みました。これらの栄養豊かな食べ物たちが、羽貫さんの身体に住みついている風邪の神様を追い払ってくれることでしょう。私と樋口さんはぽんぽこりんに膨れたビニール袋をぶら下げて、東鞍馬口通《ひがしくらまぐちどおり》を高野川《たかのがわ》へ向かって歩いていきました。

羽貫さんの住まいは高野川沿いのまだ新しいマンションの一室です。

我々がインターホンを押すと、桃色のパジャマの上からカーディガンを羽織った羽貫さんがドアを開けてくれました。寝乱れた髪がまばらに顔に垂れて、見るからに窶れた様子です。彼女は微笑んでくれましたが、その笑顔にも、先斗町《ぽんとちょう》にてお酒に浸った道をともに歩いたあの夜の力強い面影がないのです。

「来てくれたの」

「樋口さんからうかがいまして。居ても立ってもいられなかったのです。お見受けしたところ、たいへん熱がおありのようですが。どうぞお布団でお休み下さい」

小さなお部屋は可愛く整い、白い四角な加湿器から柔らかな蒸気が立ち上っています。私が買ってきた食料を冷蔵庫へ入れている間、羽貫さんは玉子色の布団にくるまって顔だけを出します。お酒がありましたので、私は砂糖と玉子をくわえて玉子酒を作ることにしました。「玉子酒はね、玉子と砂糖抜きでね」と羽貫さんが布団の中でむぐむぐ言いましたが、「それはダメです」と私は言いました。

樋口さんが羽貫さんの傍らに正座して、彼女のおでこに手を載せました。「目玉焼きが焼けるぐらい熱いではないか。そんなに熱を出して、どういうつもりだ」

「好きで熱出してんじゃないわよ」

「精神がたるんでいるから風邪を引く。私を見たまえ」

「樋口君が風邪を引かないのはストレスがないか、それとも馬鹿だからよ」

「黙らないと風邪が悪化するぞ。ほれほれ」

樋口さんはそう言って、熱冷まし用の青いシートを彼女の口に貼ろうとしたりしました。そのほかには、何もしないのでした。

玉子酒ができると、羽貫さんは布団に起きあがって呑みました。「馬鹿にしてたけど、意外に美味《おい》しいのう」と感心してくれたのは喜ばしいことです。

「樋口君は見舞いの品まで、この子に買わせたわけね。手ぶらで見舞いに来るなんて！」

「おいおい、私には何一つ期待してはいけない」

「でも樋口君も、お見舞いなんかするのね。期待してなかった分、正直ちょっと嬉《うれ》しいわ」

「たまたま、この子と会ったからだ」

樋口さんがそう言うと、羽貫さんは私の方を向いて何だかとても可愛らしく笑うのでした。熱でぼうっと眼が潤んだようになっている羽貫さんは、たいへん綺麗《きれい》でした。樋口さんは羽貫さんのために買ってきたお見舞いのプリンをぱくぱく食べています。

羽貫さんは玉子酒を飲み終わると布団に寝転んで、熱にうなされて見た夢の話をしてくれました。「風邪引いた時って、ヘンテコな夢を見るよね」と彼女は呟《つぶや》きました。

けれども、羽貫さんの風邪が特別な風邪であるということを、やがて私は知るのです。

○

私の下宿は北白川《きたしらかわ》の東小倉町《ひがしおぐらちょう》にある。

廃墟《はいきょ》に近い木造アパートで、閑静な住宅街の雰囲気をぶち壊している。どことなく「風雲偏屈城」を思わせる。私の部屋は二階の西端にあり、窓を開けると疏水《そすい》沿いの並木が手に取るように見える。今はその葉も落ちて、疏水の向こうにあるがらんとした大学グラウンドが見えていた。

私は毎夕、日がとっぷり暮れてから、大学から帰って来る。砂利を敷き詰めた表に自転車を止め、玄関に足を踏み入れると、傘付きの電球が脱ぎ散らかされた靴を照らしている。夕闇に輝く電球を見上げると、侘《わ》びしい思いに駆られた。冬になってから、スリッパは何者かに盗まれた。板張りの廊下を歩いてゆくと、冬の寒さが足の裏からじかに染み透ってきた。

同じ実験台で実験をしている仲間が風邪に倒れたため、忙《せわ》しなく大学と下宿を往来するのみで、ただ徒《いたずら》に時は流れていった。その年の冬は、たちの悪い風邪が流行《はや》っているという噂であった。私と彼女が所属するクラブも風邪の神の魔手を逃れることができず、部員たちがちらほらと倒れだしている。倒れた部員たちの下宿を彼女が見舞いに訪ねて甲斐甲斐《かいがい》しく神仙粥《がゆ》や玉子酒をこしらえているという話を耳にすると、「俺もいっちょう小粋に風邪でも引いてみるか」という気になったが、そう思うとなかなか風邪の神は私を来訪しない。当て事は向こうから外れるものである。

流行に敏感な学園祭事務局長が風邪で倒れたので、冷やかし半分で蜂蜜生姜湯《はちみつしょうがゆ》と栄養ドリンクをたずさえて見舞いにも出かけた。彼は学園祭関係の資料や落語の本やギターなどのガラクタに囲まれたベッドに座り込んで、名古屋から見舞いに来るという遠距離恋愛の彼女を待ち焦がれていた。彼は閨房《けいぼう》調査団青年部に誘われて猥褻《わいせつ》図書鑑賞会にうかうかと出かけて、風邪をもらってきたらしい。猥褻図書が我々阿呆《あほう》学生の免疫力を低下させることは広く知られている。自業自得と言うほかない。

そうやって味気ない日々を暮らしているうちに、私は「恋わずらい」にかかった。

恋わずらいとは、「恋慕う気持ちが相手に伝わらず病的な状態になること」であるという。恋は四百四病《しひゃくしびょう》の外《ほか》、葛根湯《かっこんとう》を飲んだところで治らない。彼女の外堀を埋め続けることだけに汲々《きゅうきゅう》としてきたこの半年、魂の遠距離恋愛に苦しんできた当然の結果であろう。行き場を失った情熱が身体の中で行き場を失い、ぐるぐると渦巻いている。それだから、こんなに熱っぽいのだ。そうなのだ。

日が暮れてから下宿へ戻ってくると頭がぼうっとして何もする気が起こらない。ひどく怠《だる》いのである。ヒーターを点《つ》ける間もなく、私は布団へもぐり込むのがつねであった。

○

鴨川《かもがわ》の西側、今出川通《いまでがわどおり》の南には御所の森が広がっています。御所の清和院《せいわいん》御門から寺町通へ出て、東へ入った閑静な町中に内田《うちだ》内科医院という小さな病院がありました。板塀で囲まれた木造の病院で、塀の上から青々とした松が枝をのぞかせているのも今時珍しい風情です。「内田内科医院」の内田先生は元詭弁論部員《きべんろんぶいん》、春に先斗町で知り合って以来、羽貫さんや樋口さんは時々、彼や同じく元詭弁論部員の赤川《あかがわ》社長と飲みに出かけるそうです。

数日経っても羽貫さんの病状が良くならないので、樋口さんが病院に連れて行くと言いました。「大きな病院はイヤよう。もっと病気になっちゃうもの」と羽貫さんがだだっ子のように言うので、私と樋口さんがどこにしようかと思案していると、彼女は「内田さんのところがいい」と言いました。

羽貫さんを樋口さんがおんぶして、我々三人は内田先生の病院を訪ねました。

羽貫さんの診察が終わるまで、私と樋口さんはストーブのきいた板張りの待合室でぬくぬくと温まりながら待ちました。何事にも動じない樋口さんもちょっぴり眉《まゆ》を寄せて思案顔です。

狭い待合室は順番を待つ方々でいっぱいでしたので、私たちは隅にある靴箱のとなりで身を寄せ合っていました。曇った硝子《ガラス》窓から射した午後の光が、板張りの床にぼんやりと淡い陽だまりを作っています。私は滅多に風邪を引かないお子様でしたが、それでも幾度か、父に車に乗せられて主治医のところへ連れて行ってもらったことを思い出します。なんだかその時も、こうして板張りの床に落ちる陽の光を見つめていたような気がするのでした。

「風邪なんぞ、ジュンパイロがあればたちどころに治るんだがな」

樋口さんが思いついたように言いました。

「ジュンパイロとは何ですか？」

「それはかつて結核の治療にも用いられた幻の妙薬。漢方の高貴薬を多種混ぜ合わせ、水飴《みずあめ》の如くしたもので、巻き取ってひと舐《な》めするごとに熱は下がり、総身に力が漲《みなぎ》るというものだ。とろけるような甘みと、口から鼻へ駆け抜ける高貴極まる強い芳香は、ひと舐めすれば虜《とりこ》になるという。あまりにも美味しいので、世人は風邪でもないのに舐めまくり、のべつまくなし鼻血を出した」

「なにやら凄《すご》いお薬ですねえ。本当にそんなお薬があればよいのに」

「今はもう手に入らん。無念だ」

やがて羽貫さんが出てきました。お薬を貰《もら》っている時、白衣を着た内田さんが窓口まで出てきました。彼は私を見ると、「李白《りはく》さんと飲み比べした子じゃないか」と笑いました。もうあの先斗町の夜から半年も経つというのに、憶えておいて頂けたのはありがたいことです。内田さんはまだ少し喋《しゃべ》りたそうな様子でしたが、待合室には順番を待つ人がいっぱいです。彼はまた診察室へ戻り、我々は病院から出ました。

羽貫さんを背負って今出川通を歩きながら樋口さんが言いました。「やけに繁盛しているではないか。内田さんは休む間もなさそうだ」

「たちの悪い風邪が流行ってるんだって。私のも、それだってさ」

羽貫さんは樋口さんの肩に頬を載せながら喘《あえ》ぐように言います。「たぶん赤川さんと先週飲んだ時に、うつされたんだわ」

「おや、社長も風邪かい」

「熱でうんうん唸《うな》ってるって……息子夫婦からうつされたみたい」

「皆、たるんでおるなあ。私を見ろ、私を。絶対に風邪など引いてやるものか」

「樋口君はストレスがないだけだろ」

そんなことを言い合いながら、我々は鴨川の土手を歩いていきました。羽貫さんは樋口さんの背中でケホケホと咳をして、銀色に輝く鴨川を見つめます。そうして「きッたかぜー、こーぞうォーの、かーんたろー」と口ずさむのでした。

○

寒さが厳しくなってくると、たいてい下宿にいる時は布団にもぐって過ごした。布団の中でテレビを観、布団の中でメシを喰《く》い、布団の中で勉強し、布団の中で思索に耽り、布団の中でジョニーを宥《なだ》める。まことに「万年床」こそ、我が唾棄《だき》すべき青春の主戦場であった。

その日もそそくさと布団にもぐり込んで薄汚れた天井を眺めた。息を吐くと白かった。関節がふわふわとゆるむような感触があって、身体が怠く、まるで布団の中へ溶けていくようだ。

私はうつらうつらしながら、とりとめもない思案に耽った。

あの学園祭の想い出を、私は心の宝箱にしまい込んでいた。彼女の細い肩を抱いた感触を思い起こそうとした。しかし、その記憶を繰り返し辿《たど》るうちに、明瞭《めいりょう》だったはずの彼女の感触が薄らいでいく。私の腕の中で、こちらを見上げていた彼女の顔も、ぼんやりとしている。何もかもが嘘くさい。そんなことは本当にあったのか？　ひょっとすると、私の個人的妄想ではないのか？

学園祭で拾った達磨《だるま》が、枕元に置いてある。

それをぼんやりと眺めていると、あの時私を取り囲んでいた夕闇が、今ふたたび私を包んだ。冴《さ》え返る藍《あい》色の空の下、私は彼女を求めて走っている。見上げれば、空を切り取る黒々とした校舎が見える。こんなところで何をやっているのか。早く彼女へ追いつかなければならないと分かっているのに、私はどこへ行けばよいのか分からない。

その時、学園祭事務局長とその配下たちが工学部校舎へ駆け込んでいくのが見える。慌てて私はその後を追う。屋上へ向かう学生たちが階段をぞろぞろと上っていく。目前を行く事務局員たちは、その見物人たちを突き飛ばして駆け上っていく。

辿り着いた屋上は、観客で埋まっている。人混みの向こうに聳《そび》える「風雲偏屈城」では、乱立する煙突から白い湯気がもうもうと噴き上がり、夕闇に流れている。上演を中断させようとする事務局員たちと観客が押し合いへし合いをしている。観客たちに見守られるようにして、主役を担う彼女が人混みを抜けていくのが見える。もはや一切は手遅れだ。私が「風雲偏屈城」へ辿り着く前に、最終幕の幕は上がってしまった。彼女へ追いすがろうとする私は、熱狂する観客に阻まれて立ち往生する。「通してくれ！」と叫ぶ私の努力は空しい。私は精一杯、腕を伸ばす。だが、黒山の人だかりが彼女と私の間に立ちふさがり、彼女の晴れ舞台を観ることもできない。彼女は舞台に上がったろうか。だとすれば、彼女は私を置き去りにして、やがて現れる偏屈王の腕に抱かれるのだろうか。そこで彼女を抱こうとしているのは何者であろう？　いったいどこの馬骨野郎《ウマホネヤロウ》だ？　なぜそれは俺ではないのだ？

悔しさに耐え得ず、私は足下に転がっていた達磨を拾って投げた。達磨は大きく弧を描いて夕闇を飛んだ。まわりの観客が非難がましく私を睨《にら》んで遠巻きにした。私は一人で立ち尽くした。

嫉妬《しっと》で燃えた胸の焼け跡を、恋風が轟々《ごうごう》と吹き渡る。

○

風邪の神様が避けて通る私にとって、お見舞いは最も得意とするところです。その冬、羽貫さんを皮切りとして、色々な方が風邪に倒れ、私は多忙を極めました。盥《たらい》一杯分ほどの玉子酒をこしらえたと言っても過言ではないのです。

ごめんなさい。過言でした。

けれども、とにかく色々な人のところへお見舞いに伺うことになりました。

羽貫さんの容態が少し落ち着いてきた頃に、私は紀子《のりこ》さんに誘われて、引退した学園祭事務局長のところへお見舞いに伺いました。紀子さんとは学園祭が終わってからも親しいお友達で、一緒に岡崎の京都市美術館へ出かけたこともある仲なのです。

その日は銀閣寺交番の前で待ち合わせをしました。哲学の道沿いの桜並木もすっかり冬の風に葉を散らしてしまって、あの砂糖菓子のような満開の桜を想像することもできない淋しい風景です。ぴうぴう吹く風に私の髪も散ってしまいそう。寒い寒いようと思いながら大文字山《だいもんじやま》を見上げ、「北風小僧の寒太郎」を口ずさんでいると、やがて紀子さんと元パンツ総番長が二人でやって来ました。彼らはお見舞いの品をたくさん持っています。「やあ、その後いかがですか」と、元パンツ総番長が晴れ晴れとした顔で言いました。彼は宿願であった紀子さんとの再会を果たし、パンツを決して穿《は》き替えないという荒行から足を洗った身、下半身の病気ともサヨナラして、ずいぶんと御機嫌でした。まことに喜ばしいことです。

「事務局長は閨房調査団青年部からうつされたと怒っていましたよ」

「閨房調査団青年部とはなんですか?」

「それは、うん。あれだよ。ちょっと女性には、私の口からは言えないな」

学園祭事務局長のお住まいはそこから歩いて五分ほど、琵琶湖《びわこ》疏水沿いに建つ大きな灰色のアパートでした。お部屋はお見舞いの品々が積まれて足の踏み場もなく、事務局長自身は隅に追いやられています。これも「学園祭事務局長」という要職を務めたほどの大人物が有する人望の証《あかし》、ひとたび地震が起これば、崩壊する「人望」に生き埋めになってしまうことでしょう。

「それもまた、本望さ」と事務局長は布団の中でもぐもぐ言いました。

「こんなに見舞いの品を持ってきて、かえって悪いことをした」とパンツ総番長は苦笑しました。「そのうち、あんたが寝る空間がなくなってしまう」

「いいよいいよ。ありがとう」

事務局長はお見舞い品でこしらえた白い巨塔のてっぺんへ、パンツ総番長からのお見舞い品をソッとのせるのでした。

「ずいぶん大勢の方がお見舞いに来られたのですねえ」と私は言いました。

「京福電鉄研究会も来たし、詭弁論部も来たし、映画サークル『みそぎ』も来た。ありとあらゆるサークルが来たんで、いちいち憶えていないけどもね……君の先輩もこのあいだ来てくれたよ」

「先輩とは、どなたのことでしょう?」

「あのゲリラ演劇で、偏屈王を演じた馬鹿野郎だよ。彼とは一回生の頃からの友人なんだ」

それから私と紀子さんは「おじや」をこしらえることにして、パンツ総番長は積み上がったお見舞いの品の片づけをしました。そうして四人でおじやを食べながら、秋の学園祭の騒動を懐かしく思い起こしてお喋りをしました。事務局長の身体に障らないか心配でしたが、彼が

「人と喋っている方が元気が出る」と言ったからです。そこでもまた先輩のお話が出ました。

「彼は偏屈王役をやろうとして必死だったな」

パンツ総番長が言いました。「なぜだか知らんけど」

「そうだったのですか。先輩はたまたま通りかかったと仰《おつしや》っていましたが……」

「よく言うなあ！　あれは、ほとんど舞台ジャックでしたよ」

「彼には彼の目論見があるんだ」

そう言って学園祭事務局長は、私をじっと見つめました。「君には分からないかなあ」

○

恋風に吹かれ続けたあまり、恋風邪を引いたかと思った。これで私も、伝統ある「恋わずらい」をわずらった男だ。しばらく悦に入っていたが、虚心坦懐《きよしんたんかい》に病状を観察すると、どうもそうではないらしい。これは単なる風邪である。事務局長にうつされたのであろう。

つまんねえ。超つまんねえ。風情のかけらもありゃしねえ。

そう嘆いているうちに症状はみるみる悪化した。

まるで器から水が溢《あふ》れるが如く、鼻孔から鼻水が溢れ出す。血反吐が出そうな咳が出る。身体はまさに鉛の如し、布団から這《は》い出て大学へ行くのが容易ではない。鼻をかみすぎたせいか、唇の上に腫《は》れ物まで生じた。クリスマスが目前に迫る昨今、あんまりといえばあんまりな仕打ちだ。神も仏もないものか！

それでも己に厳しい私は、これも修行の一環だと断じて大学へ通った。我が実験台はすでにほか二名の軟弱者が風邪に倒れ、ここで私が倒れれば実験データが出ないからである。しかし、ガランとした学生実験室を見回すと、落伍者《らくごしゃ》の数は増える一方、すでに無人となった実験台も多い。ただでさえ古びた器具ばかりが並ぶ寒々しい学生実験室が、いっそう荒涼たる風情を漂わせている。風邪の神が学生たちを殴り倒していく様を、眼前に見ている気がした。

私は震える手で実験をしてフラスコを割り、咳き込んで劇物を吹き飛ばし、居眠りしてバーナーで顎《あご》を焼きかけた。白衣の襟をかき合わせてうなだれている私を、見かねた助教授がグイと引き起こし、「おまえ、いいからもう帰れ。帰って寝ろ」と言った。「ほとんど学級閉鎖だな、こりゃ」

枯れ葉舞い散る大学構内を歩いていくと、冬の寒さと風邪の悪寒と人恋しさが、全軍いちどきに押し寄せてきて、我が息の根を止めかけた。早くこれら一切の苦しみから逃れて懐かしい万年床へもぐりこもうと思い、自転車にまたがった。

風邪の神を迎え撃つ支度を調えるために、私は白川今出川にあるスーパーへ立ち寄った。幽鬼のような足取りで栄養ドリンクやポカリスエットや菓子パンや魚肉ハンバーグや鼻紙を籠《かご》へ投げ入れて歩いていると、目前に息も絶え絶えな男が立ち尽くしていた。彼はコカ・コーラの大瓶を抱え、なぜか生姜の袋を握りしめ、「もうこれ以上理性が働かん」と言うかのように半ば眼をつむっている。髪はボサボサに乱れて、身体は微《かす》かに揺れている。明らかに病気である。

見覚えのある男だなと思ったら、それはパンツ総番長であった。いや、あの学園祭にて、彼の宿願は果たされたはずだから、あの一年穿き通した恐るべきパンツは華麗に脱ぎ捨てたに違いない。だから「元パンツ総番長」と言うべきだろう。声を掛けてやる元気も湧《わ》かないので、私は足早に彼の傍らを通り過ぎた。彼もコカ・コーラの大瓶を抱いたまま呆然《ぼうぜん》として、こちらに気づく気配はなかった。

這うようにして下宿へ戻り、食料を冷蔵庫へ放り込んだ後は、すぐさま布団へ倒れ伏した。冷たい布団がやがて温まり、悪寒がやわらいだ。

彼女に見舞いに来て貰おうと企《たくら》んでいたが、まさか彼女に「見舞いに来てくれたまえ」と頼むわけにはいかない。それは紳士のやり方ではない。思案した挙げ句、「自分が風邪に倒れて苦しんでおり、できれば後輩の黒髪の乙女の助けが欲しい」と、そこはかとなく匂わせる噂をクラブの仲間に流すことにした。

ところが、助けを求めるメールをしたのに、三十分待っても誰からも返事がない。まるで虚空に石を投げたようだ。これには二つの理由が考えられよう。

一つは、皆さん私と関わり合いになるのが嫌で知らぬふりをしている。

もう一つは、皆さん風邪に倒れている。

「せめて後者がいいな」と思いながら、私は眠りに就いた。

風邪には人それぞれの治し方があるものです。

まず思い浮かぶのは、母がすりおろしてくれた林檎《りんご》です。柔らかい林檎をスプーンですくって、はむはむ食べる感触を思い起こせば、風邪で寝込んで小学校を休んだ静かな午前の、あの苦しいけれども嬉しいような、甘い時間が蘇《よみがえ》ってきます。私は風邪を引くことがほとんどありませんでしたので、それは貴重な想い出の一つです。すりおろした林檎を食べて、達磨を抱えて寝ていたら、すぐに私の風邪は治ったものでした。林檎と達磨は効果絶大と言えましょう。なぜ私が達磨を抱えていたかというと、姉が達磨を布団に入れる「おまじない」を教えてくれたからです。

○

その日、私は風邪で倒れた紀子さんのお見舞いに伺いました。

紀子さんは小さくて丸い達磨がお好きなので、私は姉のおまじないを教えてあげようと思い、布団にしのばせる小さな達磨を一つ抱えておりました。学園祭の拾いものです。

目指す紀子さんのお宅は吉田山《よしだやま》の東斜面にある小さな玉子色のアパートでした。神楽岡通《かぐらおかどおり》から吉田山へ向かう狭い急な坂道を、えっちらおっちら上っていくと、灰色に曇った寒空から、ちらほら雪が舞い降りてきました。初雪であったかもしれません。

私を迎えた紀子さんは、「事務局長さんのお見舞いに行った時、うつったのかしら」と言い、整った眉をひそめるのでした。ただでさえほっそりとして儚《はかな》い印象のある彼女が、よりいっそう弱々しく、まるで触れれば壊れる硝子細工のように見えます。

「今日は『偏屈王』の上映会へ行くはずだったけれど、行けないわね」

「それは残念ですねえ」

パンツ総番長が成し遂げた「偏屈王」というゲリラ演劇は、「みそぎ」という映画サークルが追跡して撮影しており、それを編集して音楽をつけた映画版が上映される運びになったそうです。紀子さんはパンツ総番長と二人で観に行く約束をしていたのに、熱が下がらず、悔しい思いをしていると言いました。

私が霊験あらたかな達磨の不思議を説いて、彼女の布団に押し込んでいるところへ、コカ・コーラの大瓶を持ったパンツ総番長が訪ねてきました。ところが、見舞客が見舞い相手よりも息も絶え絶えという御様子、一目見るだけで彼も重い風邪に苦しんでいることが分かりました。彼は自分の高熱をおして、この寒空の下、彼女のアパートへの遠い道のりを辿ってきたのです。彼はふうふう苦しげな息をついて、コカ・コーラの大瓶を置き、スーパーの袋からパックに入った生姜を取り出しました。

「風邪にはコレだよ」

パンツ総番長はコカ・コーラを鍋に入れ、そこへ刻んだ生姜を加え、ぐつぐつ煮込みました。コカ・コーラに含まれる秘密の成分が風邪によく効き、生姜を加えることでさらに効能が高くなるということでした。

紀子さんは少し困った顔をしましたが、堪《こら》えて飲みました。

パンツ総番長は紀子さんに生姜ホットコーラを飲ませると安心したらしく、あぐらをかいてぐったりと頭《こうべ》を垂れました。「パンツを穿き換えなかった頃は風邪なんか引かなかったけれども」と呟いています。「そのかわり下半身の病気になった。どっちもどっちだな」

紀子さんは胸に達磨を抱えて、「わざわざ御免なさい」と言いました。

「いいんだ。いいんだ。これで君の風邪も治るだろ」

そうやって彼らがお互いにいたわりあっている様子を見ていると、なんだか私は幸せな気持ちになってしまうのでした。仲良きことは美しきかな！　と思いました。

「今日は『偏屈王』の上映会に行くはずだったのにね」

「あれはダメになった」

「なぜ？」

「関係者がみんな風邪にやられたんで、上映会が中止になった」

「そんなに流行ってるの？」

「元凶は学園祭事務局長だと思う。彼を見舞いに行った関係者が、みんな風邪をもらってきて、ばらまいた。大学も閑散としてる」

そう言ってパンツ総番長は私の方を向き、「あなたも気をつけないと」と言いました。

「私は大丈夫です。風邪の神様は、きっと私がお嫌いなのです」

パンツ総番長も紀子さんも風邪の苦しさにやがて口数が少なくなり、ついには熱でぼうっとした眼でお互いを見守るだけになりました。そろそろおいとましなくては、と私は思いましたが、空の具合はいかがでしょう。私は立ち上がって窓へ近づきました。

さわさわと葉が窓を撫《な》でるような、微かな音がします。

カーテンをそっと開いた私は息を呑みました。窓からは、眼下に広がる神楽岡の町並みと、その向こうに聳える大文字山が見えます。大きなお椀のようになった町の底へ、ひときわ激しくなった雪が満遍なく降り注いでいるのです。私の気のせいかもしれませんが、町は降りしきる雪の中で動きを止めて、ひっそりと静まりかえっているように思われました。皆さん風邪を引いて布団にくるまり、窓を撫でる初雪の音に耳を澄ませているのだ、と私は思いました。

曇った冷たい硝子に額をつけて、私は雪降る町を見つめます。

それにしても、いったい何が起こっているのでしょうか。

風邪の神様、風邪の神様、なにゆえこんなに御活躍？

○

いったんうつらうつらして目覚めると、いっそう身体が重くなったように感じられる。苦労して身体を布団から引きはがし、冷たい廊下をよろよろ伝って共同便所へ行くと、開け放してある廊下の窓から雪が吹き込んで舞っていた。私は寒さに音高く歯を鳴らしながら用を足した。万年床へ戻っても、ぐったりしている。汚い天井へ将来のビジョンを映し出すことも、四畳半の隅へ哲学的な問いを投げかけることもできない。私は布団を頭まで引き上げて丸くなり、自分で自分の身体を抱いた。抱いてくれる者も、抱いてやる者もいないがゆえの、やむにやまれぬ自給自足である。そうして彼女のことを考えた。

身動きもせずに布団内部の闇を凝視しながら、私は根本的な大問題へ挑んだ。彼女と出逢《であ》って半年以上、私が外堀を埋める機能だけに特化し、正しい恋路を踏み外して「永久外堀埋め立て機関」と堕したのはなぜか。その疑問への回答は二つ考えられる。一つは、私が彼女の気持ちをはっきり確かめることもできない、唾棄すべき根性無しであるということ。これは沽券《こけん》に関わるから、ひとまず否定しておこう。ならば答えは残る一つだ——私は、実際のところ、彼女に惚《ほ》れていないのではないか。

世には、大学生にもなれば恋人がいるという悪しき偏見がある。しかしこれは話が逆なのだ。「大学生にもなれば恋人がいる」という偏見に背を押された愚かな学生たちが、無闇に奔走して身分を取り繕い、その結果、誰にも彼にも恋人がいるという怪現象が生じる。そのことが、さらに偏見を助長する。

虚心坦懐に己を見つめてみるがよい。私もまた、その偏見に背を押されていたのではないか。孤高の男を気取りながら、その実、流行に酔い、恋に恋していただけではないのか。恋に恋する乙女は可愛いこともあろう。だがしかし、恋に恋する男たちの、分けへだてない不気味さよ!

いったい私に彼女の何が分かっているというのか。焼け焦げるほど見つめ続けた後頭部のほか、何一つ分かっていないと言って過言ではない。それなのに、なにゆえ惚れたというのか。根拠が不明瞭である。それはすなわち、私の心の空虚へ彼女がたまたま吸い込まれただけのことではないか。

彼女の存在を利用して、己が心の空虚を埋めんとする。その軟弱な魂胆が、そもそも一切の間違いなのである。恥を知らねばならぬ。彼女に土下座して謝るべきである。安易な解決を図ろうとする前に、己のざまを刮目《かつもく》して見よ。そうして壁に向かい、達磨の如く赤らんで、むっつり膨れているべきだ。その逆境を踏み台にしてこそ、「人間的完成」が可能となるはずだ。

やがて思案に疲れ、私は熱でぼんやりする眼で書棚を眺めた。

あの夏の午後、気怠い古本市を彼女を求めてさまよったことを思い出す。額を伝う汗の感触や、絶え間なく降り注ぐ蟬時雨《せみしぐれ》、古木の梢から射す強烈な夏の陽射し……毛氈《もうせん》の敷かれた涼み台へ腰掛けて彼女と一緒にならんで飲んだラムネの味……おや、彼女とラムネは飲まなかったっけ？　これは私の妄想であろうか。喉《のど》を刺す冷たいラムネの味が今でも思い出せるし、私の傍らであの真っ白な絵本を抱えて頰をほころばせる彼女の顔がありありと目に浮かぶというのに。

私は毛氈に腰掛けたまま、考える人となる。南北に広がる馬場が、北からゆっくりと湖へ沈むように翳《かげ》っていく。空を見上げれば、たっぷりと水を含ませたような灰色の雲がにわかに湧き出している。夕立を予感させる切なく甘い匂いが立ちこめてくる。

やがてザアッと来たので、私は手近なテントへ避難した。

テントの屋根を叩く雨音を聞きながら、私は書棚を漁《あさ》り、竹久夢二《たけひさゆめじ》の文集に眼を止めた。手にとってぱらぱらとめくっていると、一編の詩が目に入った。

人をまつ身《み》はつらいもの
またれてあるはなほつらし
されどまたれもまちもせず
ひとりある身はなんとせう。

雨は激しく降りしきる。

今は真夏の昼下がり、それなのにひどく寒いのはなぜであろう。にわかに降りだした夕立のためであろうか。私が一人でいるからであろうか。

「ひとりある身はなんとせう！」

やがて雨が上がって鮮烈な陽が射した。どこまでも続く古本の山の中を、私は彼女の姿を探して駆け出した。古本市が終わるまでに彼女を見つけよう、そして彼女と同じ一冊に手を伸ばして——と私は思う。気ばかりが焦る。ふと、彼女らしき人影を私は見る。その猫のような足取りと、輝く黒髪を見る。けれどもその人影は、無数にならぶ本棚の向こうへ逃げ去り続ける。どこまでも続く本棚が、私と彼女の間に立ちはだかる。この古本市はどこまで続いているのだろう。なぜ私はこんなにも彼女を追い、そして置いてけぼりになるのであろう。自分よ自分よ、なにゆえ不毛に御活躍？

やがて太陽が落ちる。夕闇に沈んだテントの隙間に、ぽつぽつと橙色《だいだいいろ》の電燈が灯《とも》りだす。人影はない。誰もいない夜の古本市の真ん中で、私は呆然と立ち尽くしている。その時、暗い木立の向こう、下鴨《しもがも》神社の参道を燦然《さんぜん》と輝く不思議な三階建の電車が通り過ぎる。まったく音のない暗い森に、その車窓から漏れる明かりがギラギラと照らす。車体に吊《つ》るされて翻《ひるがえ》る万国旗や吹き流しが闇に浮かぶ。

私は見覚えのあるその電車を一人で見送っている。

一人で。

「ひとりある身はなんとせう！」

私は今一度、叫んだ。

○

浅田飴《あさだあめ》は、江戸時代の漢方医、浅田宗伯《そうはく》というお人が考案したものです。浅田宗伯さんは京都の中西深斎《しんさい》先生に傷寒論《しょうかんろん》を学び、明治維新の後は東宮殿下の侍医となった人です。彼から飴の作り方を教わった堀内さんという人が、「良薬にして口に甘し」という可愛い宣伝文句を使って世に広め、現代に至ったというわけです。大正時代に猛威を振るって多くの人の命を奪った「スペイン風邪」と、雄々しく戦ったという武勇伝も忘れてはなりません。史上最もたちの悪い風邪と闘った、小さくて強い甘い飴。良薬にして口に甘し！　とは、まことに文句のつけようがありません。私もかくありたいものです。

――というのは、すべて受け売り。

古本屋峨眉《がび》書房のご主人が倒れ、樋口さんと一緒にお見舞いへ出かけた際に教わったのです。

その日の午前中に、十二月最後の講義が終わりました。

私は中央食堂でお昼御飯をもりもり食べてから時計台前へ行き、樋口さんと待ち合わせました。それからバスに乗って四条河原町《しじょうかわらまち》へ出かけたのです。交通費は樋口さんが羽貫さんからもらった回数券で支払ってくれました。羽貫さんはようやく微熱に落ち着いたとのことで、私はホッとしました。

クリスマスが目と鼻の先に迫った四条河原町は、赤と緑の飾りつけも賑《にぎ》やかで、そこかしこから楽しげなクリスマスメロディーが流れていました。阪急百貨店には、クリスマスの到来を知らせる大きな垂れ幕がかかっています。樋口さんはサンタの恰好《かっこう》をした女性から、ティッシュをたくさんもらっていました。「万一、風邪を引いたときにはこれが役に立つ」と言っています。

「どこもかしこもクリスマスであるなあ！」

「そうですねえ。楽しげですねえ」

「我々には無関係な外国のしきたりだがな。しかし貴君、楽しいことは良いことなり！」

「同感同感！」

私と樋口さんはしばしクリスマスに酔いしれて、店先にならべられたサンタグッズなどをいぢって遊んでいましたが、やがて卒然と当初の目的を思い出しました。

河原町から東へのびる細い路地へ入り、廃校舎の傍らを抜けていくと、河原町の賑わいは遠のきます。高瀬川《たかせがわ》にかかった小さな橋を渡れば、そこは白昼の木屋町《きやまち》。みんなでお酒を飲んで歩いた日のような、不思議な賑やかさはありません。樋口さんは雑居ビルの間の細い路地を抜けて、格子戸のついた木造の家まで案内してくれました。「御免！」と彼が格子戸を開けると、祖母の家のような匂いがしました。樋口さんは返事も待たず、のしのしと上がり込んで行きました。

ご主人は一階の居間で、緑色の古びたソファに深々と身を沈めて、ぼんやりラジオを聞いていました。彼は無遠慮に乗り込んできた樋口さんを見上げて、「人ん家《ち》に勝手に入ってくるなよ、あんた！」と唸ります。「見舞いですよ、見舞い」と樋口さん。

ご主人は茶色のマフラーを首に巻き、つるつるの禿頭《はげあたま》には紅《あか》い毛糸の帽子をかぶり、もぐもぐと動かす口の中にあるのは愛用の浅田飴です。奥様も風邪を引いて二階で眠っているということです。彼は我々に向かいのソファへ座るように言い、ポットから漢方薬入りのお茶を注いで勧めてくれました。

ご主人がラジオを切ると、柱に掛かった時計のコチコチという音が大きく聞こえます。こんな町中ですのに、居間の硝子戸の向こうには小さな小さな庭があり、まるで針金細工のように愛想のない木が生えていました。わずかに残った葉が、灰色の空の下で揺れています。

「寝ていなくて大丈夫なのかい？」と樋口さんが訊《たず》ねました。

「午前中はずっと寝ていたけれども、退屈でかなわんから」

ご主人は咳をして、口中の浅田飴を歯でカチカチ鳴らしました。

「閨房調査団の総会でうつされた。東堂《とうどう》の大馬鹿野郎、風邪なら大人しく寝ていればいいのに、のこのこ顔を出して、参加者全員このざまだよ。千歳屋《ちとせや》も、青年部の学生連中も……」

そうしてご主人は、忌々しそうにビビビと鼻をかむのです。

久しぶりに東堂さんのお名前を耳にして、私は懐かしく思いました。

東堂さんとは、六地蔵《ろくじぞう》にある東堂錦鯉センター経営に辣腕《らつわん》を振るう、人生論を語るに巧みな中年の男性です。五月の終わり、酒精を求めて夜の旅に出た私が、最初に出会ったのが東堂さんでした。彼と出会わなければ、木屋町のあのお店へ行くこともなく、彼にお乳を触られることもなく、その窮地を羽貫さんに救われることもなく、樋口さんのような立派な方たちと出会うこともなく、李白さんや赤川さんといった愉快な方々と出会うこともなく、私の世界は猫のおでこなみに狭いものになっていたに違いありません。東堂さんこそ、私の人生に愉快な新地平を切り開いた天与の一撃であったのです。

「東堂さんもお風邪ですか。それはお見舞いに行かなければ」

「放っておけばいいですよ、あんな野郎」

峨眉書房のご主人はにべもなく言います。「どうせ娘さんが世話してるんだから」

その時、表の格子戸が開く音がして、「ごめんください」と丁寧に言う声が聞こえます。「上がって来い」と峨眉書房ご主人が言うと、やがて京料理千歳屋のご主人が居間へ姿を見せました。着ぶくれてぽんぽこりんに膨れあがっているので、たいへん恰幅良く見えます。風呂敷《ふろしき》包みを抱えていました。

「あんた、寝てないでいいのか」と峨眉書房ご主人が睨みます。

千歳屋のご主人は頭をかきました。「まあ……そうなんですけど、忙しい時期ですからね。買い物ついでに寄りました」

「無理すると年を越せんよ」

千歳屋さんは風呂敷から大きな南瓜《カボチャ》を出し、「これで栄養をとって下さいね」と言いました。風呂敷からは、さらに小さな硝子瓶も出てきました。中には梅干しがたくさん入っています。

「俺は南瓜は喰わないよ。子どもの時分に喰い飽きた」

「そんなこと言わないで。じきに冬至ですからね、南瓜を喰わねばならんですよ」

「そっちの梅干しは？　梅干しも嫌いだな」

「日本人の風上にも置けない人だな。『江戸風俗往来』に、年経たる梅干しは風邪の薬とありますよ。これでお粥でも食べればいいでしょう。奥様の具合は如何です？」

「かみさんは寝てる。あれも熱が高くて」

「それはいけませんね」

それから私たちは漢方薬入りのお茶を飲みながら話をしました。私はその丸い南瓜が可愛いので、膝《ひざ》に載せて撫で撫でしました。そうすると、千歳屋さんは「二つあるから、一つあげよう」と言いました。私は南瓜を抱いて、「これを煮て羽貫さんへ持って行ってあげよう」と思いました。

「あなた、お久しぶりですね」

千歳屋のご主人が樋口さんの顔を見て言いました。「たしか古本市にいらしたでしょう」

「そうだったかなあ」

「一緒に火鍋《ひなべ》喰ったじゃないですか」

樋口さんはふいに思い出したように「うむ。あれは美味《うま》かった」と言いました。

「美味いもんですか。死ぬかと思ったよ」

「そうであったかな。忘れたな」

千歳屋さんは「忘れたって、あんた……」としばし絶句していました。私は李白さんの「火鍋」というものを食べたことがありませんが、よほど恐ろしい味に違いないと思います。私は筋金入りの猫舌ですから、「火鍋」という名を耳にしただけで、舌先がひりひり痛むように思われました。

気を取り直して千歳屋さんは続けます。

「変わった連中が集まったもんでしたね。あの白髪の老人といい、あなたといい、京福電鉄研究会の学生といい……結局最後まで踏ん張ったのはあなたと、もう一人の」

「ああ彼か」

「彼ねえ、北斎を取るって私と約束していたはずなのに、途中で裏切りましてね。まったくもう。よっぽどあのナントカっていう絵本が欲しかったんですな」

「彼には負けたな」

樋口さんは私を向き、「ほら、君の先輩だよ」と言いました。

やがて私たちは梅干しと南瓜と浅田飴を握って帰路につきました。お見舞いに伺ったにもかかわらず、戦利品を持ち帰る欲深な私たちをお許し下さい。峨眉書房のご主人は玄関まで見送りに出てくれて、「気が向いたら店の方にも寄ってくれ」と言いました。

「お休みではないのですか?」

「見込みのある子がいたんでね、ためしに店を任してある。ちっちゃい子だが、素晴らしく頭が切れて、機転がきく。近頃の大学生よりも、よほどしっかりしているよ」

○

疏水沿いにある下宿からさまよい出て、私は北白川の町中を歩いていた。

北白川別当の交差点までやってきて、夕闇に燦然と輝くコンビニエンスストアを見た時、自分が食料の買い出しに来たのだとようやく気づいた。熱のために、酒に酔った時のように、あたりの景色は輪郭をつねに震わせている。コンビニの籠にヨーグルトや飲み物を放り込んでレジへ向かった時、クリスマスケーキ予約をよびかけるポスターが目に入った。しかし私は、もはや苛立《いらだ》ったり、虚空へ怒号したり、韜晦《とうかい》する元気もないのであった。ただ死なない程度に栄養をとり、万年床に横たわることだけを私は求めた。自分の志の低さを、反省する余裕すらなかった。

コンビニを後にして下宿へ戻った私は、インスタントスープをすすり、布団へもぐった。布団の中の暗がりへ向かって咳をして、「咳をしても一人」と呟いてみた。

身体が弱ったまま思案して、私はろくなことを考えなかった。

入学以来決して上がらず、今後上がる見込みもまるでない学業成績。大学院へ進むという逃げ口上を高々と掲げて、先送りしただけの就職活動。機転もきかない、才覚もない、貯金もない、腕力もない、根性もない、カリスマ性もない、愛くるしくて頬ずりしたくなる子豚のように可愛げのある男でもない。これだけ「ないない尽くし」では、到底世を渡ってゆけまいぞ。

私は気が焦るあまり、万年床から這いだして、しばらく四畳半をぱたぱたと手のひらで叩いて廻り、どこかに貴重な才能が転がっていないかと探し廻った。そこでふいに、一回生の頃、「能ある鷹《たか》は爪を隠す」という言葉を信じて、「才能の貯金箱」を押入へ隠したことがあったような気がした。「アレがあったではないか！　おお、そうだ！」と私は嬉しくなった。

押入を開けるとそこは大きく育った茸《きのこ》だらけであった。「いつの間にこんな有様に」と怪訝《けげん》に思いながら、私はヌメヌメする茸を押しのけた。奥から取り出した「才能の貯金箱」は黄金に輝いている。あたかも私の未来を象徴するかのように。私は貯金箱を逆さまにして、狂ったように叩いてみたが、出てきたものは一枚の紙であった。そこには、「できることからコツコツと」と書かれていた。

万年床に倒れ伏し、私は危うく号泣しかけた。

○

冬至の朝を、私は元気に迎えました。

寝床の中でパチンと眼を開いて、窓硝子の向こうを見つめていると、びゅうびゅうと風が吹いているのが分かりました。今日は実家へ帰省するための切符を生協へ買いに行かなくてはなりません。私はひょこんと起きあがり、詭弁踊りを踊って気合いを入れました。

洗濯物を洗濯機へ放り込んでから、テレビを点《つ》けて目玉焼きをじうじう作っていると、京都テレビのニュースは風邪の話題で持ちきりです。私の親しい人たちを軒並みノックアウトしてしまった風邪の神様は、それだけで手をゆるめることはなく、辻斬《つじぎ》りのように街の人たちを襲っているようなのです。ニュースは風邪対策の緊急特集を組んでいます。

私が住んでいる元田中《もとたなか》のマンションのロビーにも「風邪に御注意！」のポスターが貼られているのを見ました。一階に住んでいる大家さんはご家族みんなが風邪で倒れていると聞きました。マンション全体がひっそりとして、いつもならば深夜に賑やかに聞こえてくる麻雀《マージャン》の音ですら、ここ数日はぱったりと聞こえなくなっているのです。加えて、今宵《こよい》はクラブの忘年会のはずでしたが、部員の大半が倒れてしまったので、昨夜電話で「忘年会中止」という連絡が回ってきました。こんなことは前代未聞だそうです。あまりにも寝込む人が多いので、私も皆さんをお見舞いして回ることができません。無念です。

私は朝御飯を食べて免疫力をつけてから、身支度をしました。洗濯物が洗い上がったのでベランダに干しました。どこか生温《なまぬる》い不穏な風が吹いていますが、雨が降りそうでもありません。洗濯物を干し終わって、さあ出かけようとガスの元栓などを調べている時、部屋の片隅にコロンと転がっている緋鯉のぬいぐるみが目に入りました。それは秋の学園祭にて、私が我ながらお見事な射撃の腕を披露して手に入れた逸品です。

「そうだ。これを東堂さんへのお見舞いの品にしよう！」

私は思いついて、ワクワクと嬉しくなりました。

峨眉書房のご主人は「行かなくていい」とつれないことを言っていましたが、東堂錦鯉センターの場所をちゃんと教えてくれたのです。これで今日の予定は決まりました。東堂さんはなにしろ錦鯉を育てている人なのですから、これだけ大きな鯉を見れば、きっと元気もりもりになるに違いないのです。そうなのです。

そして私は緋鯉を大きな風呂敷に包み、胸を張って出かけました。

○

大学に入学して以来、思えば、あらゆることに思案を重ねて、踏み出すべき一歩を遅延させることに汲々としていただけの、無益な歳月ではなかったか。彼女という城の外堀をめぐり、ただ疲弊していくだけの今も、その状況に変わりはない。多数の私が議論を始め、一切の決定的行動を阻止するのだ。

私は万年床から立ち上がり、長い廊下を伝って会議場へ向かった。私が登壇して、「彼女へのお付き合い申し込み」を提案すると、議場は興奮の坩堝《るつぼ》と化した。

「世の風潮に流されるのは、断固反対である」

「孤独を癒したいだけなのではないか、この卑怯者め。歯を食いしばれ」

「自分の未来が見えないものだから、彼女に逃げているだけではないのか」

「慎重に！　まずは彼女の本心を確かめるのだ、なるべく迂遠な方法で！」

「君、女性と付き合うなどという繊細微妙なことができるの？　面白いの？」

「乳の一つや二つ触ってみたいものだなんぞと、猥褻なことで頭がいっぱいなのではないか？」

ついに私は堪えかねて反論した。「たしかに猥褻なことで頭がいっぱいだが、さすがにそれだけではないはずだ。もっと他にも色々あるはずだ！　もっと美しいものが！」

「ならば問う。仮に彼女との初めての逢瀬《おうせ》が実現したとする。一日楽しく過ごすことに万が一成功したとして、その夜に彼女がすり寄ってきたとしたら、貴君は如何《いか》に対処するのか」

「彼女はそんな即席ラーメンみたいな女性ではない」

「あくまで仮定として、彼女がその夜にサア乳を揉《も》めと言ってきたら、貴君はそれを拒めるか」

私は身悶《みもだ》えするほかなかった。

「拒みはしない、拒みはしないよ！　しかし……」

「それ、見たことか。筋金入りの助平野郎め。彼女に謝れ。土下座して謝れ。そして道端に転がるゴム鞠《まり》でも揉んで満足しておれ！」

私は憤怒に膨れるだけで反論できず、「詭弁だ！　詭弁だ！」と叫んだ。

「明快に説明せよ。如何にして彼女に惚れたか。なにゆえ彼女を選ぶのか。貴君が今この時、一歩を踏み出すべきだと主張するならば、万人の納得する理由を論理的に提示せよ」

一斉に罵倒《ばとう》が飛んでくる。卑怯なり、裏切なり、謀反なり、助平なり、阿呆なり、無謀なり……あらゆる罵倒を総身に浴び、壇上にある私は息も絶え絶えであった。

「しかし、諸君！」

私は両手を挙げ、満場の論敵たちに向かって掠《かす》れた声で叫んだ。

「しかし、そこまで徹底して考えろと言うのならば、男女はいったい、如何にして付き合い始めるのであろうか。諸君の求めるが如き、恋愛の純粋な開幕は所詮《しょせん》不可能事ではないのか。あらゆる要素を検討して、自分の意志を徹底的に分析すればするほど、虚空に静止する矢の如く、我々は足を踏み出せなくなるのではないか。性欲なり見栄なり流行なり妄想なり阿呆なり、何と言われても受け容《い》れる。いずれも当たっていよう。だがしかし、あらゆるものを呑み込んで、たとえ行く手に待つのが失恋という奈落であっても、闇雲に跳躍すべき瞬間があるのではないか。今ここで跳ばなければ、未来永劫、薄暗い青春の片隅をくるくる廻り続けるだけではないのか。諸君はそれで本望か。このまま彼女に思いを打ち明けることもなく、ひとりぼっちで明日死んでも悔いはないと言える者がいるか。もしいるならば一歩前へ！」

議場は水を打ったように静まり返った。

私は疲れ果てて壇上から下り、また長い廊下を伝って、万年床にて眼を覚ました。実際に天井へ向かって叫んでいたらしく喉《のど》はがらがらで、熱涙が一筋、目尻《めじり》から垂れていた。少しも寝た気はしなかった。

「とにかく、今はこのザマだからな……どうせ手の打ちようがない……」

私は呟きながら身を起こした。喘ぎながら畳を這い、テレビを点けた。ムッツリとテレビを眺めながら、バナナを食べて、茶を飲んだ。

窓は白々と明るく、いかにも冬の朝といった趣がある。

今日は冬至であるらしい。

◯

私は出町柳《でまちやなぎ》駅から京阪電車に乗り、風呂敷に包んだ緋鯉と一緒に揺られてゆきました。中書島《ちゅうしょじま》駅で宇治線に乗り換えて、六地蔵駅までは三駅です。六地蔵の駅前から、大きな風呂敷包みを背負って伏見桃山《ふしみももやま》の方角へ歩いて行きますと、やがて町中に入りました。

けれども東堂さんのお宅はなかなか見つかりません。「東堂錦鯉センター」は、見渡すかぎりの広々とした貯水池に無数の鯉が舞い踊る、竜宮城みたいなところに違いありません。そんな絢爛《けんらん》たる施設を見落とすはずがないのです。面妖《めんよう》なことです。私は地図を横にしたり逆さにしたりして、閑散とした町中を行ったり来たりしました。やがて、小さく「東堂錦鯉センター」という看板を掲げた民家の前を幾度も通っていることに気づきました。後から東堂さんに訊ねたところでは、貯水池はその裏にあるそうなのです。

民家の隣は町工場のようになっていて、水槽やらパイプやらがたくさん並んでいます。ごうんごうんと機械の唸る音がひっきりなしに聞こえます。作業着を着て白いマスクをつけた男性が水槽を見て回っていましたので、私が「お忙しいところ失礼致します」と声を掛けると、「あいあい」と男性は答えてくれました。

「お訊ね致しますが、こちらに東堂様という方はいらっしゃるでしょうか?」

「社長ですか? 社長は事務所の二階で寝とるけど……」

「お風邪と聞きましたので、お見舞いに伺ったのですが」

男性は大きなくしゃみをすると、「ええいもう」と腹立たしそうに言い、それから私に向かって丁寧にお辞儀をしました。「それはわざわざすいません。どうぞこちらへ、どうぞどうぞ」

事務所の中には大きな達磨ストーブがあります。す。椅子に腰掛けて、ストーブで身体を温めていると、やがて綿入れを着た東堂さんが階段を下りてきました。懐かしい胡瓜《きゅうり》のような顔がさらに窶れていっそう細くなり、熱で眼は潤み、顔の下半分は無精髭《ぶしょうひげ》に覆われています。それでも東堂さんは私の顔を見ると、嬉しそうに笑ってくれました。

「やあ、君かあ。わざわざこんなところまで」

「峨眉書房のご主人に教えて頂きました」

「峨眉書房、怒ってたろう？　俺が風邪うつしたものだから」

「ちょっぴりお怒りでした」

作業着を着た男性が「社長、葛根湯」と薬を渡すと、東堂さんは大人しく飲みました。そして「娘が見舞いに来てくれてたんだけどね、あいつにまでうつしてしまって……情けないよホント」と嘆くのでした。「それっきり誰も見舞いになんか来ない。君が俺のことを憶えてくれてたなんて、ありがたいことだ」

「だって東堂さんは私の恩人ですもの」

「恩人なもんかい、この俺が」

私はお茶を呑みながら、先斗町で東堂さんと出会ったおかげで、色々な経験をしたことを語りました。東堂さんは「そいつは色々あったんだな」と感心して聞いてくれました。私がお見舞いの緋鯉のぬいぐるみを渡すと、東堂さんは大きな緋鯉を抱えてほろほろ泣きました。「懐かしいねえ。今思えば、あんなに楽しい夜はなかったなあ」と言い、あの夜の想い出を語るのでした。

「君と喋る方が、葛根湯より身体にいい。こんなに良い気分になったのは久しぶりだよ」

「さぞ苦しかったでしょう」

「熱は下がらんし、咳はひどいし……妙な夢ばっかり見て、寝た気がしないしね」

「どんな夢を？」

「まったくひどい夢でね。今年の春に竜巻にやられた話をしたろう、あれの夢を何遍も何遍も見る。夕陽が射していてね、俺が空を見上げながら、一匹一匹の鯉の名前を叫ぶんだ。それなのに、鯉たちは竜巻に吸い上げられてしまう……そんな夢を繰り返し見たら、これは参ってしまうよ」

「ご苦労されましたねえ」

「それにしても、みんなに風邪をうつして、また俺は迷惑をかけてしまった……」

東堂さんは淋しく呟いて、ストーブへ手をかざしています。その哀れな姿を見守っているうち、私の脳裏に、風邪の神様が人々の間を踊り歩いていく光景が鮮やかに浮かびました。

東堂さんから旅立った風邪の神様は奈緒子《なおこ》さん御夫妻へ、御夫妻から赤川社長へ、赤川社長から内田さんと羽貫さんへ——。またその一方、東堂さんから閨房調査団の人たちへ、峨眉書房ご主人へ、京料理千歳屋のご主人へ、閨房調査団青年部の皆さんへ、そして学園祭事務局長へ——。学園祭事務局長はパンツ総番長と紀子さんへと風邪をうつし、お見舞いに来た京福電鉄研究会、映画サークル「みそぎ」、詭弁論部等、幾多の関係者にうつします。彼ら数十人に上る関係者たちが、さらにそれぞれの知人へ風邪をうつし、大学全体へと蔓延《まんえん》するのに時間はかからないでしょう。数千人の学生たちが抱える風邪は、彼らの出入りするアルバイト先や遊び場でさらに広がり、やがては京都の街全体が——。

私はそこでふと思いついて、「東堂さんはなぜお風邪を引かれたのですか？」と訊ねました。

東堂さんは苦笑しました。

「じつはねえ、また例の癖が出てね。李白さんが凄い……その……春画を手に入れたというもんだからね、見せてもらいにいった。その時、李白さんが咳をしていた。きっと、あれをうつされたんだろう」

李白さん！

私たちの間に張り巡らされた御縁の糸、それを縦横に走り抜ける風邪の神様。その不思議な情景の真ん中にぽつんと座っていたのは李白さんであったのです。

私は荘厳な思いに打たれ、東堂さんの前で溜息《ためいき》をつきました。

けれども、こんなに皆さん仲良く揃って風邪を引いているのに、なぜ私だけがひとりぼっち？　なんだか、誰もが寝静まる真夜中に、一人寝床で眼を覚ました子どものような心持ちです。

思わず私は、「ひとりある身はなんとせう」と呟きました。

「大丈夫かい？」

東堂さんは心配そうに言いました。

○

私は万年床にて寝たり起きたりを繰り返し、一年で一番短い、冬至の日中を過ごした。

鼻声の後輩から、その夜に予定されていたクラブの忘年会が中止になったという知らせを受けた。「なぜ俺を見舞いに来ない」と私が怒ると、「それどころじゃありませんよ」と後輩は私の事をないがしろにして、如何に街が風邪でひっそり閑としているか述べ立てる。「テレビ観て下さいよ」

私は万年床に座って布団を肩にかけ、京都テレビを眺めた。

街に猛威を振るっていたクリスマスムードに取って代わって、風邪の神が主役の座を占めている。総力を挙げた風邪特集が続き、もはや私には役に立たない風邪予防対策の数々が流れている。クリスマスイブを目前にして賑わうはずの街を、風邪の神が蹂躙《じゅうりん》中だという。思わず私は快哉《かいさい》を叫んだ。どうせ私も一人淋しく風邪の苦しみに耐え、クリスマスイブに備えることはできない身の上だ。街へ浮かれ出ようとする不埒《ふらち》な輩《やから》は、一人残らず風邪の神によって自宅へ蹴《け》り込まれるがよい。

「それにしても凄いなあ。まるでスペイン風邪のようだな」

街のあまりの寂れぶりに、さすがの私も呆《あき》れた。

テレビの中では、仰々しいマスクをつけたレポーターが「御覧下さい、この人通りの少なさを！」と叫び、四条河原町の交差点に立っている。ほとんど人通りがなく、車も僅《わず》かである。通り過ぎる市バスはがらんどうの箱である。街はクリスマスに備えて煌びやかに飾りつけられている分、人気のない侘びしさがいっそう際立って、不気味ですらある。まるで幽霊街のようだ。

レポーターは世界戦争後の生き残りを捜すように街をさまよい、通行人を見つけては話しかけている。そのうち、河原町通をずんずん歩く黒髪の乙女をカメラが捉えた。私は思わず万年床から這い出し、文字通り、テレビに齧《かじ》りついた。

「マスクもされずにたいへんお元気そうですが、風邪予防の秘訣は？」とレポーター。

「とくにありません……強いて言えば、私は風邪の神様に嫌われているのです」

「なぜそんなに哀しそうに仰るのですか？」

「一人だけ仲間はずれですから……」

我が意中の黒髪の乙女は、カメラに向かって、なんだか淋しそうに語った。

○

私は京阪電車に乗って引き返しました。乗客は僅かです。

私は電車に揺られながら考えました。

先輩の姿をここしばらく見ておりません。先輩の身に何かあったのではないかと私は思い始めました。私たちは数日に一度は、奇遇で出逢う仲なのです。こんなに長い間会わないのは珍しいことです。私は心配になりました。先輩はひょっとして風邪で高熱を出し、ひとり寝込んでいるのでは？　それは一大事です。パンツ総番長や学園祭事務局長、樋口さんや千歳屋さんが教えてくれたように、先輩は私の知らないところで縦横無尽の活躍をしている人ですから、風邪で下宿へ閉じこめられるのはさぞかし苦痛であるに違いありません。先輩は、とても親切な、愛に満ち溢れた人です。だからこそ、私のために、絵本を求めて戦ったり、演劇の相手役をつとめてくれたり、色々と便宜を尽くしてくれるのです。ちゃんと恩返しをしなくてはならぬ！　と私は心に決めました。

峨眉書房へ立ち寄ろうと思った私は京阪四条駅で降りました。階段を上って四条大橋の東詰へ出ると、街は異様に静かでした。普段なら大勢の人が往来する四条大橋には、まばらにしか人影がありません。キラキラとしていた陽射しが弱まっています。橋の欄干から北を眺めると、鴨川の果て、北の空に不穏な黒雲が湧いているのが見えました。頰を撫でるのは、生温くて不気味な迷い風。

河原町通に出ても、がらんどうの街に風が吹き抜けるだけ。軒を連ねている店はクリスマスの飾りつけを施されて燦然と輝いているのに、訪れるお客がほとんどいないのです。よろよろと歩き過ぎる人影は、みな大きなマスクをしています。

四条河原町の角で京都テレビの街頭インタビューが行われており、私も声をかけられました。レポーターの方も風邪気味の御様子でしたので、別れ際に私が「お大事に」と言うと、彼女も「あなたも、お大事に」と言ってくれました。それから我々は、言葉もなく街を見回しました。我々はまるで世界が終わった後の四条河原町に立っているようでした。

店舗から流れ出すクリスマスメロディーは、時折吹き渡る強い風の音に掻《か》き消されます。風はビルの谷間を抜け、まるでその奥に潜む巨大な獣が吠《ほ》えるような音がしました。いったいこの風はどこから吹いてくるのでしょう。私とクリスマスをもみくちゃにする風の中を歩き、私はようやく峨眉書房に着きました。

表の硝子扉を押し開けて中に入ると、まるで積まれた本が音を吸い込んでしまうように、古書店の中はひっそりとしていました。暖房がぬくぬくと効いていて、私はホッと安心しました。入ってすぐのところに、箱入りの美しい全集本が積み上げられ、まるで塔のように聳えていきます。

一番奥の精算台に陣取っているのは、小さな美しい男の子でした。彼は精算台へ顎を載せるようにして、怒ったようにぷうと頬を膨らませています。そうして台の上に開いた大きな古い本を睨んでいました。

「こんにちは」と私は声を掛けました。

男の子はふんと鼻を鳴らして顔を上げましたが、私を見て顔を明るくしました。「おや、ラ・タ・タ・タムのお姉ちゃんじゃないか。久しぶりだなあ！」

「古本市以来ですね。まさかここで会うとは思いませんでした」

「この古本屋さんに弟子入りしたのさ。冬休みになったら、毎日来る約束してるんだ」

「ご主人が見込みのある子だと仰ってました」

「そりゃそうだよ。だって僕は天才だもの」

「それは何を読んでいるのですか？」

「これはねえ。『傷寒論』っていう中国の医学書さ」

男の子は傷寒論を片づけて、ポットからお茶を注いで出してくれました。私はお礼に浅田飴を一つあげました。彼は浅田飴を美味しそうに舐めながら、「でも僕は風邪っぴきじゃないからな。風邪じゃないときの風邪の薬は、身体に毒だよ。あんまり舐めすぎると鼻血が噴出するよ」と呟きました。「今、凄い風邪が流行ってるぜ。お姉ちゃんは大丈夫かい」

「私は風邪の神様に嫌われているのです」

「みんな寝床から離れられなくなる。風邪の神様が大人しくなるまで、街はもう動かないよ。なんだか楽しくない？　風邪に負けないのはお姉ちゃんと、僕ぐらいさ」

彼は傷寒論を撫でて得意気な顔をします。「いざとなったら、僕は『風邪薬呑んで治らぬ風邪の薬』を舐めるよ」

「それは何ですか？」

「風邪薬を呑んでも治らない風邪を、たちどころに治す薬」

男の子は傍らから小さな瓶を取り出しました。そこには澄んだ褐色の液体が封じられ、達磨形に膨らんだ瓶の胴には、「潤肺露」と古風な活字のラベルが貼られています。「これは大正時代に売っていた風邪薬さ。もう今はないんだけどね、僕の父さんは漢方薬に詳しかったから、自分で工夫して作ったんだ。僕も自分で作ることができる」

「そんなに効くんですか？」

「まるで魔法の如しさ。お姉ちゃんが欲しければ、特別に一瓶分けてあげてもいい」

そこで私は思いついたのです——もし先輩が風邪に苦しんでいるのなら、私はこの風邪薬を届けてあげて、諸々の御恩返しをしなくては、と。

私は男の子から貰ったお薬を大切にしまいました。

私がふたたび重い硝子扉を押し開けて河原町へ出る時、男の子は見送りに立ってくれました。淋しい街路をまた風が吹き、紙くずが滑って行きます。雲の切れ目から僅かに射す光を浴びて、何かキラキラと輝く吹き流しのようなものが舞い上がり、河原町のビルの谷間を飛んで行きました。私と男の子は古書店の軒先に立って、しばらくそれを見上げていました。

「お姉ちゃんは、きっと風邪を引かないと僕は思うよ。それは神様の計らいさ」

男の子は言いました。「その風邪薬は大事な人たちのために使うといい」

「ありがとうございます」

「またの御来店をお待ちしておりますぜ」

私はいったん自宅へ戻るために、市バスに乗りました。大きなマスクをつけた運転手さんのほかは、乗客は一人もおりません。私は閑散とした街を抜けて行きました。

ふだんは若者がうごうごしているはずの出町柳駅前もひっそりとしており、そこから自分のマンションまで歩いて行く間も、町はひっそりと死に絶えたように静まって、電信柱のてっぺんを吹きすぎる風の音だけがびょうびょうと聞こえます。あまりにも静かで恐くなるほどでした。

マンションまで帰って来た時、大きなマフラーを巻いた羽貫さんが、ちょうど中から出てくるところに出くわしました。彼女は大きな買い物袋を下げています。

「ああ！　そんなところにいた！」

彼女は明るい顔をしました。「買い物のついでに、誘いに寄ったのよ」

声は掠れていますが、お元気な様子だったので、私は安心しました。羽貫さんの髪を、風が滅茶苦茶にしています。彼女は私の傍らに立つと、憤然とした顔であたりを見回しました。

「ねえ、なんでこんなにひっそりとしてるの？」

「もの凄い風邪が流行っているらしいのです」

「私が寝込んでるうちに世界が滅びたかと思ったわよ」

「でも羽貫さん、何か御用ですか？」

私が訊ねると、彼女は「驚かないでね」と囁《ささや》いて、美しい眉をひそめました。

「樋口君が風邪引いたのよ」

○

一人淋しく病の苦しみに耐え、私は万年床の中で輾転反側《てんてんはんそく》した。弱気な不安に襲われるたびに、私は「できることからコツコツと……」と呟いた。あまりに幾度も呟いたので、やがてはその言葉が頭に響き続けて離れなくなった。

できることからコツコツと。

コツコツと。

コツコツ。コツコツ。

気がつくと、私は石畳を踏み鳴らし、夜の先斗町を歩いていた。石畳を挟んで、まるで闇に浮かぶ幻のように、料理屋やバーの明かりが続いている。自分がどこを目指しているのか分からない。賑やかに行き交う酔客たちの間をすり抜けて、私はただコツコツと歩いていた。その時、私の目の前に林檎が落ちてきた。「なにゆえこんなところに林檎が！」と思ったら、それは達磨であった。

私はやがてふらりと一軒のバーへ迷い込んだ。ふだんの私ならばそんなことはできない。けれどもそれは夢の中であったから、何の抵抗もなかった。私が一人で腰掛けて偽電気ブランを飲んでいると、長細い廊下のような店の奥で、歓声が上がった。

やがて浴衣姿の怪しい男が、天井あたりをふわふわと漂って、カウンターの上までやって来た。太い葉巻をくわえて、もうもうと煙を吹いている。いくら夢の中とはいえ、そんな奇怪なことをする人間は私の知るかぎり一人しかいない。「やあ、樋口さん」と私は見上げて言った。

樋口氏は天井の隅でくるりと回転してあぐらをかくような恰好をし、「おや貴君か。奇遇だな」と言った。「学園祭以来ではないか。貴君も風邪を引いたクチだろう」

そして樋口氏は私のとなりの椅子へ静かに着地した。「恥ずかしいことだ。私もついに風邪を引いてしまったよ」と悔しそうに言った。

「それにしては元気そうじゃないか」

「それはそれ、これはこれだ」

「わけがわからん」

私はそう言ってから訊ねた。「あんた、どうやって飛んだの。俺は飛べない」

「コツを摑《つか》まねば無理だ。私の弟子になるかね」

「あんたの弟子はイヤだなあ。何かひどくイヤだなあ」

樋口氏は言った。「まあそう言いたもうな。羽貫たちが見舞いに来るまでは、一人で寝ているしかなくて、特にすることもないのだ。それに、貴君もここで『樋口式飛行術』を身につけておけば、いざという時に役に立つ」

「いざという時って、どんな時だよ」

「まあまあ。いいからいいから」

樋口氏は天狗《てんぐ》の如くケラケラ笑い、私をバーから連れ出した。

○

樋口さんは下鴨泉川町《しもがもいずみがわちょう》にある木造アパートに住んでいました。

その「下鴨幽水荘」はまことに古色蒼然《そうぜん》、傾いだ屋根に設置された室外機は今にも転げ落ちそうです。窓から宙へ突きだした物干し竿には衣類がぶらさがって旗のように翻り、ならんだ窓硝子が風でガタガタ鳴っていました。お相撲さんが突撃すれば全館が崩れ落ちることでしょう。

私と羽貫さんがお見舞いに訪ねたのは午後三時頃でしたが、一天俄《にわか》にかき曇ったために、あたりは夕暮れのように暗くなっていました。びょうびょうと吹き渡る強い風で、西に迫った糺《ただす》ノ森が不気味にざわめいています。その風は、暗い森の奥から吹いてくるようにも思われました。

二階へ上がる時、強い風が地震のように幽水荘を揺さぶり、私と羽貫さんは思わず手をつなぎました。薄暗くて埃《ほこり》っぽい廊下を歩いていくと、その一番奥にある樋口さんのお部屋の前は足の踏み場もないほどガラクタが積まれていました。「きったないなー」と羽貫さんがガラクタを押しのけました。

私と羽貫さんが部屋へ入ってみると、樋口さんは布団にくるまって、唇をへの字に曲げていました。「妙な夢を見ていた」と天井に向かって呟いた後、彼は「私が風邪を引くとは！」と悔しそうに叫びました。

私は千歳屋のご主人からもらった南瓜を樋口さんの枕元へ置いてから、流し台にある電熱器で玉子酒を作ることにしました。羽貫さんは彼の額に熱冷まし用シートを貼りながら、「けっきょく樋口君だって風邪引いてるじゃないの」と、いつかの仕返しをするのでした。

やがて寝床で身を起こした樋口さんに、私は玉子酒を手渡しました。

「なぜお風邪を召したのですか。樋口さんともあろう方が」

「李白さんのお見舞いに行こうとしたのだ」

樋口さんはふうふうと玉子酒を冷ましながら言いました。

「だが、李白さんの住まいへ近づくほど、風邪の神は容赦なく襲いかかる。目的を果たせないうちに敢《あ》えなく敗北した。これは生半可な風邪ではない。いま、あたりに蔓延している風邪は、李白風邪だ」

「李白さんはどちらにいらっしゃるのですか？」

「糺ノ森の奥だ。そこから風邪がどんどん出てくる」

「元を絶たなきゃダメっていうことね」

「しかし李白さんに効く薬はないし、あっても誰が届けるかということが問題だ」

そこで私は峨眉書房の男の子から貰った小瓶を取り出しました。樋口さんはふいに顔を輝かせてそれを受け取り、琥珀《こはく》色の瓶を電灯を透かして唸りました。「ああ！」と感嘆の声を上げました。

「これこそ空前絶後の妙薬『ジュンパイロ』！　私が手元に揃えたいと熱望していた究極の品として、超高性能亀の子束子《だわし》と双璧をなす。その昔、李白さんはこの薬を飲むことで、スペイン風邪を生き延びたのだ。……貴君、これを何処で？」

「古本屋の男の子に貰ったのです」

「上出来上出来」

樋口さんは蓋《ふた》を開け、割り箸《ばし》を突っ込んでひと巻き取ると、また蓋を締めて私に託しました。そうして彼はジュンパイロをもむもむと舐めて、嬉しそうな顔をしました。「美味い。じつに美味い」

「これで李白さんは治るでしょうか？」

その時、まるで大きな獣のような黒い突風が、幽水荘へぶつかってきました。窓硝子が今にも砕けそうな音を立てます。我々は思わず身をすくめました。

羽貫さんが立ち上がってカーテンを開き、声を上げました。

窓から覗《のぞ》いてみると、建て込んだ家々の屋根の向こうに、黒々とした巨大な棒が天を衝いて立っています。そして、ちょうど御蔭通《みかげどおり》のあたりをゆっくりと賀茂川の方角へ動いているのでした。輪郭がもやもやとしてよく分かりませんが、看板や枯れ葉や貼り紙や空き缶などが空へ吹き上げられています。何かが砕ける大きな音が響いて来ました。

「あれ、竜巻じゃないの」

羽貫さんが呟きました。「生まれて初めて見たわよ。得したわ！」

「あれは李白さんの咳だ。黴菌《ばいきん》に充ちている。末期的であるな」

樋口さんはジュンパイロを舐めながら、私を見ました。

「李白さんは風邪で死にかけている。彼の身体に巣くった風邪の神は次々と手下を生み出し、李白風邪を町に蔓延させる。李白さんを救いに出かけた人間は続々と風邪に倒れる。このまま手をこまねいていては、京都は風邪で滅びるであろう。貴君、このジュンパイロを李白さんに届けてくれたまえ」

私はジュンパイロを握って立ち上がりました。

「合点承知でございます」

無闇に強い李白風邪に対峙《たいじ》するためには、怠りなく支度をしなくてはなりません。

○

私は近所の銭湯へ出かけました。風にはためく暖簾《のれん》の傍らには、「本日、柚湯《ゆずゆ》」と書かれた貼り紙がありました。銭湯にも人影がありません。大きな湯船には、ネットに包んだ丸い柚がぷかぷか浮かんでいます。すっぱい匂いの立ちこめる大きな湯船に浸かって、身体はぬくぬくです。そうして私は、神様が自分に与えたもうた任務に思いを馳《は》せ、「よしッ」と天井に向かって呟きました。

下鴨幽水荘へ戻ると、羽貫さんは私を心配して、あれこれリュックに詰めてくれていました。万が一に備えて、風邪に効くものは何でも持って行けと言うのです。蜂蜜生姜湯、玉子とお酒、コカ・コーラと生姜、千歳屋のご主人からもらった梅干し、南瓜の煮物、大きな柚が一つ、林檎、葛根湯、そして何よりも大切なジュンパイロの小瓶は布に包んでお腹に巻きます。その時の私は、いわば歩く風邪薬でした。

羽貫さんと樋口さんに見送られて、私は下鴨神社の参道へ向かいました。

空には暗雲が垂れ込め、まるで台風の日のような暗くて生温い風が吹き渡っています。先ほど竜巻が通ったらしい御蔭通はゴミや自転車が散乱して大変な有様でした。

御蔭通に面した下鴨神社の入り口に私は立ち、がらんとして糺ノ森の奥へと続く参道を見ました。「魔風」というべきでしょうか、不気味な風はその薄闇の奥から吹いてきます。吹き上げられた砂埃が私の顔をざらざらにしました。鬱蒼《うっそう》とした古木が大きく揺れて、恐ろしいような音が森中に響いています。私はその風に誘われるように、誰もいない長い参道へ足を踏み入れて、北へ向かいます。

長い参道を歩くうち、私は李白さんと初めて出会った、あの先斗町の夜のことを思い起こしていました。あの二人で楽しく偽電気ブランを飲んだ夜のこと。あの時のお腹の底から幸せになる感じ。李白さんはたいへん恐ろしい高利貸しという噂でしたが、私にはまるで祖父のように優しい方でした。

参道の左手には、夏に古本市が開かれた馬場が南北に延びています。そちらで恐ろしい音を立てて巨大なものが動いていきます。私は参道の右へ逃げて、傍らの木にしがみつきました。眼を開けていられないほど砂埃と落ち葉が舞い、しがみついている大きな木が暴風でゆさゆさと揺れています。木立の向こうを、馬場の泥を木々の梢へ吸い上げながら、竜巻がぐんぐん南へ進んでいくのです。風音に混じって木の幹が砕ける音がいっぱい響き、まるで糺ノ森が悲鳴を上げているようです。

木にしがみついて竜巻をやり過ごした後、私は泥だらけになった顔を拭い、薄く眼を開いて参道の奥を見据えました。ゴウッとまた風が吹いて、千切れた万国旗や、七色の吹き流しが、私の傍らを飛んで行きます。それは李白さんが住む三階建電車の飾りであったはずです。そう気づいてあたりを見回せば、参道や、木々の枝に、そういった飾りが幾つも引っかかっておりました。

さらに参道を進んでいくと、馬場の北の果てで、橙色の光が明滅するのが見えました。暗い森の一角が、魔法のように輝いては、ふたたび暗くなります。やがて私は、木立の向こうに停車している李白さんの三階建電車を見つけました。遠目に見ても、あれほど賑やかだった飾りが千切れ飛んで見る影もないことが分かります。屋上にある竹林も荒れ果て、車窓はことごとく割れています。

そして、まるで廃墟のようなその電車が、まるで息をするかのように明るくなったり暗くなったりしているのでした。恐いほど眩《まぶ》しく輝いたかと思うと、ひどい暴風が車中から吹き出し、そうして力を失ったように暗くなります。それは病の床にある李白さんの、苦しい息づかいのように思われました。

「ああ、李白さん！　今、お見舞いに参りますよ！」

私はリュックを背負い直し、真っ向から吹く風に向かっていきました。

○

私は優雅に先斗町の上空を飛翔していた。

学生天狗樋口氏の教えは、これ以上ないぐらい曖昧《あいまい》であった。彼は知り合いの古本屋の家へ上がり込み、勝手に物干し台まで出ると、空を指しながら私に言った。

「地に足をつけずに生きることだ。それなら飛べる」

まったく馬鹿にしていると思いながら、「ある日実家の裏山を掘っていたら石油が出て大儲《おおもう》け、億万長者となって大学中退、以後死ぬまで楽しく暮らす」と地に足をつけない将来のビジョンを思い描いてみたところ、身体はみるみる軽くなり、ふわりと物干し台から浮かび上がっていた。樋口氏は物干し台でしばらく手を振っていたが、やがて姿を消した。

木屋町と先斗町の間に建て込んだ家々の屋根から屋根へ、私は軽々と跳ねた。網のように家並みを覆う電線に気をつければ、私はどこへでも行くことができる。ひときわ高い雑居ビルの屋上を蹴って高く跳ね上がると、ゆっくり身体をひねって、私は眼下の夜景を眺めた。夜の街の灯はキラキラとして、まるで宝石のように見える。四条烏丸《しじょうからすま》のオフィス街の明かり、遠くにぽつんと蠟燭《ろうそく》のように光る京都タワーの光、祇園《ぎおん》の紅い光、そして三条木屋町《さんじょうきやまち》から南へ網の目のように広がる歓楽街の明かり。

やがて私は雑居ビルの屋上に下り立ち、その縁に腰掛けてブラブラ足を揺らした。空には大きな月が浮かんでいた。眼下には、南北に延びた先斗町が光っている。

そうやってぼんやりしながら「彼女は今頃どこで何をしているだろう」と考えていると、目の前の先斗町を不思議な乗り物が燦然と輝きながら、しずしずと進んでいくのが見えた。それは電車の如きもので、屋上には小さな竹林と池がある。李白氏の三階建電車であった。

あの奇怪な先斗町の夜のことを思い出した。

長く空しい夜の旅路の果て、私はあの電車の屋上にある古池の傍らで、彼女が東堂と語り合うのを聞いていた。東堂は竜巻で鯉を吹き飛ばされたという法螺話《ほらばなし》で、彼女を籠絡《ろうらく》しようとしていたものだ。私はそんな卑劣な男から純真な彼女を救い出すべく藪《やぶ》から立ち上がったわけだが、天空より飛来する何かに脳天を直撃されて敢えなく倒れた。思い出すだに情けない。

そこで私は、「あの屋上で待っていれば、やがて李白さんと飲み比べをするために、彼女が姿を現すはずだ」と気づいた。屋上からひらりと夜空へ身を投げ、三階建電車の屋上へ飛び移ろうとした。

宙を舞っている間に、ふいに我が胸に去来したのは、「もし本当に彼女が姿を現したらどうしよう」ということであった。脳の中央議会は、すでに我が演説で黙らせた。眼をつむって、栄光の未来へ跳躍するしかない。眼下にある三階建電車は迫ってきて、明るい橙色の光に満ちた車室の中が見える。燦然と輝くシャンデリアが列車の進行に合わせて揺れている。ゆったりと椅子に腰掛けた李白氏の後ろ姿が見える。「だがしかし」と、私は着地点の狙いをつけながら考えた。もし彼女があの愛らしい顔を歪《ゆが》め、「ウワッ何を仰ってるの、この下司野郎」というような顔をしたらどうしよう。その屈辱に私の誇りは耐えられるのか。その時、私は一切の希望を失って裸一貫となるだろう。

リアルな悩みが押し寄せた。もう飛べない。

現実の重みに耐えかねて墜落した先は、屋上の古池である。古池や、俺が飛び込む水の音。溺れる私の視界の隅で、紅白の鮮やかな錦鯉《にしきごい》が身を翻した。

◯

暴風が荒らし回った一階の書斎はめちゃくちゃで、あの絢爛たる雰囲気はありません。書類棚や倒れた机の間に、破れた浮世絵や和書が散らばっています。螺旋《らせん》階段の上から吹き下ろす凄《すさ》まじい風が、それらをもみくちゃにします。私は這うようにして螺旋階段を伝い、二階の宴会場へ行きました。

宴会場の奥に、李白さんが布団を敷いて寝ていました。布団を取り巻くようにして、紐《ひも》でつながれたブリキ製の角燈が並んでいます。李白さんが身を丸めて唸るたびに、それらの角燈がいちどきに明るく輝くのです。それが、私の見た明滅する光の正体でした。

角燈の光に照らし出された宴会場は荒れ果てていました。大きな柱時計が落ちて、その下敷きになった蓄音機は潰《つぶ》れています。青磁の壺《つぼ》や狸の置物はバラバラに打ち砕かれて、入り乱れて床に散らばっています。窓はすべて外れてしまい、板張の壁を飾っていた様々な仮面や錦絵はことごとく吹き飛んでいます。無惨に破れた油絵が螺旋階段の降り口にひっかかっていました。それらの残骸《ざんがい》の真ん中で、一人で寝込んでいる李白さん——私はあまりの哀れさに泣きだしそうになって、布団へ駆け寄り、お布団の上から抱くようにしました。「李白さん！　李白さん！」と叫びました。

李白さんは布団の中でギュッと眼をつむっていましたが、私の声を聞くと眼を開けました。

私が恐くなるほどその顔色は蒼白《あおじろ》く、唇はわなわなと震えています。眼が爛々と輝いていました。

「君か」と李白さんは、やっと呻きました。「儂《わし》はもう、死んじゃうよ」

「大丈夫ですよ。ご安心下さい」

私は李白さんの乱れた白髪を直して、焼けるように熱いおでこへ手を当てました。

その途端、角燈がひときわ明るく輝きました。そして李白さんは身悶えしたかと思うと、大きな咳をしたのです。彼のおでこへ手を当てていた私は、巻き起こった暴風に跳ね飛ばされて、螺旋階段のところまで退かねばなりませんでした。暴風がやむと、角燈の明かりは消え、李白さんの周りは暗くなります。螺旋階段の手すりに摑まって私が息をこらしていると、やがて角燈がふたたび輝きだしました。「李白さん。お薬を持ってきました」と私は言いました。

「もういいよ。放っておいておくれ」

李白さんは悲痛な声で言います。「君まで風邪を引いてしまう」

「いいえ、私は大丈夫です」

幾度か吹き飛ばされる羽目になりましたが、私は宴会場の隅と李白さんの間を行ったり来たりして、李白さんの手当をしました。私が割り箸でくるくると巻いたジュンパイロを掲げて行くと、李白さんは懐かしそうに眼を細め、角燈の明かりで琥珀のように輝くその薬を舐めました。「これだ! これだ!」と李白さんは嬉しそうに呟くのでした。私は熱冷まし用のシートをリュックから取りだし、李白さんの熱いおでこに貼りました。李白さんが咳をする合間を縫って林檎をすりおろし、食べて貰いました。

糺ノ森のざわめきと、李白さんの息づかいだけが聞こえる、苦しくて長い時間が過ぎました。

○

李白さんの古池に溺れていた私が水面に顔を出すと、ふいにところ変わって、そこは生臭い貯水池であった。強烈な夕陽がぎらぎらと射して眩しい。先ほどまで夜の先斗町にいた私は顔をしかめた。夢とはいえ、場面がめまぐるしく変転する。轟々と凄まじい音がして、あたりを暴風が吹き荒れているのはなぜであろう。私の浸かった池の水も激しく揺れ、哀れな錦鯉たちがあぷあぷしている。

私は貯水池の岸に顎をついて噎《む》せ、舌にからまる水草を吐いた。

その時、フェンスの傍らで若者に腕を摑まれている中年男が目に入った。やがて彼は、必死で制止する作業員を振り切り、悲痛な顔をしてこちらへ駆けてきた。

それは錦鯉センターの主、東堂であった。

彼は夕陽を全身に浴び、暴風に少ない髪をめちゃくちゃにされながら、天に訴えるように両腕を広げた。「やめろーッ」と叫んだ。「優子《ゆうこ》を返せ」「次郎吉《じろきち》を返せ」と、たくさんの名前を呼び続ける。

私は東堂の狂乱ぶりを貯水池に浸かりながら見物した。

ついに彼は泣きだして、そのまま反対へ走り出そうとしたが、ふと貯水池に浸かっている私に気がついたらしい。彼は顎が外れそうなほど愕然《がくぜん》とした顔を見せた。そして自分は逃げ去りながら、私に向かって大きく手を振り、目を剝《む》いて空を見上げながら、「逃げろッ逃げろッ」と叫んだ。

私が振り返ると、目前には天を衝く竜巻が黒々と聳えていた。貯水池の水と、キラキラと鱗《うろこ》を輝かせる鯉たちが空へと吸い上げられていた。

「逃げる間もなし！」

私は潔く覚悟を決め、眼を閉じて精神統一した。

やがて私は鯉たちの後を追い、雄々しく大空へ飛び立った。

○

いつしか李白さんの激しい咳もおさまってきたようです。

風にもみくちゃにされていた私はさすがに疲れており、うつらうつらしました。

どれぐらい眠ったのでしょうか、ふと気づくと、私の肩に柔らかい毛布が掛かっていました。

床に落ちている大きな柱時計はコチコチと時を刻み、五時を指しています。顔を上げると、李白さんがぐしゃぐしゃに壊れた棚から偽電気ブランの割れていない瓶を探し出しているところでした。目覚めた私を見ると、彼は「ありがたいことだ。君が来なければ助からなかったろう」と言いました。そうして、欠けた青磁の皿の上で油絵の額縁を燃やし、鍋に入れた偽電気ブランを温めてくれました。

「さあ、これを飲んで、温かくしておきなさい」

布団にもぐった李白さんの傍らで、私は毛布にくるまって、柚の果汁を垂らした偽電気ブランを飲みました。お腹の底がふわふわと温かくなり、元気が戻ってきました。少しずつ周りの景色が色鮮やかに見えだしました。李白さんは布団から顔を出して、私を見つめています。

「風邪を引くと弱気になって困る」

「こんなに熱があるのですから」

「淋しい冬の夜、ひとりぼっちで寝ているのは心細いものだ。なにしろ儂には誰もいないのだよ……。儂はひとりぼっちだ。熱で眠れない夜に目を覚ますと、まるで小さな子どもになったようだ。遠いあの日のことを思い出す。寝床の中で一人目を覚まして、母上を呼んでな。けれども、もう今は誰もいないのだ……」

「私がおりますよ」

そう囁いた私は、ふいに先輩のことを思い出したのです。先輩も一人で布団に寝ているのでしょうか。ひとりぼっちで、この一年で一番長い夜を過ごしているのでしょうか。

「風邪を引いた夜は長い」

「今日は冬至ですよ。一年で一番、長い夜です」

「しかしな、たとえどんなに長い夜でも、きっと夜明けは来るであろう」

「そうですとも」

李白さんが私を見て、莞爾《かんじ》と笑いました。

何か口をもぐもぐさせるので、私は彼の口元へ耳を寄せました。

「夜は短し、歩けよ乙女」

李白さんは言いました。

私が彼の顔を見て笑った途端、布団の周りにならんでいた角燈が一斉にギラギラと輝きました。李白さんがふいに大きく息を吸い込み、「向こうへ行け」というように手を振ります。とっさのことでしたので、私は数歩退くのがやっとでした。

李白さんが咳をすると、今までに経験したこともないほどの強い風が吹きました。

後に快気祝いの席上で聞いたことですが、李白さんはその時、ようやく身体の中に居座っていた風邪の神様を追い出すことができたのです。李白さんの口から暴風となって飛び出した風邪の神様は、宴会場で最後の大暴れをしてから、窓の外へ飛び出して巨大な竜巻となり、夜気をぐるぐるかきまぜて糺ノ森を揺さぶりました。黒々とした竜巻の中でキラキラと輝いていたのは、李白さんの布団を囲んでいた角燈です。紐で連なった角燈は電車のように輝きながら宙を舞っていました。外から見上げることができれば、さぞかし不思議な景色だったろうと思います。でも私は見上げることができませんでした。

なぜなら、私はその竜巻の中で一緒に回っていたからです。

ぐるぐる回って、もう何が何やら分かりません。

風邪の神様が李白さんの元から去ったのはまことに喜ばしいことなのですが、風邪の神様はついでに私をも天空へ連れ去ったのでした。

○

貯水池から竜巻に吸い上げられた私はまだ上っていた。まるで螺旋型の滑り台を、逆さまに滑って天空を目指すような感覚だ。素晴らしい速さでどんどん上がっていく。私はなすがままに吸い上げられていった。かなり高くまで来たはずだが、暗くて何も見えないのは面白くないので、飽きてしまった。「俺はどこまで上っていくのだろう」

見上げた私は、真っ暗な中にキラキラと橙色にきらめく光の列が流れるのを見た。紐でつながれて電車のようになった角燈である。どこかで吸い上げられたのであろう。美しい拾い物だと思った。さらに眼を凝らしていると、その角燈電車の末尾に小柄な女性が連なっている。彼女は角燈にしがみついて、眼をつぶっている。こちらもまた美しい拾い物だと思った途端、それが彼女だと気づいた。

その時、私の脳裏に浮かんだのは「奇遇」という一言に尽きる。

「所詮は夢だろ」と水を差す野暮な人は犬に喰われるがよい。夢か現実か、それは本質的な問題ではない。たしかに私の才能の宝箱は払底気味であった、だがしかし、唯一残されていた最大の能力を私は忘れていたのだ——妄想と現実をごっちゃにするという才能を！

この危機的状況から彼女を救うことができれば、人生に栄光の新地平を切り開ける、と私は思った。そうに違いないのである。火の点いた我が妄想は止《とど》まるところを知らず、彼女との初めての逢瀬からノーベル賞受賞に至る人生の未来の名場面集が走馬燈のように流れ、地に足のつかない華々しい未来予想の数々が、我が深い脳の谷間を埋め尽くした。ヘリウムを吹き込まれたように、身体が軽くなる。

私は樋口式飛行術を駆使して、大鷲《おおわし》のように飛翔した。

角燈の行列の端へ取りついて、私が引き寄せると、彼女はうっすらと眼を開いた。

轟音と暴風に遮られて、言葉を交わすことはできない。

彼女は微笑み、声にならない声で「奇遇ですね」と言った。私も声にならない声で「たまたま通りかかったものだから」と答えた。

私は角燈をたぐり、彼女へ手を伸ばした。

彼女はそれを握り返した。

彼女の手を引いて身を翻すと、私は咆哮《ほうこう》する竜巻の手を逃れようとした。渦巻く大気の激流をかきわけて、闇雲に進んでいくと、ふいに我々を閉じこめていた暗闇が切れ、視界が開けた。吹き荒れる暴風から解き放たれ、気がつくと澄んだ空を滑るようにして飛んでいた。

そして堅く手を握り合った我々が見たものは、眼下に広がる京都の街であった。

街を取り囲む山々はおぼろに霞《かす》んでいる。

学園祭が行われた大学、古本市が行われた糺ノ森、我々が長い夜を歩き抜いた先斗町、そしてオフィス街や鴨川やお寺や神社、御所の森、吉田山、大文字山、そして運命の糸でつながる無数の人たちが住むアパートやマンションや民家の屋根——それらは藍色の朝靄《あさもや》に沈んで、静かに夜明けを待っていた。恐ろしく冷たい空気に凍えながら、我々は夜明け前の街を目指して降りていく。

ふいに彼女が私に顔を寄せ、「なむなむ！」と叫んだ。

彼女が輝く瞳《ひとみ》で見ていたのは、大文字山の向こう、如意《にょい》ヶ《が》嶽《たけ》の方角から来る鮮烈な朝日の一撃であった。その光は、真っ白な彼女の頰を美しく照らし出した。

藍色の朝靄に沈む街へ、まるでドミノ倒しのように新しい朝が広がるのを我々は見た。

○

万年床にて眼を覚ました私は、俯《うつぶ》せになったまま、朦朧《もうろう》とする頭を動かした。

京都市上空数百メートルにて味わった幸福感は、潮が引くように去っていった。

ふたたび現実へと押し戻された私は枕に口を押しつけて、「ううう」と呻いた——あれほど鮮やかな夢であったのに、彼女の手を握った感触をこんなにありありと憶えているのに。それにしても、この感触はあまりにも「ありあり」過ぎはしまいか。

私が首をねじって傍らを見ると、彼女がちょこんと正座して、私の手を握っていた。窓から射している白い朝の光が、彼女の黒髪を照らしていた。彼女は少し潤んだ美しい眼をして、じいっと私を見つめている――まるで私のことが心配だとでも言うかのように。

「大丈夫ですか?」と彼女は言った。

その時、私は思い出した。私が彼女に心底惚れたのは、あの夜の先斗町を歩き抜いた夜明け、古池の水際に倒れて天に唾《つば》しようとしていた時、彼女が私を覗き込んだ瞬間であった。以来半年、思えば遠くへ来たものだ。

私は性欲に流される、私は世の風潮に抗《あらが》えない、私は一人の淋しさに耐えられない――さまざまな思いが胸に去来したが、それらはやがて儚《はかな》く消えてしまい、ただ微かに潤んで輝く彼女の瞳と、その小さく囁くような声と、美しい頬の印象だけが残った。

「なぜ先輩があんなところに?」

「……たまたま通りかかったものだから。しかし、君はなぜこんなところへ?」

「先輩が連れてきて下さったではないですか」

そうだったろうか?

私はずっと万年床で埒もない夢を見ていたとばかり――。

「大変お上手な着地でした」

彼女は手を伸ばして、私の額に手のひらを当てた。私の熱はまだ下がっておらず、彼女の冷たい手のひらが私の額を冷やした。手が冷たい人は心が温かいというもっぱらの噂だ。

彼女は小さな達磨形の瓶を見せた。流し台で見つけてきた割り箸で、その瓶の中の水飴のようなものをくるくると巻き取った。私は言われるがまま、その美味しい水飴を舐めた。彼女は微笑んで私を見つめながら、李白さんと過ごした長い夜のことを語った。

「李白さんの風邪が治ったら、二人で一緒にお祝いに行こう」

ふいに私がそんなことを言えたのは、熱がまた高くなっていたためか、その香り高い水飴で頭に血が上り、鼻血が出かけていたためであろう。

「一緒に？」

「一緒に」

私は付け加えた。「ついでに面白い古本屋を教えてあげよう」

彼女はふくふくと笑って「御一緒します」と頷《うなず》いた。そして、しばらくぼんやりした。ひどくぼんやりしているので、「世界ボーッとする選手権」というものがあれば日本代表になれるだろうと私は思った。

彼女は、少し熱っぽいのです、と言って笑った。

「私も風邪を引いたかもしれません」

○

彼女はその翌日に帰省したが、彼女にもらった風邪薬「潤肺露」を服用したおかげで、私は風邪の神の魔手からようやく逃れることができた。万年床にて体力を蓄えるうちに、クリスマスは過ぎ、慌ただしく年末がやって来た。

その間、悪質な風邪の流行はようやく終息に向かっていたという。

ひと足早く回復した学園祭事務局長が帰省前に見舞いに来てくれた。

一人で寝込んでいた私は知らなかったが、パンツ総番長や詭弁論部の連中など、関係者は軒並み倒れていたと聞いた。「それはおまえがうつしたんじゃないか」と私が言うと、事務局長は「一蓮托生《いちれんたくしょう》だよね」と言った。私が彼女と二人で出かける約束をしたと言うと、事務局長は「よくやった」と私の努力を讃えた。しかし、「でもこれからが大変だからね。女性と付き合っていくというのは……」と、嫌な捨て台詞《ぜりふ》を残して去った。

私は帰省した。

年が明けて京都へ戻ってくると、下宿のポストに小さな招待状が入っていた。それは李白さんの快気祝いを呼びかけるもので、世話人は樋口氏であった。なんでも費用は李白さんが負担して、関係者全員無料招待、美味い食べ物は喰い放題、偽電気ブランは飲み放題であるという。

私は一日中電話の受話器を握りしめた挙げ句、ようやく彼女に電話をかけた。

○

その日、私は下宿を出て、今出川通にある喫茶店「進々堂」を目指した。

李白さんの快気祝いは午後六時から糺ノ森で開かれるから、午後四時に彼女と待ち合わせて珈琲《コーヒー》を飲む約束になっていた。遅刻せぬように、私は午後二時には下宿を出なくてはならなかった。そのためには午前七時に起床しなくてはならなかった。なぜならば、服を洗濯して乾かすのに数時間、シャワーを浴びて髪を乾かすのに一時間、歯を磨くのに五分、髪を整えるのに半時間、そして彼女との会話の予行演習に数時間を要し、多忙を極めたからである。

疏水沿いに歩いていくと、大学のグラウンドでは年明け早々、熱心な運動部連中が大声を上げて走り回っているのが見えた。どうせ見慣れた風景だが、なんだか漂白されたように白っぽい冬の陽射しに照らされる街を見ていると、年明けらしく清々《すがすが》しい雰囲気がある。

しかし、私の足取りは重かった。鉛をたらふく飲んだように、胃が重い。彼女が来なかった場合のことを考えると気が重くなり、彼女が来た場合のことを考えるとなおさら気が重くなった。私は煙草を吸い、うろうろと不要な回り道をした。

私には、どう対処すればよいのか分からなかった。世の男女が二人きりで会う時、彼らは何を喋っているのであろう。まさかずっと睨み合っているわけにはいくまい。かといって、人生や愛について白熱の議論を繰り広げるわけでもあるまい。ひょっとすると、私には手に負えない繊細微妙な駆け引きがあるのではないか。小粋なジョークで笑わせる一方、たんなるお喋りな男に堕さず、毅然たる態度で彼女を悩殺する——そんなことは不可能事ではなかろうか。私は明朗愉快で機転の利く男ではないのだ。このままでは他愛《たわい》もないことを話し、延々と珈琲を飲むだけになりかねない。そんなことをして楽しいのか。私は彼女を眺めているだけで楽しいにしても、彼女はそれで楽しいのか。彼女の貴重な人生の時間を悪鬼のように喰い潰しては、申し訳ない。じつに申し訳ない。やはり大人しく外堀を埋めていた方が、気楽で楽しかったかもしれん。ああ、困ったことになった。外堀を埋めていた頃が懐かしい。あの栄光の日々に戻りたい。

私は疏水沿いのベンチに腰掛け、葉を落とした並木を眺めた。

彼女は今頃、出かける支度をしているのだろうかと考えた。

○

その日、お恥ずかしいことですが、私はワクワクしてしまって、午前六時に起きました。先輩から電話があり、李白さんの快気祝いへ行く前に、喫茶店で珈琲を飲もうと誘われたのです。これはもしや、世に言う「デート」というものではありませんか？　そうなのです。そして私はそういう行事に誘われたのは初めてのことなのです。これは一大事。

あれこれと物思いに耽ったり、掃除をしたりしているうちに、いつの間にか時間が経ちました。

私は身支度をしながら、先輩と何を喋ろうと考えました。

私には先輩に色々と聞きたいことがあったのです――先輩はあの春の先斗町で、どんな夜を過ごしたのでしょう。また、夏の古本市で食べた火鍋の味はどんなものだったのでしょう。そして秋の学園祭では、偏屈王を演じるために、どんな冒険をしたのでしょう。私の知らないところで、先輩はどんな時間を過ごしていたのでしょう。私はそれがとても知りたいのでした。勢い込んでマンションを出ると、冷たくて清々しい陽射しがあたりを照らしていました。あの李白風邪もなりをひそめて、十二月には淋しかった街もふたたび賑やかになっています。なんだか私はとても楽しくなり、喫茶「進々堂」を目指して歩いて行きました。

○

私はついに所存のほぞを固めて、喫茶「進々堂」を目指した。

言うまでもないが、こちらから誘った以上、ここで逃げ出すなど論外である。私が重い扉を開けて薄暗い店内に入ったのは、午後三時であった。まだ一時間の余裕がある。私は息も絶え絶えになって窓際の席を占め、珈琲を飲みながら、何を喋るべきか、という思案にくれた。さんざん知恵を絞った末、良いことを思いついた。

私には、色々と彼女に聞きたいことがあったのだ――彼女はあの春の先斗町で、どんな夜を過ごしたのだろう。あるいは夏の古本市でどんな本と巡り会ったのであろう。そして秋の学園祭では、なぜあんな大芝居の主役を担う羽目になったのであろう。

彼女がそれを語ってくれれば、私は私の想い出を語ることができるだろう。

少し気持ちが軽くなり、私は硝子越しに今出川通を眺めた。眩しい午後の陽光が降り注いで、なんだかあたりはキラキラして見える。私はぼんやりした。

やがて扉の開く音がして、彼女が姿を現したことに気づいた。

私は頭を下げた。

彼女もぺこりと頭を下げた。

この記念すべき瞬間をもって、私は外堀を埋めることを止め、さらに困難な課題へ挑む人間となった。読者諸賢、御容赦下され。そして、また会う日まで御機嫌よう。

さらば、外堀を埋める日々——。


締めくくりにあたって、一つ言葉を贈っておく。

人事を尽くして、天命をまて。

○

今出川通を歩きながら、私は街路樹がふたたび緑を取り戻す日のことを思いました。

やがて春が来れば、私は二回生になります。なんと不思議でオモチロイ一年だったことでしょう。やがて来る二年目に向けて、期待に胸が膨らみます。それというのも、先輩を始めとして、この一年に出会った大勢の方々のおかげです。感謝の気持ちでお腹がいっぱいです。

やがて私は喫茶「進々堂」までやって来ました。

緊張しながら喫茶店の硝子扉を押し開けると、別世界のように温かくて柔らかい空気が私を包みました。薄暗い店内には、黒光りする長テーブルを挟んで人々が語り合う声、匙《さじ》で珈琲をまぜる音、本のページをめくる音が充ちています。

先輩は今出川通に面した席に腰掛けていました。

窓から射し込む冬の陽射しが、まるで春のように、温かく見えました。その陽だまりの中で、先輩は頬杖《ほおづえ》をついて、なんだかお昼寝途中の猫のようにぼんやりとしています。その姿を見た途端、私はふいに、お腹の底が温かくなる気がしました。まるで空気のように軽い小さな猫をお腹に載せて、草原に寝転んでいるような気持ちです。

先輩が私に気づいて、笑って頭を下げました。

私も頭を下げました。


かくして先輩のそばへ歩み寄りながら、私は小さく呟いたのです。

こうして出逢ったのも、何かの御縁。

初出　「野性時代」２００５年９月号、２００６年３、10、11月号

森見登美彦（もりみ　とみひこ）
1979年、奈良県生まれ。京都大学農学部卒、同大学院農学研究科修士課程修了。2003年『太陽の塔』（新潮文庫）で第15回日本ファンタジーノベル大賞を受賞しデビュー。独特の文体と奇想に満ちた作風を身上とする。他の著書に『四畳半神話大系』（太田出版）、『きつねのはなし』（新潮社）、『【新釈】走れメロス　他四篇』（祥伝社）、『有頂天家族』（幻冬舎）がある。07年、本作品で第20回山本周五郎賞を受賞。

夜《よる》は短《みじか》し歩《ある》けよ乙女《おとめ》

平成十八年十一月三十日　初版発行
平成十九年十二月　十日　十四版発行

著　者――森見《もりみ》登美彦《とみひこ》
発行者――井上伸一郎
発行所――株式会社角川書店
東京都千代田区富士見二-一三-三
〒一〇二-八〇七八
電話／編集　〇三-三二三八-八五五五
発売元――株式会社角川グループパブリッシング
東京都千代田区富士見二-一三-三
〒一〇二-八一七七
電話／営業　〇三-三二三八-八五二一
http://www.kadokawa.co.jp/
印刷所――大日本印刷株式会社
製本所――株式会社鈴木製本所

ISBN4-04-873744-9　C0093